핀셋과 물고기

핀셋과 물고기

문서정

소설집

강

차 례

누가 불의 게임을 하는가

처음에 나는 그 사진 속 인물이 해수라고 생각하지 못했다. 아파트 엘리베이터 안 벽보에 붙은 CCTV에 찍힌 사진을 보고 사진 속 인물이 해수일 거라고 어떻게 알 수 있었겠는가. 그러나 나는 두번째 그 벽보를 본 순간 해수일지도 모른다는 불안감이 들었고, 세번째로 봤을 때 해수라고 확신했다.

퇴근해 집으로 올라가는 엘리베이터 안에서, 그 컬러 벽보 사진을 다시 마주쳤을 때 오늘은 기필코 해수에게 물어보고 말리라 결심했다. A4용지 제일 윗줄에는 **'긴급 공지문 : 방화범을 찾습니다'**라는 문구가 굵은 고딕체로 쓰여 있었다. 그 아래로 방화 장면, 발화 중, 소화 장면, 피해 상황을 담은 사진 네 장이 실려 있었다. 방화 장면 사진에는 발목까지 오는 검정색 롱패딩을 입고 패딩 모자를 쓴, 초등학생 정도의 체격을 가진 사람이 무언가를 휙, 정원수와 잔디밭으로 던지는 모습이 찍혀 있었다. 사진 아래에는 **'3월 25일 오전 1시 53분경 1게이트 뒤쪽 놀이터에서 화재가 발생함. 방화범을 아는 사람은 아파트 관리사무실이나 경찰서로 신고해주십시오'**라고 적혀 있었다.

나는 아파트 현관문을 열기 전에 깊은숨을 들이쉬었다 내뱉었다. 해수는 자신의 방 책상 앞에 앉아 있었다. 현관문을 여닫는 소리가 들렸을 텐데도 방에서 나오지 않았다. 해수는 항상 그랬으니까 크게 이상할 것도 기분 나쁠 일도 아니었다. 그러나 방화범이 해수일지도 모르겠다는 생각을 하니 그 아이와 간신히 이어져 있던 무언가가 툭, 하고 끊어지는 것 같았다.

나 혼자 살고 있는 아파트에 해수가 오게 된 것은 3월 개학을 며칠 앞둔 날이었다. 저녁을 먹고 있는데 초인종 소리가 났다. 현관문 비디오폰을 보려고 일어서는데 휴대전화가 울렸다. 엄마였다. 네 육촌 동생이 곧 갈 거야. 이름은 조해수. 당분간 네 집에서 지내야 해. 설명은 내일 할게, 하고는 엄마는 먼저 전화를 끊었다. 무슨 영문인지 알 수가 없었다. 내게 한마디 말도 없이 육촌 동생이라는 아이를 집에 들이라고 하다니. 나는 여태 육촌 동생이라는 아이의 존재를 한 번도 떠올려본 적이 없었다. 엄마에게서 두어 번 그 아이 얘기를 들은 기억이 있지만 귓등으로 들어서인지 이야기는 휘발되고 남아 있지 않았다. 엄마는 무슨 일이든 일방적으로 진행하지. 휴, 짜증이 섞인 긴 한숨이 저절로 나왔다. 초인종이 계속 울려 문을 열었다. 키가 작은, 고등학생으로 보이는 여자아이가 제 등짝보다 배로 큰 백팩과 캐리어 가방 하나를 가지고 서 있었다. 어쩔 수 없이 나는 그 아이를 집에 들였다.

다음 날, 좀 일찍 퇴근해서 엄마가 일하는 K 유적지 사무실로 찾아갔다. 나와는 한마디 상의도 없이 엄마 집이 아닌 내 집으로 해수를 밀어 넣은 사실을 받아들일 수가 없었기 때문이었다. 이건 전화로 따질 문제가 아니었다.

"은혜 이모 기억나니? 은혜의 딸이 해수야. 해수와 너는 육촌지간이고. 해수는 올해 고등학교를 졸업했어. 서울에서 대입학원 다닐 거란다. 주연이는 은혜를 이모라고 불러야 하고, 해수는 나를 이모, 주연이를 언니, 라고 부르면 돼."

엄마가 서로의 호칭과 촌수에 대해 부산스럽고 길게 소개했지만 나는 그런 것은 궁금하지 않았다. 단지 해수라는 아이가 왜 내 집에서 당분간 지내야 하는지 그 이유가 알고 싶었다.

엄마가 작년에 김 교수라는 남자를 집으로 데리고 와 함께 살겠다고 선언한 날, 나도 엄마에게 집에서 독립하겠다고 말했다. 불과 십 개월 전까지 아버지와 함께 살았던 집에서 엄마의 남자와 단 하루도 함께 있고 싶지는 않았다. 엄마는 그를 꼬박꼬박 김 교수님이라고 불렀는데 오래전, 그러니까 엄마의 남자가 삼십대 때, 지방의 어느 대학교에서 강사 생활을 했다는 게 그 이유였다. 나는 독립을 선언한 후, 작은 아파트를 월세로 얻어 혼자 살게 되었지만 쓸쓸하지도 않았고 집 안에 적막감이 돌지도 않았다. 먼 친척에게 방 하나를 세놓을 만큼 궁핍하지도 않았다. 그렇다고 방 하나를 누구에게 그냥 내어주고 챙길 만큼 여유로웠다는 말은 아니다. 돌아가신 아버지가 받던 공무원 연금의 절반이 매달 엄마의 계좌로 또박또박 입금되어 엄마를 경제적으로 부양해야 할 일은 없어 그나마 다행이었다. 엄마는 문화유산 해설가로 활동하며 용돈 정도는 손수 해결했는데 엄마의 남자(나는 그 남자를 그렇게 명명했다)와 함께 살고 있는 마당에 내가 엄마를 걱정할 일은 없었다.

글쎄, 엄마에 대해 말하라고 한다면, 나는 엄마에게 좀 불편한 감정을 갖고 있다. 그건 아버지가 돌아가시고 난 뒤에 생긴 것들이었다. 아버지가 돌아가신 지 일 년도 되지 않아 다른 남자와 사실혼 관계가 된 엄마를, 아버지의 연금을 계속 타기 위해 혼인신고는 일부러 하지 않은 엄마를 담담하게 대할 수는 없었다. 아버지는 폐암으로 팔 개월 동안 투병 생활을 하다 돌아가셨다. 엄마는 그때 아버지가 입원해 있던 병원에서 엄마의 남자를 만났다. 그 남자는 병원에 노모가 입원해 있던 처지였다.

“처음엔 해수가 우리 집에 와서 지내기로 했는데 내가 재혼한 거 알고는 은혜가 안 되겠다고 하더라. 그러니 네가 수능시험 칠 때까지만 좀 데리고 있어줘. 해수가 곧 대입학원 등록한다고 했으니 집에서 서로 볼 일도 없을 거야.”

엄마는 말을 마치자마자 내 기색을 살폈다. 나는 왜 내가 그래야 해, 라는 표정으로 엄마를 쳐다봤다.

“너는 고등학교 교사라는 사람이 어찌 그리도 차갑니? 해수도, 해수 동생 민혁이도 다 딱한 사정이 있어.”

엄마가 미니 냉장고에서 캔 식혜를 하나 꺼내 내게 건넸다.

“네 아빠 병원 계실 때 은혜가 병원비 보태라고 돈 봉투를 몇 번이나 놓고 갔어. 예전엔 은혜 아버지가 매년 농사지은 쌀을 우리 집에 한 가마니씩 보내줬고. 은혜 아버지가 농사를 그만둘 때까지 쌀을 보내왔으니 몇십 년 동안 그렇게 해온 거야. 요즘 생각해보니 그런 일, 아무나 할 수 있는 것도 아니더라. 그게 내내 고맙더라고.”

엄마가 옛 생각에 잠긴 듯이 눈을 반쯤 감은 채 창문 너머를 바라보며 말했다. 창문 너머로 외국인 관광객 무리가 매표소 쪽으로 걸어오는 게 보였다. 엄마는 관광객을 맞을 채비를 하는지 자리에서 일어섰다.

“그건 엄마 일이고. 기숙학원이라는 데도 있는데 왜 내 집으로 보낸 거야? 은혜 이모네 공장 잘된다면서? 공장 바로 옆에 전원주택도 크게 지었다면서? 그런데 딸한테 오피스텔

하나 얻어줄 형편 안 돼?"

뾰족한 어투로 엄마에게 대들다시피 물었다.

"너도 참, 은혜가 해수를 혼자 두기는 마음이 놓이지 않는대. 은혜가 해수도 자기도 절벽 앞에 서 있는 기분이라고 하더라."

나는 더 이상 엄마에게 따지지 않았다. 그제야 무슨 상황인지는 알 수 없지만 절벽 앞에 서 있는 사람의 심정이 어떨까, 하는 생각이 들었다.

해수는 노트북 자판을 두드리다가 방문 앞에 서 있는 나를 물끄러미 쳐다보았다. 그러고는 이내 고개를 노트북으로 돌렸다. 해수는 언제나 저런 식이었다. 말수가 적었고 표정이 없었다. 편의점에 가는 일 외에는 집 밖으로 거의 나가지 않았다. 불안이 밴 눈빛을 감추기 위해서는 아예 표정을 지워버리는 게 낫다고 생각한 건지도 몰랐다. 해수는 노트북에 시선을 고정한 채, 밥하고 김치찌개 해놨어요, 하고 말했다. 어느 대학이든 아시아 어문 계열로 합격하는 대로 가겠다는 그 아이는 다음 달인 6월부터 대입학원에 다닐 거라고, 그동안은 인터넷 강의만 들을 거라고 했다. 그래, 곧 하루 세끼 식사를 학원 구내식당에서 하고, 밤 열한시가 넘어 집에 올 텐데 부딪힐 일이 거의 없겠지. 못마땅해도 조금만 참자는 생각이 들었다. 혹, 그저께 새벽에 나갔다 들어왔니? 그 시간에 어디

갔었던 거야? 편의점 갔었던 거야? 엘리베이터에 붙은 방화범 사진을 봤니? 하고 다그치듯 물어보지 않았다. 어차피 해수는 대답하지 않을 테니까. 내 방으로 들어와 길게 깊은숨을 들이쉬었다. 그 애가 오고부터 평온했던 일상에 조금씩 균열이 생기고 있었다. 나는 고등학교 교사라는 내 직업에 만족했고, 엄마가 다른 남자와 동거에 들어간 상황도 어쨌든 받아들이기로 했다. 남자 친구인 상훈과는 순조롭게 결혼까지 이어질 듯했다. 걱정거리라고는 담임을 맡은 반 아이들의 성적이 좀 올라줬으면 하는 바람밖에 없었다. 해수가 오고부터는 상훈과 전화하는 시간도, 주말에 개그 프로그램을 보며 혼자 웃음보를 터뜨리는 일도 줄었다. 수험생이 제 방에서 꼼짝 않고 있으니 집 안 분위기는 점점 가라앉았다.

해수와 둘이 식탁에 앉았다. 해수가 끓인 김치찌개는 기대 이상으로 맛있었다. 내가 퇴근이 늦을 때면 해수는 냉장고에 있는 재료로 간단히 저녁상을 차려놨다. 오늘은 김치찌개였다. 그저께는 김치볶음밥이었다. 지난주에는 내내 달걀 요리를 했다. 달걀을 넣은 볶음밥, 달걀국, 달걀말이를 식탁에 한꺼번에 내놓은 날도 있었다. 해수는 어느 한 곳에 꽂히면 거기에만 집중하는 성향인 것 같았다. 나는 찌개 국물을 숟가락으로 떠먹으며 앞으로는 저녁 준비하지 마, 퇴근이 늦으면 내가 간단히 사 올게, 수험생인데 시간을 아껴 써야지, 하고 말했다. 해수는 그제야 가볍게 네, 하고 대답했다. 나는 밥을 먹는 내내 해수의 왼쪽 팔목에 신경이 쓰였다. 팔목 안쪽에 작은 타투가 보였다. 그것은 검푸른 볼펜 같은 것으로 가로로 일직선을 그려나가다 가장자리에 작은 나뭇잎을 그려 넣은 모양이었다. 그 나뭇잎이 무엇을 가리기 위해 그 자리에 있는지 알 것 같았다.

해수는 저녁 식사를 마치고 검정 비니를 쓴 후 모자가 달린 검정 롱패딩을 입고서 현관문을 열고 나갔다. 아마도 담배를 피우러 나가는 것 같았다. 3월의 끝자락이었지만 밤에는 바람이 겨울처럼 찼다. CCTV에 찍힌 인물도 롱패딩 모자 안에 비니 같은 것을 쓰고 있었다. 나는 빈 그릇을 개수대에 넣어 놓고선 외투를 입고 따라 나갔다. 해수가 담배를 피운다는 사실을 안 것은 해수가 우리 집에 온 지 두 주가 되어갈 무렵이었다. 어느 날 욕실 청소를 하던 중 생리대 함 속에서 담배와 라이터를 발견했다. 해수가 가끔 편의점에 간다고 나갈 때는 담배를 피우러 간다는 사실을 그제야 알았다. 스무 살이 되었으니 내가 상관할 일이 아니었다. 그렇지만 해수가 일부러 불을 질렀다면 그냥 넘어갈 수 없는 문제였다.

해수는 놀이터의 데크 벤치에 앉아 담배를 피우고 있었다. 해수 옆에 앉은 나는 담배와 라이터를 찾는 시늉을 하며 외투 주머니를 뒤적였다. 해수는 담배와 라이터를 건네고는, 나를 여태 감시하고 있었어요? 하며 나를 빤히 쳐다봤다. 나는 담배를 한 모금 들이켜며 감시는 무슨, 담배 생각이 나서 따라 나왔어, 하며 어깨를 조금 으쓱거렸다. 그건 평소에는 잘 하지 않는 행동으로 겸연쩍은 일을 할 때면 나도 모르게 나오는 동작이었다. 왜냐면 나는 대학생 때 잠시 담배를 피운 걸 제외하고는 담배를 가까이한 적이 없기 때문이었다. 더군다나 애연가였던 아버지가 폐암 판정을 받은 뒤로는 흡연은 생각조차 하지 않았다. 담배 한 개비가 다 타들어가고 있을 때 별 의미 없이 물었다.

"우리 집에서 지내는 게 불편하진 않아?"

"언니가 더 불편하겠죠."

내 말이 끝나기가 무섭게 해수가 대답을 했다.

"아니, 그런 뜻으로 물은 건 아니야."

"언니가 궁금한 건 그게 아니라 내 손목의 타투 아니에요? 쟤는 왜 스스로 손목을 그었을까, 하고. 언니도 내가 겪는 불행이 궁금한 것뿐이잖아요. 언니에게 그런 일이 닥치지 않아서 안도하는 거고요."

해수는 화가 난 어투로 빠르게 쏘아댔다. 나는 갑작스럽게 들어오는 잽을 방어할 틈도 없이 고스란히 얻어맞은 사람처럼 정신이 얼얼했다. 그것보다도 해수가 이렇게 말을 거침없이 할 줄 안다는 사실이 더 놀라웠다. 그러니까 해수는 상대방이 방어할 틈을 주지 않고 속사포로 자신의 의견을 관철하는 방식을 쓰고 있었다.

"너는 원래 말을 그렇게 공격적으로 하니?"

해수의 당돌한 말투에 기분이 상했다. 아무한테나 손톱을 세우며 달려드는 것 같았다. 해수와 이런 문제로 다투고 싶지 않았다. 어쨌거나 이 난처한 상황을 벗어나고 싶어, 그만 들어갈게, 하고 일어섰다. 해수는 다 피운 담배를 놀이터 바닥에 거칠게 던지더니 발로 두세 번 짓밟았다. 그러고는 두 손을 패딩 호주머니에 찔러 넣고서 아파트 단지 안쪽으로 걸어갔다. 나는 해수에게 아파트 방화 사건 이야기는 꺼내지도 못한 채 그 애의 뒷모습만 바라봤다.

그 후로 해수와는 별다른 대화를 나누지 못했다. 어차피 잠시 머물다 갈 먼 친척이었다. 해수가 아파트 방화범일 거라고 확신한 데는 몇 가지 이유가 있었다. 사진 속 방화범의 체격이나 옷차림이 해수와 거의 비슷했다. 해수는 백오십오 센티미터 정도의 작은 키에 마른 체형이었는데도 늘 제 몸에 맞지 않는 큰 옷들을 입었다. 티셔츠는 제 아버지나 남동생 것을 입은 듯 헐렁했고 검정 롱패딩은 거의 발목까지 올 정도로 길었다. 아이들의 부모라면 자식에게 보온성이 떨어지게 그렇게 큰 사이즈를 입히지 않을 것이다. 또 해수는 외출할 때 꼭 긴 머리를 비니에 쑤셔 넣고 그 위에다 패딩에 부착된 모자를 썼다. 가까운 편의점에 가는데도 늘 그런 차림새였다. 더군다나 방화 장소는 그 애가 자주 흡연하는 놀이터와 가까웠다. 만약 해수가 방화를 했다면 고의였는지, 부주의였는지가 궁금했다. 그 뒤로 해수는 바로 대입학원에 등록했기 때문에 좀

체 집에서 부딪힐 일이 없었다.

상훈과의 관계가 묘하게 틀어지고 있다는 것을 느끼게 된 것은 가을에 접어들 무렵이었다. 해수는 수능시험을 두 달 앞두고 있었고 엄마는 엄마의 남자와 행복한 시간을 보내느라 내가 연락을 해도 건성으로 몇 마디를 하고는 먼저 전화를 끊었다. 상훈이 또 데이트 약속을 다음으로 미루자는 카톡 메시지를 보내왔다. 벌써 세번째였다. 세 번 다 언제나 갑작스럽게 약속을 파기했다. 이번에도 갑자기 중요한 일이 생겼다는 말 외에는 어떤 설명도 없었다.

메시지 알람 소리에 잠이 깼다. 창밖을 보니 까맣게 어두웠다. 상훈이 보낸 문자였다. 상훈이 오늘 약속을 취소한 게 미안해서 보낸 건가 여겼다. 졸음이 묻은 몸짓으로 카톡 메시지함을 열자, 그만 헤어지자, 더 이상은 안 되겠어, 라는 문장이 튀어나왔다. 내게 시선을 맞추며 '네가 없으면 내 인생이 무슨 의미가 있을까?'라는 말로 자주 나를 감동시키던 상훈이 보낸 문자가 맞나 싶어 여러 번 눈을 비비고서 보고 또 보았다. 대체 무슨 말이야? 어떤 의미야? 하고 문자를 보냈지만 답이 없었다. 상훈에게 전화를 걸었지만 휴대전화의 전원은 꺼져 있었다. 때마침, 대학 동기인 H가 문자를 보내왔다. 상훈과 H가 단둘이 와인을 마시고 있는 사진이었다. 둘이 아주 친밀해 보였다. 둘 다 서로를 바라보며 미소 짓고 있었다.

둘이 왜 만났을까? H는 대학 동기로, 매달 한 번씩 지인들끼리 만나는 브런치 모임의 회원이었다. 언젠가 그 모임에 상훈을 데려가 소개한 적이 있었다. 시계는 열두시를 가리키고 있었다. H가 메시지를 한 통 더 보내왔다. '미안하다. 상훈 씨와 다음 달에 결혼해.' 대체 무슨 말을 하는 거야. 이게 무슨 말이야, 하고 메시지를 보냈지만 H에게서는 답이 오지 않았다. 연인과 친구가 연이어 날린 어퍼컷에 영문도 모른 채 KO패를 당한 기분이었다. 입술이 파르르 떨렸다. 속에서 불길이 치솟았다. 숨이 제대로 쉬어지지 않아 좁은 방 안을 왔다 갔다 했다. 나는 니트 카디건을 걸치고 해수가 화장실에 숨겨둔 담배와 아버지가 평소 아꼈던 지포라이터를 급히 쥐고서 현관을 나갔다. 아파트의 후미진 곳을 찾아 나무에 등을 기대고 담배에 불을 붙였다. 멍하니 어딘가를 바라보며 담배 두 개비를 연달아 피웠다. 담뱃갑에는 더 이상 담배가 남아 있지 않았다. 빈 담뱃갑을 손에 쥐고 우그러뜨렸다. 이게 무슨 일인지, 상훈과 언제부터 어긋났을까, 상훈은 원래부터 그런 사람이었을까. 두 손으로 얼굴을 감쌌다. 등을 나무에다 텅, 텅, 소리 나게 찍었다. 인기척을 느껴 뒤를 돌아보았다. 해수가 이쪽으로 걸어오고 있었다. 해수가 바지 주머니에서 담배 한 갑을 꺼내어 내 손에 쥐여주며 말했다. 필요한 만큼 사용하고 나머지는 내가 보관해둔 장소에 갖다 두세요. 나는 말없이 담배를 한 개비 꺼내 입에 물었다.

"무슨 일 있어요?"

"……"

"이모한테 무슨 일 생겼어요? 아님, 언니가 남친을 뺏겼어요?"

"너는 애가……"

"안 그러면 언니가 이럴 일 없잖아요. 나는 화가 나면요, 내가 나를 어찌할 수 없을 정도로 분노가 치솟으면요, 세상에다 엿을 먹여요. 나는 아무 잘못을 저지르지 않았는데 세상이, 사람들이 나를 괴롭힐 때 말이에요. 그럴 땐, 혼자 게임을 해요. 불의 게임을요."

나는 불의 게임이 뭐냐고 묻듯이 해수를 쳐다봤다.

"타다 남은 담배꽁초를 아무 데나 버리고선 아침에 화재가 났나, 안 났나 확인하는 게임이에요. 불이 났으면 지는 거고, 불이 나지 않았으면 이기는 거예요. 심장이 쫄깃해지고 통쾌한 게임이죠. 내가 가해자가 될 수 있다는 게 믿을 수 없을 정도로 짜릿해요. 여태 한 번도 큰불이 난 적 없었어요. 불이 나면 지는 거니까 바람이 심하게 불거나 건조한 날에는 게임을 안 해요. 그래도 불이 날 땐 있지만 기껏해야 그 주변을 좀 태우는 정도에요."

나는 마음 한쪽에서 뭔가 쿵, 하고 떨어지는 소리를 들었다. 몸에서 힘이 빠져나가고 있다는 걸 느꼈다. 지난번 아파트 방화범은 해수가 맞았다. 그렇다면 이제 스무 살밖에 안

된 해수가 어쩌다 방화범이 된 걸까.

"왜 그런 위험한 게임을 하는 거야? 그건, 네 고통을 덜려고 남에게 피해를 주는 거잖아!"

나는 담배를 입술에 갖다 대며 약간 떨리는 목소리로 물었다.

"불 속에라도 뛰어들고 싶은데 그럴 용기가 없어서요."

"그럴 땐 말이야, 그럴 땐…… 불의 게임을 하고 싶다는 욕망이 들끓을 땐 차라리 다른 걸 한번 해봐."

해수가 어떤 거요? 하는 눈빛으로 나를 올려다봤다.

"음…… 차라리…… 차라리…… 그냥 허공에다 대고 라이터를 켜. 지금 한번 해볼게."

나는 지포라이터를 호주머니에서 꺼냈다.

"이렇게 라이터 부싯돌을 탁, 튕겨 불꽃을 낸 뒤에는 뚜껑을 딱, 소리 나게 닫아. 계속 반복하면서 내 인생은 절대 시시하지 않다고, 누구도 나를 함부로 하지 못한다고 소리쳐봐. 한동안 그렇게 탁, 딱, 하면서 소리치다 보면 분노가 좀 사그라지지 않을까."

해수는 나를 한동안 어이없다는 듯이 쳐다보다가 푸하하 웃음을 터뜨렸다. 왜? 왜? 하며 내가 물었다. 해수는 손으로 배를 잡고서 고개를 숙인 채 웃었다. 그러더니 내게 절망적인 울음을 토해내든지 혼자 부싯돌을 튕기든지 하라며 자리를 비켜주었다. 나는 아파트 단지 안쪽으로 멀어지는 해수의 모습을 지켜보았다. 그제야 눈에서 하염없이 눈물이 쏟아져 나왔다.

상훈의 일방적인 이별 통보 메시지를 받고 일주일 뒤에야 나도 결별을 알리는 문자 메시지를 보냈다. 상훈이 나와 동시에 만나고 있던 여자가 내 친구가 아니었다면 어쩌면 나는 결별을 유보했을지도 모르겠다. 당당하게 문자를 보낸 것과는 달리 나는 밤마다 아파트 놀이터나 산책로를 서성거렸다. 불면에 시달려서 병원에서 처방해준 약을 먹고서야 잠드는 날이 잦았다. 불길 속으로 뛰어든다 한들 내 안의 불기를 잠재울 수가 없을 정도였다. 엄마와는 점점 전화하는 횟수가 줄어들다 거의 서로 연락을 하지 않는 상태가 되었다. 내가 전화를 할 때마다 엄마는 바쁘다며 다음에 얘기해, 하며 먼저 끊었다. 오늘 기껏 통화가 됐지만 오래 통화를 할 시간이 없다며 용건만 빨리 말하라고 했다. 태국으로 여행을 간다고 짐가방을 싸다가 전화를 받는다면서 헉헉 숨소리를 냈다. 내가 비집고 들어갈 틈이 없었다.

자정쯤 침대에 누웠다가 얼마 지나지 않아 일어났다. 잠이 오지 않았다. 수면제를 먹고 자야겠단 생각에 물을 가지러 부엌으로 갔다. 마침 정수기에서 물을 받고 있던 해수가 냉장고 문을 열더니 와인 한 잔을 따라주었다.

"이걸 마셔요. 약은 그만 먹고요."

나는 해수를 빤히 봤다. 해수도 나를 쳐다봤다. 해수의 눈빛이 모래처럼 버석거렸는데 내 눈빛도 마찬가지일 거라는 생각이 들었다.

"며칠 남았니? 수능일까지."

"수험생에게 그런 질문은 예의가 아닌 거 알죠? 지금 언니 눈빛엔 분노가 너무 많아요. 우리 지금 밖으로 나가요. 와인 병을 깨서 흔들며 악을 써보자고요. 그러곤 라이터를 소리 나게 튕겨보자고요. 언니는 어차피 불의 게임은 못할 거잖아요."

그럼 그렇지. 입을 열면, 단 한마디도 지지 않는 게 해수지. 해수다운 거지. 나는 해수가 제안한 대로 하지 않았다. 술병을 깨서 흔들며 악을 쓰지 않았다. 대신 조용히 내 방으로 건너와 해수가 건네준 와인을 조금씩 천천히 마셨다. 침대에 누웠지만 창밖이 희부예질 때까지 잠이 오지 않았다. 해수의 방문을 조용히 열었다. 해수는 자궁 속 태아처럼 온몸을 잔뜩 둥글게 만 채 잠들어 있었다.

태국 여행에서 돌아와 내 집에 들른 엄마는 이상하게 들떠 있었다. 빠똥 해변의 에메랄드빛 바다가 정말 좋더라. 푸껫의 대표 해변이랄 수 있지. 백사장은 깨끗하고 모래는 밀가루를 뿌려놓은 것처럼 고왔어. 열대의 푸른 낙원이지, 하며 식탁에서 푸껫 이야기를 내내 했다. 해수는 유독 귀 기울여 그 이야기를 들었다. 엄마에게서는 묘한 분위기가 느껴졌다. 처음엔 그 기묘한 느낌이 무엇인지 몰랐는데 얼마 후에야 알아챘다. 여자 냄새, 바로 그 냄새였다. 폐경이 된 엄마에게서 여자라는 느낌을 받다니…… 씁쓸했다. 아버지의 두번째 기일이 다가오고 있었지만 엄마는 아버지의 제사에 대해서는 한마디도 언급하지 않았다. 아버지를 생각하면 엄마에 대해 분노의 감정이 몰려왔다. 저녁 식사를 마치고 엄마를 배웅한 뒤, 나는 아파트 놀이터로 나갔다. 10월 하순의 밤공기는 제법 쌀쌀했다. 툭툭한 스웨터의 앞자락을 여미고 나무 벤치에 앉았다. 나도 모르게 깊은 한숨이 새어 나왔다. 언제 왔는지 해수가 옆에 와 있었다.

"무슨 일 있어요? 요즘 언니 모습이 어떤지 모르죠? 보는 사람이 다 불안해요."

"무슨 일이야 늘 있지. 사람 사는 일이 다 그렇지 뭐."

"나는 대학을 졸업하고 직장 생활을 하다가 돈이 좀 모이면 사라질 거예요. 흔적도 없이요. 아무도 모르는 데 가서 살 거예요."

"왜 굳이 아무도 모르는 곳이야? 아름다운 곳이 얼마나 많은데."

"사람들이 잘 모르는 곳요. 가족들이 사는 곳에서 가장 멀리요……"

해수의 그 말은 묘하게 나를 진정시켰다. 그날 밤, 나는 해수에게서 처음으로 친밀감을 느꼈다. 서른 살이 넘은 나도 엄마와 남자 친구에게 받은 상처로 몸부림치고 있는데 저 작은 아이는 어떻게 그걸 견디고 있는 걸까. 해수가 더 이상 껄끄러운 동거인으로 느껴지지 않았다.

해수가 대입 수능시험을 치르고 난 뒤의 주말이었다. 그날은 해수의 스무번째 생일이었다. 생일 축하 음식을 차린다고 해수와 마트에서 한 시간 넘게 장을 봐서 돌아오던 길이었다. 집으로 오기 전에 근린공원 근처에 차를 대고 잠시 걸었다. 어둑어둑해진 길을 걸으며 겨울로 들어서는 늦은 가을은 얼마나 멋진가를 생각했다. 해수와 함께 산책을 한 것은 처음이었다. 어디에선가 때 이른 캐럴이 들려왔다. 나는 요즈음 열다섯 살 때만큼이나 세상이, 사람이 두렵고 막막했다. 불안감을 엄마에게 토로할 수도 없었다. 그때 해수가 당돌하게 물었다.

"언니는 요즘 이모에게 화가 많이 나 있는 것 같아요."

내가 대답을 하지 않자 해수는 어서 대답하라는 눈빛으로 나를 쳐다봤다.

"맞아. 엄마를 이해해보려고 하지만 잘되지 않아. 남처럼 느껴져."

"나도 아주 가끔은, 아빠를 이해해보려고 해요. 아빠도 할아버지한테 엄청 맞으면서 컸다고 하더라고요. 술만 마시면 할아버지 원망을 했으니까요."

"해수는 나보다 더 철이 들었네. 그런데 물리적 폭력만 폭력이 아니야. 자기 행복을 위해서 남을 불행하게 만드는 일도 일종의 폭력인 거지."

"언니는 죽을 것 같은 공포는 느끼지 않잖아요. 그냥 마음이 아픈 거잖아요. 민혁이는 아빠가 옷걸이나 허리띠를 빼 들면 맞기도 전에 오줌을 지렸어요. 너무 무서우니까요. 나보다는 민혁이가 더 심하게 매질을 당했어요."

해수는 말을 끊고는 잠시 걸음을 멈췄다. 나는 해수의 말에 머릿속이 하얘지는 걸 느꼈다. 해수의 팔을 잡고 내 쪽으로 돌아서게 했다.

"왜? 왜? 맞고만 있었어? 누구도 네게 폭력을 휘두를 자격이 없어! 그럴 권리는 누구한테도 없다고!"

내 목소리는 심하게 떨려 나왔다.

"맞을 땐 아무 생각이 안 나요. 그냥, 그냥 좀 덜 아프게 몸을 최대한 작게 웅크려요. 공처럼요. 어서 빨리 아빠가 감정의 배설물을 다 쏟아내길 기다려요. 아빠는 분이 풀리면 매질을 그만하거든요."

해수는 어두워서 잘 보이지 않는지 손으로 벤치를 더듬어 앉았다. 나는 두려움에 압도되어 온몸을 조그맣게 말고서 떨고만 있었을 해수가 상상이 됐다. 가슴이 먹먹해서 아무런 대답도 하지 못했다. 해수를 바로 쳐다보지도 못했다. 집으로 돌아오자마자 엄마한테서 좀 늦을 거라는 문자가 왔다. 둘이 조촐하게 파티 준비를 했다. 나는 오븐에 쿠키를 구웠고 해수는 샐러드를 만들었다. 해수가 깨끗이 씻어놓은 전복으로 나는 죽을 끓였다. 저녁 식사 시간이 한참 지나서 엄마가 왔다.

늦은 저녁을 먹는 내내 분위기는 좋았다. 나는 평소보다 더 목소리 톤을 높여 이야기했다. 상훈에 대해 모든 것을 잊으려고 노력하고 있었다. 그럴수록 마음은 시시각각 분노와 배신감에 요동을 쳐댔다. 해수가 나를 가만히 바라봤다. 정말 괜찮아요? 라고 묻는 것 같았다. 나는 해수에게 가벼운 미소를 보냈다. 엄마는 신혼 생활을 즐기느라 내 상황을 눈치채지 못했다. 전복죽과 샐러드 한 접시를 다 비운 엄마가 재스민차를 마시며 눈을 내리깔고선 잠시 생각에 잠긴 듯하더니 말했다.

"해수야, 민혁이가 말이야. 며칠 전에 어깨 골절상을 입었대. 네 아빠와 언쟁을 벌이다가 그런 일이 났대. 네 엄마가 너한텐 말하지 말라고 당부하더라만 이젠 너도 알아야 되겠다 싶다."

엄마가 해수에게 민혁의 이야기를 꺼낸 것은 처음이었다. 해수는 아무런 말이 없었다. 해수는 후식으로 과일을 먹는 내내 별 동요가 없었다. 나를 도와 설거지를 하는 동안도 별말이 없었다. 말을 하기 시작하면 속사포처럼 해대지만 평소에는 말수가 적은 아이였다. 마치 동생인 민혁의 이야기를 들은 게 아니라 티브이 예능 방송에 더러 나오는 아이돌의 가십거리를 들었을 때와 같은 표정이었다.

다음 날 퇴근길에 엘리베이터 벽보에는 아무 공지도 붙어 있지 않았다. **'방화범을 찾습니다'**라는 공지가 없었다. 안도의 한숨을 길게 내뱉었다. 나는 어젯밤에 해수가 절망을 잘

참아냈다는 것을 알아챘다. 집에 도착하자마자 가벼운 마음으로 해수의 이름을 불렀다. 대답이 없었다. 해수의 방문을 열었다. 해수의 짐이 보이지 않았다. 책상 위가 깨끗했다. 노트북도 태블릿 피시도 보스턴백도 없었다. 옷장을 열었다. 텅 비어 있었다. 휴대전화 메시지 목록을 뒤졌다. 해수가 보낸 문자가 있었다. '언니, 집으로 급히 내려가요. 그동안 고마웠어요. 합격 소식 있으면 연락할게요.' 나는 휴대전화의 전원을 끄고는 소파에 몸을 묻고 눈을 감았다. 몸이 소파 속으로 꺼질 듯 피곤이 몰려왔다.

사흘 뒤 이른 아침, 전화벨이 울렸다. 시계를 보니 채 일곱 시가 되지 않았다.

"해수 거기 있니?"

은혜 이모의 다급한 목소리였다. 아뇨, 없어요. 그저께 집으로 간다고 나갔어요. 나는 간신히 일어나 갈라진 목소리로 천천히 대답했다.

"해수한테서 연락 오면 꼭 전화해줘."

이모는 거의 울 듯한 목소리로 가쁜 숨을 몰아쉬며 말하고선 이내 전화를 끊었다. 나는 한동안 멍하니 침대에 걸터앉아 있었다. 대체 사흘 동안 그 아이에게 무슨 일이 일어난 걸까. 아침에 출근하자마자 해수네 어떻게 된 일이냐고 엄마에게 문자메시지를 보냈다. 바로 답이 왔다. 집으로 내려간 해수가 아빠 때문에 민혁이 어깨 골절상을 입은데다 그동안 극심한 스트레스로 이가 세 개나 빠진 걸 알고는 펄쩍펄쩍 뛰면서 울었다고. 그러곤 집을 나갔고 그날 밤 자정 넘어 해수 아버지 공장에 큰불이 났으며 다른 사람들은 빨리 대피했는데 민혁이만 제때 빠져나오지 못하고 다리에 화상을 입어 수술 중이라는 긴 문자였다. 나는 문자를 다 읽자마자 눈을 감고 교무실 의자 등받이에 몸을 기댔다. 건기 때도 아니고 바람이 불지도 않았던 그저께 밤, 화마가 공장을 집어삼키는 광경이 그려졌다. 해수는 한동안 절망을 잘 숨기고 있다가 민혁을 보고는 깊은 밤에 아버지의 공장으로 가서 마침내 폭발해버린 것이다. 자신이 저지른 불의 게임의 대가가 자신이 가장 사랑하고 의지했던 민혁에게 커다란 아픔을 주게 될 줄은 해수도 예상하지 못했을 것이다.

그 뒤로 나는 해수의 문자메시지를 딱 한 번 받았다. 'K대 동아시아학부에 합격했어요. 언니 덕분이에요. 언니 말이 맞았어요. 불의 게임조차 나를 위로할 수 없다는 그 말요.' 그 이후론 아예 연락이 없었다(나중에 엄마에게 전해 듣기로는, 해수가 은혜 이모한테는 종종 연락을 해왔는데 태국에 있는 대학에 교환학생으로 간다는 소식을 전한 뒤로는 연락이 없다고 했다). 나는 그해 겨울방학 동안 심리학 서적을 서너 권 읽었다. 방화범의 심리, 방화하는 이유 등이 궁금했기 때문이었다.

며칠 뒤 주말, 아버지 제사상에 올릴 과일이며 나물 재료들을 잔뜩 사서 집에 왔다. 엄마가 와 있었다. 내일이 아버지 기일이라서 왔구나 싶어 내심 기뻤다. 엄마는 나를 보자마자 얘기 좀 하자며 나를 소파에 앉혔다. 엄마의 말에 이상한 기운이 느껴졌다. 뭔가 들어서는 안 될 말을 듣게 되겠구나, 하는 생각이 스치고 지나갔다.

"지금 김 교수님과 함께 살고 있는 아파트를 팔았으면 해. 조금 큰 아파트로 옮기려고. 이젠 정식으로 결혼식도 해야 하고. 집이 팔리면 너한테는 작은 아파트를 전세로 하나 마련해 줄게."

나는 아무 대답을 하지 않았다. 그러니까 아버지가 유산으로 물려준 집에서 엄마의 남자와 살고 있던 엄마가 이젠 그 집을 팔아 새로운 보금자리를 마련하고 뒤늦게 결혼식을 하겠다는 이야기였다.

"그냥 솔직히 말할게. 사실 아파트를 오늘 부동산 사무실에 내놨어. 주연아, 주연아, 듣고 있어?"

엄마가 내 눈을 들여다보며 큰 소리로 물었다. 나는 듣고 있다는 의미로 가볍게 눈을 감았다 떴다. 엄마는 내게 한마디 상의도 없이 모든 일을 다 벌여놨다. 엄마는 엄마의 남자를 말끝마다 김 교수님, 김 교수님이라 부르며 존경의 마음을 표현했다.

"내일이 아버지 기일인 거 알고 있기는 해? 누구 마음대로 그 집을 팔아? 그 아파트는 아버지가 엄마와 나한테 남긴 거라고. 그 남자한테 남긴 게 아니라고! 엄마가 남자한테 빠지더니 이젠 완전 돌아버렸구나."

나는 새되게 소리를 질렀다. 덮어둔 감정이 순식간에 튀어나왔다. 그때 뭔가 번쩍, 하고 두 번씩이나 지나가더니 앞이 노랬다. 엄마가 내 뺨을 친 거였다. 나는 바로 현관문을 소리 나게 열고 나왔다. 아파트 산책로를 따라 무작정 걸었다. CCTV도, 가로등도 없는 곳만 골라 걸었다. 나는 재활용 쓰레기장에서 빈 소주병 두 개를 쥐고서는 놀이터를 지나 불빛이 들어오지 않는 곳으로 걸어갔다. 그곳에서 소주병을 깨며 악을 썼다. 목구멍이 찢어져라 아버지를 부르며 울었다.

아버지와 십오 년간 살았던 아파트가 팔린 건 엄마와 다퉜던 날로부터 삼 개월 뒤였다. 엄마는 내게 전셋집을 마련해주겠다는 약속을 지키지 않았다. 신축 아파트를 사느라 오히려 은행 빚을 졌다고 전화기 너머로 한숨을 지었다. 엄마와의 사이는 좁혀지지 않았지만 엄마와 더 이상 소원해지고 싶지는 않았다.

엄마가 결혼식을 하고 몇 주일 뒤에 나를 이사한 집으로 초대했다. 저녁 여섯시에 초대받았지만 오후 세시에 엄마의 집에 도착했다. 세시에 약속한 일정이 취소된 터라 좀 일찍 도착해서 저녁 준비를 거들어줄 요량이었다. 아파트 공동 현관문은 엄마가 미리 알려준 비밀번호로 열고 들어왔다. 엘리베이터를 타고 십칠층에 내렸다. 현관문이 조금 열려 있었다. 현관 입구에 과일 봉지며 장바구니가 그대로 있었다. "미친년, 그만 끝내!" 부엌 쪽에서 거칠고 고압적인 남자의 목소리가 들렸다. 이어 쿵쿵거리는 소리가 났다. 무거운 물건을 들었다 바닥에 놓는 소리거나 문을 세게 여닫는 소리 같았다. 실내용 슬리퍼를 신고 거실 모퉁이를 도는 순간, 엄마의 남자가 엄마의 두 팔을 잡고서 발코니 쪽으로 나 있는 부엌문으로 밀어붙이고 있는 모습과 맞닥뜨렸다. 남자의 입에서 쇳소리가 쏟아져 나왔다. "아파트 담보대출을 내면 그 돈 누가 갚아?" "직장 있는 애한테 왜 아파트 전세를 얻어주려는 거야? 미친년, 내가 너 같은 것과……" 하는 말이 연거푸 나왔다. 남자는 한 문장씩 말을 할 때마다 엄마를 문에다 쿵, 쿵, 사정없이 밀어붙이고는 손바닥으로 문을 세게 쳤다. "아파트 판 돈 중에는 주연이 몫도 있어요……" 엄마의 맥없는 목소리가 들렸다. 온몸이 굳어오는 느낌을 받았다. 나는 간신히 벽을 짚고 몸을 돌려 현관문으로 나가려다 부엌 쪽으로 다시 천천히 걸음을 뗐다. 엄마에게 줄 찻잔 세트가 들어 있는 쇼핑 봉투를 꽉 움켜잡았다. 여차하면 부엌 바닥에 내동댕이칠 요량이었다. "저, 왔습니다!" 크게 소리치자 남자가 엄마에게서 화들짝 몸을 뗐다. 엄마는 너무 놀라 울 것 같은 표정을 짓더니 그 자리에 주저앉았다. 엄마는 고개를 숙인 채 몸을 동그랗게 말고서 한참을 그대로 앉아 있었다. 마치 그때의 해수처럼. 남자는 재킷과 자동차 열쇠를 주섬주섬 챙기더니 밖으로 나갔다.

엄마의 집을 나와 근처 커피숍으로 들어가 앉았다. 아무 생각도 떠오르지 않았다. 내가 본 광경이 잘못 본 것은 아닌지 몇 번이나 다시 떠올려보았다. 그냥 아무 기척도 없이 돌아서 나와야 했던 것은 아니었는지 마음속으로 되물었다. 따뜻한 차를 한 모금 마시자 그제야 참았던 눈물이 터져 나왔다. 몸이 사정없이 떨렸다. 목에서 시작하여 팔등까지 엷은 소름 같은 것이 도톨도톨 돋아 올랐다. 나는 엄마에게 '엄마, 괜찮아? 정말 괜찮은 거야?' 하고 문자메시지로 거듭 물었다. 아니라면 지금 당장 내 아파트로 오라는 말도 덧붙였다.

그날 밤, 엄마는 내 아파트로 오지 않았다. 아무런 문자메시지도 보내오지 않았다. 나는 잠을 잘 수가 없었다. 엄마의 남자를 경멸하고 증오하는 것만으로는 내 안의 불길을 잠재울 수가 없었다. 아파트 후문에 있는 정원 쪽으로 나갔다. 더럽고 치사한 새끼! 큰 소리로 내뱉었지만 조금도 위안이 되지 않았다. 카디건 호주머니에 손을 넣어 담배와 라이터를 꺼냈다. 아버지의 지포라이터였다. 도로변에 닿은 아파트 방음막에 기대어 담배에 불을 붙였다. 담배를 깊이 들이마셨다 내뱉었다. 엄마의 남자가 온몸이 타들어가는 광경을 두 손을 부르르 떨면서 보고 싶다는 욕망이 일었다. 담배꽁초에 불이 남아 있는 걸 보고선 나무 덤불 사이로 던지는 상상을 했다. 라이터의 뚜껑을 열어 부싯돌을 돌렸다. 탁, 소리가 나며 불이 켜졌다. 딱, 뚜껑을 소리 나게 닫았다. 다시 라이터의 뚜껑을 열어 부싯돌을 튕겼다. 탁, 딱, 탁, 딱. 켰다가 껐다가를 반복했다. 손아귀에 힘이 빠질 때까지 계속했다. 불꽃이 피어올랐다 지는 사이로 분노와 절망이 숨 가쁘게 오르내렸다. 나의 분노와 해수의 분노가 시간차를 두고 엷게 겹쳐지고 있다는 것을 느꼈다. 해수와 내가 서로 기대어 지낸 날들이 스쳐 지나갔다. 해수가 보고 싶었다.

*

내가 해수를 다시 본 것은 해수가 내 아파트를 나간 지 오 년이 지난 어느 주말 오전이었다. 봄볕이 좁은 거실에 골고루 내려앉고 있었다. 카카오잎을 뜨거운 물에 우려내어 천천히 마시면서 습관처럼 티브이를 켰다. 리모컨으로 이리저리 채널을 돌리다가 인터넷 영상 콘텐츠를 눌렀다. 그중에서 세계여행 다큐멘터리를 찾아 리모컨 버튼을 눌렀다. 주말 오전에 보기에 딱 좋은 교양물이었다. 가장 최근에 방영된 회차를 다시 눌렀다. 뜨거운 태양 아래 해상 축구장에서 어린 남자애들이 축구를 하다가 공을 주우러 바닷물에 풍덩 뛰어드는 장면이 나왔다. 리포터는 인구밀도가 높고 주민들의 행복지수도 높은 섬이라며, 물의 나라인 태국 팡아만의 수상 마을을 소개했다. 한동안 화면에는 초록빛의 바다만 나왔다. 리포터는 인구 이천여 명에 가구 수가 삼백여 세대인 수상 마을을 한 바퀴 돌았고, 집과 상가 안으로 들어가 주민들과 이야기를 나누었다. 작은 레스토랑으로 들어가 주민들이 즐겨 먹는다는, 돼지고기를 으깨서 부드럽게 구운 랍무와 음료수를 주문하고서는 에메랄드빛 바다를 쳐다보며 이런 곳에서 한 달만 살아보고 싶어요, 하고 말했다. 리포터가 초록빛 바다 위에서 스노클링을 하는 사람을 한동안 바라보고 있을 때, 웨이트리스가 랍무와 스무디를 들고 나왔다. 큰 뿔테 안경을 쓴, 키도 체격도 작은 동양 여자였다. 조그마한 얼굴에 긴 머리를 위로 감아올려 큰 머리핀으로 고정한 모습이었는데 이십대로 보였다. 리포터가 그녀와 영어로 인터뷰를 했다.

"여러 나라, 여러 도시 중에서 왜 이 섬에 정착하게 됐나요? 도시로 나가고 싶지는 않나요?"

"이곳에서 사는 게 좋아요."

"하루에 전기도 제한적으로 들어오고 물도 육지에서 가져다 쓰니 생활하는 데 많이 불편할 텐데요."

"불편한 점도 있죠. 그러나 누구에게도 속박되지 않고 사람들과 부대끼지도 않는 이 섬에서 사는 게 행복해요."

이십대로 보이는 동양 여자는 리포터가 질문을 던졌을 때 머뭇거리지 않고 바로 대답을 했다. 탁구공을 딱, 되받아치듯이 신속했다. 어조도 당찼다. 화면에는 자막으로 'Sua Park'이 라는 여자의 이름이 올라왔다. 여자는 "정말 행복해요, 여기서!"라는 말을 다시 하면서 쟁반을 들고서 주방 쪽으로 걸어갔다. 해수였다! 성씨와 이름이 달랐지만 'Sua Park'이 조해수라는 것을 금방 알 수 있었다. 'Park'은 은혜 이모의 성이었다. 나는 되감기 버튼을 눌러 해수가 주방 쪽에서 걸어 나오는 장면부터 인터뷰를 마치고 다시 주방으로 가는 장면까지 여러 차례 돌려봤다. 화면을 정지시켜 놓고서 그녀를 꼼꼼히 관찰했다. 해수가 맞았다. 그 아이의 낮지만 또렷한 목소리, 작고 갸름한 얼굴을 어찌 기억하지 못할까. 해수는 삶의 슬픔에서 벗어난 것처럼 보였다. 제 몫의 고통을 완벽하게 견뎌낸 사람만이 가질 수 있는 고요한 표정을 짓고 있었다. 나는 텔레비전을 끄고 창가에 가 섰다. 작은 섬에서 '정말 행복해요'라고 말하던 해수의 얼굴 위로, 깊은 밤 아파트 놀이터에서 '사람들이 잘 모르는 곳이요. 가족들이 사는 곳에서 가장 멀리요'라고 말하던 해수의 그늘진 얼굴이 겹쳐졌다.

나는 오디오를 틀었다. 진한 커피를 한 잔 내려 마시고 싶었다. 에스프레소 캡슐을 커피머신에 넣으며 혼잣말을 했다. 어쩌면 해수는 다시는 돌아오지 않을 것 같아, 하고. 나는 소파에서 눈을 감고 음악을 듣다가 몸을 천천히 일으켰다. 내가 만난 사람 중에 가장 작은 아이였고 가장 어른 같았던 아이, 해수. 왼쪽 손목 가장자리에 잉크빛 같은 작은 잎사귀 하나 앙증맞게 새겨져 있던 아이. 그 아이가 달리면 잉크빛 같은 나뭇잎도 질주하고 그 아이가 가만히 있으면 나뭇잎도 걸음을 멈추었지. 해수를 만나고 싶다는 생각이 강렬하게 들었다. 해수에게 너와 함께 보냈던 시간을 모두 기억하고 있다고, 나도 불의 게임을 시도해보고 싶은 적이 있었다고 말해주고 싶었다. 나는 태블릿 피시로 항공사를 검색하기 시작했다. 7월 중순, 여름방학이 시작되는 날에 바로 떠날 수 있는 태국행 티켓을 예매했다. 그러곤 소파 위에서 해수처럼 몸을 최대한 작고 둥글게 웅크렸다. 눈을 감았다. 저만치 해수가 서 있었다. 해수는 슬프지도 비장하지도 않은 담담한 표정으로 녹색의 바닷물을 바라보았다. 해수가 바다 쪽으로 천천히 걸음을 뗐다. 어디선가 날아온 불씨가 해수의 원피스 자락에 붙었다. 불씨는 이내 불덩어리가 되어 해수의 다리를 휘감았다. 어깨로 머리카락으로 옮겨 타올랐다. 태양 아래 선 해수의 실루엣은 불덩어리 때문에 보이지 않았다. 해수는 불덩어리에 휩싸인 채 고요히 바닷물로 들어갔다. 불은 젖은 채 타고 있었다. 해수는 점점 작아졌다. 한 점 불빛이 된 해수가 수평선에서 사라졌다. 봄볕이 내 둥근 등 위로 골고루 내려앉았다.

레이나의 새

레이나의 치골에서 검은 새 한 마리를 발견한 날은 우리가 보리사에 가기로 한 날이었다. 그날은 아침부터 구름이 낮게 내려와 있었고 늦은 오후부터는 비가 내렸다. 결국 그날 우리는 보리사에 가지 못했다. 대신 인사동에 있는 모텔에 나란히 누웠다. 나는 그녀의 치골 위에 날개를 펴고 앉아 있는 새 문신을 가만히 쓰다듬었다. 그녀는 고단한 죽지를 비벼대듯 내 가슴께로 파고들었다. 더, 더. 조금만 더 만져줘. 새가 더 높이 날아가게. 그녀의 나른한 목소리를 들으며 그녀를 등 뒤에서 부드럽게 껴안았다. 그녀는 한동안 뒤척이다가 서서히 고른 숨을 쉬며 잠이 들었다. 밤새 서로 빈 몸을 녹이는 사이로 창밖 가로수에서 치리릿, 치리릿, 하는 새의 울음소리를 들은 것도 같았다.

누가 레이나에 대해서 묻는다면, 그녀의 치골 위의 새를 제외하고 그녀에 대해 말하라고 한다면, 나는 그녀를 설명할 수가 없다. 어떻게 그녀를 안다고 말할 수 있을까. 그날 밤에서 두 달이 지난 지금, 나는 그 새를 찾으러 길을 나선다. 어스름 속으로 달아난, 날개가 찢어진 그 새를 만날 수 있을까.

*

학원 정문에 다다랐을 때는 아침 미팅 시간인 여덟시 삼십분이 지나 있었다. 교무실 문을 열자마자 부원장의 새된 목소리가 날아들었다.

"레이나가 사라졌어요. 레이나가 없어졌다고요!"

부원장이 이마에 핏대를 세우며 A4 종이 한 장을 출입문 쪽으로 던졌다. 나는 한 사람이 감쪽같이 사라지는 일과 A4 종이 한 장이 공중으로 날아올라 교무실 출입문 쪽에 서 있던 내 콧잔등을 훅, 할퀴고 지나가는 것과는 어떤 상관성이 있을까를 아주 잠깐 생각했다(그 종이가 레이나가 쓴 사직서라는 것을 안 것은 한참 뒤였다). 그녀가 살던 오피스텔은 비어 있었고 휴대전화도 해지된 상태였다. 그녀가 타고 다니던 진주색 미니 쿠페도 이미 다른 사람의 소유가 되어 있었다. 레이나는 어디에도 없었다. 누구와도 연락이 닿지 않았다. 신기한 것은 그녀의 행방에 대해 알아볼 데가 한 군데도 없다는 사실이었다. 누군가 흔적조차 남기지 않고 지상에서 사라지는 데에 하루도 걸리지 않는다는 사실이 믿기지 않았다.

"사람 속을 이렇게 홀랑 뒤집어놓다니! 내일부턴 학원 감사가 시작되는데 누구 레이나 소식을 아는 사람 없어요?"

남색 투피스를 입은 부원장이 팔짱을 낀 채 격앙된 목소리로 말했다.

레이나 박, 그녀는 이 학원의 스타 강사였다. 강사만 칠십 명이 넘는 대형 학원에서 신입 강사인 나에게 관심을 가져준 유일한 사람이 영어과 수석 강사인 레이나 박이었다. 목소리가 갈라져 나오는 오후 네댓시쯤, 그녀는 종종 내 책상 위에 꿀을 탄 따뜻한 우유를 가져다주었다. 그러고는 자기 책상으로 가서 아무 일도 아니라는 듯 컴퓨터 모니터를 보며 일을 했다. 수업이 없는 시간, 교무실에서 문득 그녀의 파티션 쪽으로 고개를 들어보면 그녀는 언제나 등을 꼿꼿이 세운 채 책상 앞에 앉아 있었다. 나는 그녀가 사라진 게 아니라 자신을 찾아 어딘가로 떠났을 거라는 생각이 들었다. 그녀가 강사 휴게실 창가에 서서 오래도록 하늘을 바라보다 불쑥, 이 선생님은 하늘을 날아보고 싶은 적 없어요? 아주 멀리 날아가고 싶은 곳 없어요? 하는 뜬금없는 질문을 내게 한 적이 있었으니까.

서울특별시 교육청 홈페이지에 모 학원 강사의 허위 학력에 대한 신고가 접수된 게 이 사건의 시작이었다. 교육청에서 사실 규명에 나서기도 전에 아직도 허위 학력의 강사가 있느냐며 인터넷 각종 사이트에서 여론이 먼저 들끓었다. 그 뒤, 연이어 교육청에 강남, 노량진, 목동 학원가 강사의 허위 학력 신고가 잇따랐다. 그 강사들 중에 레이나도 있었다. 경찰은 서울시 전역에 학력을 위조한 강사가 없는지 수사를 확대하기로 했다. 그럼에도 청와대 국민청원 홈페이지에는 허위 학력의 강사들을 전국적으로 색출해서 처벌해달라는 청원이 올라와 몇만 명의 동의를 얻었다. 부원장과 교무과장은 이미 몇 차례 경찰서에서 조사를 받았다. 이곳 학원에서는 레이나 외에도 네댓 명의 강사가 학력 위조 건으로 피의자 신분이 됐다. 그 강사들은 학력이 부풀려져 있었고 레이나는 아예 허위로 조작되어 있었다. 레이나는 뉴욕의 어느 대학에서 학사와 석사 학위를 받은 게 아니었다. 경주 외곽에 있는 정보공업고등학교를 졸업하고 이름조차 생경한, 미국에 있는 기술전문학교에서 일 년 과정을 수료한 게 다였다. 레이나의 허위 학력은 동료 강사들마저 고개를 내저을 정도로 빅뉴스였다. 대학 졸업장도 없이 보습학원 보조 강사로 학원가에 들어온 그녀가 어떻게 해서 십 년 만에 지상파 방송사에서 영어 강사 섭외를 할 정도로 스타 강사가 되었는지, 이야기들이 분분했다. 세련되고 지성적인 외모에다 원어민보다 더 정확한 발음과 어법으로 열정적으로 강의를 해왔기 때문에 학원 경영자들이 그녀의 허위 학력을 묵과했다는 얘기도 있었다. 학원을 옮길 때마다 학원장이나 이사장들과 부적절한 거래가 있었다는 설도 만만찮았다. 과학 담당 강 선생은 대놓고 그녀를 비난했다.

"원래 뒤가 구린 사람이 매사 더 열심인 거라고. 수강생 몇 명한테 수강료를 지원하는 거 보고 위선적 행동이 아닐까 생각했지. 또 미혼모재단, 청소년쉼터에 정기적으로 후원금 내는 기부 천사라고 부원장이 만날 칭찬했잖아."

강 선생은 학습 자료를 워드로 작성하는 간간이 레이나에 대한 기사를 내게 카톡으로 보내왔다. 그러곤 기사 말미에 꼭 자신의 의견을 보탰다. '레이나가 한 모든 일들, 선행이라고 일컬어지는 모든 일들은 추악한 위선입니다. 레이나 박은 학력 위조라는 법망에 걸리지 않기 위해 잠시 몸을 숨긴 겁니다. 아마 곧 다시 어떤 방식으로든 화려하게 컴백할 테죠.' 나는 그녀에 대한 모든 이야기가 듣기 거북했다.

레이나의 허위 학력에 놀라지 않은 사람은 부원장뿐이었다. 오랫동안 그녀와 함께 일해온 부원장은 진작부터 알고 있었는지도 모를 일이었다. 부원장은 회식 자리가 3차까지 이어질 때면 레이나 선생 혼자서 우리 학원 수입의 삼분의 일을 벌어요. 우리 학원에선 참 귀한 사람입니다, 하면서 술잔을 높이 들어 우리 학원을 위하여! 레이나를 위하여! 선생님들을 위하여, 를 연이어 외쳤다. 이어 그녀의 어깨를 가만가만

두드리거나 그녀에게 따뜻한 눈빛을 보냈다. 사직서를 부원장에게 메일로 보낸 뒤 사라져버린 그녀와 그녀의 허위 학력 소식, 나는 이 두 가지 소식에 당황스러웠지만 예견된 일인지도 모르겠다는 생각이 들었다. 그녀를 바라볼 때마다 그녀의 눈빛이 아슬아슬한 경계 지점에서 이를 악물고 서 있는 사람처럼 불안해 보였으니까.

레이나가 사표를 쓰고 사라진 지 한 달여 만에 학원은 평정을 찾았다. 학원은 가까스로 영업 정지를 면했다. 석사 출신으로 자율형 사립 고등학교 영어 교사였다는 사람이 영어과 수석 강사로 채용되었고, 학력을 부풀린 강사는 새 강사들로 교체됐다. 수강생들의 수군거림도 언제 그랬냐는 듯이 잦아들었다. 그런데 나는 시간이 지날수록 마음이 허전했다.

"이 선생, 혹시…… 레이나 소식 알고 있죠? 레이나 본가 주소도 알고 있지요?"

부원장의 목소리였다. 기척도 없이 언제 왔는지 파티션 너머에 부원장이 서 있었다. 나는 수강생들의 모의고사 성적을 점검하느라 한창 컴퓨터 모니터를 들여다보고 있는 중이었다. 점심시간이라 교무실엔 부원장과 나밖에 없었다. 막 커피잔을 들어 한 모금 마시려던 참이었지만 이내 내려놓았다. 무거운 표정의 부원장 얼굴을 보자 가슴이 답답했다. 부원장도 그녀의 행방을 아직 모르는 듯했다. 나는 모른다고 대답했다.

"레이나가 사직서를 제출할 거라는 것을 미리 알고 있었죠? 그나저나 이 선생도 레이나가 학력 위조 건으로 심리적 압박을 견디다 못해 사라졌다고 믿어요?"

나는 잠시 침묵을 지키다 고개를 저었다. 그녀가 사직서를 제출한 일에 대해서 부원장 이상으로 알고 있는 것이 없었기 때문이었다. 부원장은 후, 하고 길게 숨을 내쉬더니 나를 빤히 쳐다보았다. 두번째 질문에 어서 답을 하라는 의미 같았다. 입을 다물고 싶었지만 부원장에게 간단하게라도 답을 해야만 이 지리멸렬한 질문 공세를 피할 수 있을 것 같았다. 나는 고개를 가로저으며 사무적인 어투로 레이나가 사라진 이유를 모르겠다고 대답했다.

"사내 커플인 걸로 알고 있었는데 아니었어요?"

부원장의 목소리는 어느새 한껏 높아져 있었다. 마치 나를 범죄 사건의 용의자 심문하듯이 다그쳤다. 나는 자리에서 벌떡 일어서며 단호한 소리로 말했다.

"커플이었다고요? 교무실에서 종종 이야기를 나누고 같이 차를 마시면 다 연인인가요? 저는 레이나 선생에 대해서 아는 게 없습니다."

부원장은 어이가 없다는 표정을 지었다. 그녀는 참내, 를 연발하며 구둣발 소리를 날카롭게 내며 부원장실로 사라졌다. 부원장에게 큰 소리로 대답한 것은 그녀의 행방을 알고 있는 사람이 한 사람도 없다는 사실에 짜증이 났기 때문이었다. 미지근해진 커피를 신경질적으로 단숨에 들이켰다. 이젠 정말로 내가 레이나를 알고 있었는지조차 확신할 수 없었다. 내가 기억하는 그녀는 일요일에도 학원에 나와 학생들에게 무료 강의를 하는 열정이 넘치는 사람이었고, 지상파 방송사로부터 강의 요청을 여러 번 받은 실력 있는 강사였다. 부원장도 신입 강사들에게 강사로 성공하고 싶으면 레이나 선생을 본받으라는 말을 수시로 했다. 내가 알고 있는 그녀는 앞머리를 뱅 스타일로 머시룸 커트를 한, 정장 바지가 날씬하게 잘 어울리는 여자였다. 항상 깔끔한 슈트 차림이었던 그녀는 일반적인 미의 기준으로 말하자면 미인은 아니었다. 쌍꺼풀이 없는 길쭉한 눈, 갸름한 얼굴에 맞는 적당한 높이의 코, 큰 입이 미인형과는 거리가 멀었지만 눈빛에는 생기가 돌았다. 조금 큰 키에 얼굴이 작은 편이라 멀리서 보면 모델처럼 보였다. 나이는 서른대여섯으로 보이기도 하고 스물예닐곱으로 보이기도 했다. 그녀를 일 년 전 학원에서 처음 봤을 때부터 어딘가 낯이 익었다. 뭐라 이름 붙일 수 없는 감정이 온몸을 휘감았다. 그땐 정체 모를 그 감정이 그녀를 더 매력적으로 보이게 했다.

교무실 출입문 가까이에 있는 내 책상에서 열대여섯 걸음만 더 가면 레이나의 책상이 나왔다. 그녀와 대화할 기회는 거의 없었다. 국어를 담당하는 나와는 과목이 다르기도 했지만, 그녀는 동료 강사 누구와도 업무 외의 사적인 말은 나누지 않았다. 그런데 유독 나에게만은 복도나 교무실에서 마주칠 때면 종종 미소를 지어 보였다. 평소 차가울 정도로 말수가 적고 냉소적인 표정의 그녀를 생각하면 꽤 의아한 일이었다.

탕비실에 가려고 그녀의 책상을 지나다 컴퓨터 모니터에 붙어 있는 여러 장의 새 사진을 보았다. 새들이 컴퓨터 모니터 위에 줄을 지어 까맣게 앉아 있는 것처럼 보였다. 표준형 칸막이보다 좀 낮은 그녀의 파티션 안쪽에는 절 정경 사진이 붙어 있었다. 보리사 사진이었다. 순간, 머리가 옥죄이며 심장 뛰는 소리가 빨라지는 것을 느꼈다. 누군가에게 절은 한없이 마음이 평온해지는 공간일 수도 있겠지만 최소한 내게는 아니었다. 그곳에 가지 않았더라면 내 삶이 지금과는 달라졌을 거라고 생각하고 있었으니까. 그제야 기억이 났다. 레이나를 삼 년 전에 보리사에서 만난 적이 있다는 것을. 그 사실을 그녀가 기억하고 있는지, 그녀도 분명 알고 있지만 모른 체하는 건지는 알 수 없었다.

*

"보리사에 한번 가볼래요? 이번 토요일 어때요?"

쉬는 시간, 강사 휴게실에서 커피를 마시고 있는 내게 레이나가 가벼운 공을 툭, 던지듯 말했다. 나는 가슴이 철렁 내려앉았다. 그녀가 불쑥 던진 제의에 손에 든 종이컵이 미세하게 흔들렸다.

"경주 탑골에 있는 보리사 말인가요?"

나는 어느 절을 말하는가 싶어 재차 물었다. '보리사' 라는 이름을 가진 절이 전국에 몇 개나 된다고 알고 있었으니까. 그녀는 고개를 가볍게 끄덕였다. 그러고는 한동안 침묵이 이어졌다. 창가엔 빗방울이 떨어지고 있었다. 나는 보리사로 올라가는 가파른 길에 기와집 담장들 바깥으로 붉은 명자나무와 흰 목련이 흐드러지게 피어 있던 풍경이 생각났다. 그리고 탑골 마을 입구에서 부처 바위가 있는 작은 암자로 가는 대숲 옆길도 떠올랐다. 그녀가 말할 차례였는데도 그녀는 긴 눈초리를 내리깔고는 아무 말도 하지 않았다. 무슨 생각에 깊게 잠긴 듯했다. 그 침묵이 몹시 어색해서 뜻밖이라는 듯이 고개를 한쪽으로 갸웃거리며 물었다.

"왜 나와 같이 가고 싶은 건지……"

"왜 이 선생님을 선택했느냐고요?"

그녀는 작은 소리를 내며 웃었다. 나는 후, 하고 날숨을 쉬며 그녀의 대답을 기다렸다.

"불쑥 보리사 얘기를 해서 당황했나 봐요. 부모님 집이 포항이라고 하지 않았어요? 경주와는 아주 가까운. 주말에 포항 내려갈 거면 같이 가보자고요."

그녀는 특별한 이유가 있는 건 아니라는 듯이 말했다.

"절은 한없이 마음이 평온해지는 공간이죠. 종종 절을 찾곤 하는데 문득 예전에 한번 다녀온 적이 있는 보리사에 가고 싶어졌어요. 보리사 주변 마을 경치가 정말 아름다웠거든요. 다시 가보고 싶다는 생각을 자주 했어요. 탑골 마을 입구에서 옥룡암 부처 바위로 가는 대숲 옆길도 좋았고요. 탑골 마을에 가면 자꾸 나를 돌아보게 되더라고요."

그녀는 담담하게 대답을 하고서는 고개를 돌려 무심하게 창밖을 바라보았다. 이어 시선을 학원 맞은편에 있는 대형 편의점으로 향했다. 나도 더 이상 말을 하지 않고 시선을 맞은편 편의점 쪽으로 돌렸다. 밤 아홉시부터 이십 분간 주어지는 휴식 시간, 학생들이 우산도 쓰지 않은 채 삼삼오오 편의점으로 뛰어 들어가는 것을 바라보며 생각했다. 그녀의 낯선 제안을 어떻게 받아들여야 할까. 고개가 갸웃거려졌다. 그녀는 삼 년 전의 나를 알고 있는 것이 분명했다. 내가 보리사와 연관이 있다는 것도 알고 있을 것이다. 머릿속이 복잡했다. 가늘게 내리던 빗줄기는 점점 더 거세졌다. 굵은 빗줄기가 차도에 사선으로 꽂혔다. 텁텁하고 매운 도시 공기와 서늘하고 비릿한 비 냄새가 섞여 학원 건물 안쪽으로 밀려왔다. 순간, 보리사라는 곳이 한없이 마음이 불편해지는 공간이기는 하지만 그래서 오히려 더 가보아야 할 곳이란 생각이 들었다. 그곳에서 마음속의 오랜 짐을 내려놓고 오든, 더 얹어 오든 한 번은 가봐야겠다는 데 생각이 미쳤다. 어차피 혼자 가기는 두려운 곳이었다. 호흡을 가다듬고서 담담한 어조로 그녀를 바라보며 말했다.

"좋아요, 같이 가요. 이번 주말에는 포항에 내려갈 생각이었어요. 내일 몇 시, 어디서 만날까요?"

레이나는 오지 않았다. 학원 근처에서 오전 열시에 그녀를 만나 보리사로 출발하기로 했지만 한참 후에야, '약속을 못 지켜 미안하다. 오후부터 비가 온다는데 경주에 갈 수 있겠느냐. 지금 마음이 몹시 복잡해서 갈 수가 없다'는 메시지를 보내왔다. 그녀는 뒤이어 '이렇게밖에 할 수 없는 제 입장을 이해해주셨으면 해요' 하는 메시지를 덧붙였다. 황당했다. 그러나 그녀에게 따지고 싶지는 않았다. 화창하지는 않았지만 궂은 날씨도 아니었다. 오후부터 봄비가 촉촉하게 내린다는 일기예보가 있었지만 꽃비 수준일 거라고 했다. 차 창문을 내렸다. 눅진한 바람이 차 안으로 밀려들었다. 벚꽃이 도로 위에 흩날렸다. 벚꽃의 움직임을 멍하니 지켜보았다. 룸미러를 보며 머리카락을 양손으로 쓸어 넘겼다. 거울 속에 서른서너 살쯤 되어 보이는 친숙하면서도 낯선 남자가 초점 없는 눈빛으로 앉아 있었다. 서휘가 곁에 있었다면 나는 지금 자동차 안에서 레이나의 메시지를 보고서는 멍한 시선으로 앉아 있지 않을 게 분명했다. 서휘와는 캠퍼스 커플이었다. 담배 한 개비를 꺼내 피웠다. 몸안을 한번 휘감아 돌고선 날숨과 함께 입 밖으로 나온 담배 연기는 차도 쪽으로 날아갔다.

*

삼 년 전, 내가 포항에 있는 고등학교에 발령을 받았을 때에 서휘는 내 곁에 없었다. 이미 현실 세계에 존재하지 않는 사람이었다. 임용고시에 세 번이나 떨어진 서휘는 아르바이트를 전전했다. 그러던 어느 날, 서휘는 보리사 근처 저수지에서 발견됐다. 실종된 지 딱 삼 일 만이었다. 서휘가 일한 곳은 대형 화장품 체인점과 24시간 영업을 하는 뼈해장국집이었다. 하루 두 곳에서 아르바이트를 했다. 대형 화장품 체인점은 뷰티, 헬스 잡화점이라 젊은 여성들 사이에서는 모르는 사람이 없었고, 해장국집은 중년 이상이면 누구나 아는 식당이었다. 낮에는 감정노동을 하고 저녁 이후로는 육체노동을 한 셈이었다. 서휘의 장례식장에서 그녀의 룸메이트로부터 서휘에게 카드빚이 많았다는 것, 집에서 생활비가 오지 않은 지 이 년이 넘었다는 것, 이번 임용고시 준비를 포기하며 무척 불안해하고 우울해했다는 얘기를 들었다. 오랜 연인 사이이면서도 정작 나는 서휘에 대해 아는 것이 너무 없었다는 생각이 들었다. 미안하고 참담했다. 자정쯤 해장국집에서 손님과 심한 말다툼이 있었고, 그 뒤 바로 퇴근한 서휘가 왜 보리사 근처 저수지에서 시신으로 발견됐는지 경찰은 아무것도 밝혀내지 못했다. 서휘의 목적지가 내가 있는 보리사였을 것이라는 사실 외엔 어떤 것도 알아내지 못했다(나는 그때 어머니의 간청으로 보리사 요사채에서 두번째 임용고시 준비를 하고 있었다). 나는 아무것도 알고 싶지 않았다. 해장국집에서 중년 남자와 무슨 일로 다투었는지, 사고가 나던 날 밤에 왜 나를 만나고 싶어 했는지, 실족사인지 자살인지도. 서휘가 자정쯤 대구에서 택시를 타고 보리사에 내려 돌연 저수지로 뛰어들 때(나는 그렇게 추정했다), 그녀 옆에 있어주지 못했다는 죄책감은 늘 나를 따라다녔다. 서휘의 죽음은 내 모든 것을 바꿔놓았다. 내가 알고 있는 어떤 죽음도 내 인생에 이토록 강렬한 충격을 주지는 못했다. 그녀에 대한 죄책감 다음에는 이 사회에 대한 분노가 치솟았다. 그 후로는 어떤 일에도 의욕이 없었다. 임용고시에 합격해 교사가 되었지만 가르치는 일에 열의가 없었고 동료 교사들과도 겉돌았다.

마음이 종잡을 수 없이 복잡한 날에는 보리사를 찾았다. 키 낮은 산목련들이 지천으로 피어 있는 대웅전 뜰을 지나 오솔길을 따라 산비탈 위 아름다운 연화대좌에 앉아 있는 석불좌상 앞에 섰다. 흘러내리는 듯한 옷자락을 여미고 자비가 넘치는 얼굴로 앉아 있는 석불 앞에 서서 서휘의 영혼을 위해 조용히 합장했다. 그때 오랜 풍상으로 곳곳이 마멸된 석불좌상을 아주 오랫동안 바라보고 있던 사람이 레이나였다. 산비탈을 내려올 때에는 경내가 어둑했다. 비라도 한차례 내릴 태세였다. 이어 하늘이 번쩍, 했고 먹장구름이 검은 새 떼처럼 보리사 전경으로 우루루 몰려들기 시작했다. 보리사를 내려오는데 투, 툭, 투둑, 빗방울이 떨어졌다. 레이나가 배낭에서 삼단 접이 작은 우산을 꺼내 폈다. “같이 써요” 하며 우산을 내 머리 위로 받쳤다. 됐습니다, 하고 사양할 틈도 없었다. 겸연쩍었지만 그녀와 우산을 같이 쓴 채 어둑해서 빙하의 골짜기처럼 미끄러운 내리막길을 조심스레 내려왔다. 나무 그루터기에 앉아 있던 새들이 비 듣는 소리에 우, 우, 우, 우 공중의 산맥들로 날아올랐다. 나는 저 새들이, 마멸되지 않고 오히려 매일매일 자라나는 내 고통을 물고 날아갔으면 좋겠다는 생각을 했다. 레이나의 어깨가 젖을세라 그녀 쪽으로 우산을 기울였다. 흰 셔츠를 입은 그녀의 동그란 어깨와 어깻죽지가 바르르 떨렸다. 이내 폭우가 쏟아졌다. 우리는 보리사 아래에 있는 게스트하우스로 들어갔다. 근처에 비를 피할 곳이라고는 여기밖에 없었다. 레이나는 게스트하우스 예약을 해둔 상태였고, 나는 빗속을 운전해 집으로 가는 것보다는 여기서 하루 쉬어 가는 게 낫겠다 싶어 방을 잡았다. 나는 게스트하우스 내 식당에서 저녁을 먹자마자 자리에서 일어났다. 오늘 하루가 무척 길게 느껴졌고 피로가 몰려와 쉬고 싶었다. 이층으로 올라가 방문을 열려던 참이었다. 계단 아래에서 잠깐만요, 하는 여자 목소리가 들렸다. 고개를 돌려보니 계단 아래에 레이나가 서 있었다. 바빠요? 그냥 쉴 거예요? 내가 뜨악한 표정을 짓자 그녀가 목소리 톤을 조금 높여 말했다. 숙박 손님들 모두 식사 마치고 별채로 술 마시러 갔어요. 우리도 비 그칠 때까지 술 마시는 건 어때요? 당돌하게 구는 그녀가 싫지 않았다. 나는 잠시 망설이다가 서휘 생각에 우울한 밤을 보낼 게 틀림없었기에 알았어요, 하며 일층으로 내려갔다. 잦아지지 않는 빗발을 유리창 너머로 바라보며 늦은 밤까지 그녀와 술을 마셨다. 모르는 사이였지만 그 밤의 일은 흐르는 물처럼 아주 자연스러웠다.

"가짜 인생을 살고 있다는 생각이 수시로 들곤 해요. 사람을 만나는 일, 살아가는 일, 모두 필요에 의해 가짜로 했으니까요. 그런 생각이 들면 종종 보리사를 찾아요."

새벽녘, 그녀가 의자 깊숙이 몸을 묻으며 눈을 가느스름하게 뜬 채 말했다.

"보리사엔 무슨 일로 왔어요? 그쪽은 어디 살아요?"

"……"

서휘의 흔적을 찾아 보리사에 왔다고 말하고 싶었지만 얼른 입이 떨어지지 않았다. 내 표정을 물끄러미 바라보던 그녀가 말을 이었다.

"나는 어렸을 때 여기 경주에 살았어요. 경주에서도 면 단위 시골 동네였어요. 동네 뒤쪽에 넓은 들판이 있었어요. 검은 새들이 수시로 그 들판 위에 떼를 지어 까맣게 앉았다가 날아가곤 했는데 정말 장관이었어요. 검은 새들이 무서웠지만 누군가에게 공포감을 줄 수 있다는 게 좋았어요. 어디든 갈 수 있다는 것도 자유로워 보여서 좋았고요."

내가 뭔가를 말하려고 물컵에서 손을 떼는 사이에 그녀가 다시 입을 열었다.

"알바를 해서 첫 월급을 탔을 때가 열일곱 살 때였어요. 그 돈으로 제일 먼저 한 일이 뭔지 알아요? 몸에 새 모양의 문신을 새긴 일이었어요. 새는 죽은 이의 영혼을 옮기는 역할을 한다고도 하잖아요. 어릴 때 돌아가신 부모님의 영혼이 내게 내려앉았으면 하는 바람이 컸어요. 부모 없는 어린 계집아이의 팬티 속으론 아무 손이나 들어오거든요. 그 검은 새가 나를 지켜줄 거라고 생각했어요."

그녀는 생각만 해도 몸서리가 나는지 몸을 잘게 떨었다. 이내 테이블에 머리를 박고 조용히 흐느꼈다. 나는 그녀의 내밀한 이야기를 듣는 게 겸연쩍어 빈 술잔을 입술로 가져가 댔다. 어느새 가늘어진 빗줄기는 경전 속 말씀처럼 조용히 게스트하우스 정원에 내리고 있었다.

*

레이나에게서 전화가 온 것은 그날 저녁 무렵이었다. 오전에 그녀와 보리사로 가기로 했던 약속이 일방적으로 깨진 뒤, 바로 오피스텔로 돌아와 영화만 세 편째 보는 중이었다. 좌식 소파에 기대어 캔 맥주를 마시며 쫓고 쫓기는 엽기적인 내용의 영화를 감상하는 것도 나쁘지는 않았다. 휴대전화에 그녀의 이름이 떴을 때, 전화를 무시해버릴까 머뭇거리다가 전화를 받았다. 잠깐 좀 나올 수 있겠느냐고 그녀가 물었고, 나는 아주 잠시 침묵을 지키다가 그러죠, 하고 건조하게 대답했다.

그녀가 정한 장소인 재즈바에 도착했다. 이른 저녁 시간인데도 그녀는 조금 취해 있었다. 실내는 이미 손님들로 가득 차 있었다. 술 먹기 좋은 날씨 탓인지도 몰랐다. 오후 늦게부터 봄비가 촉촉하게 내렸으니까.

"토요일 저녁에 이런 전화를 해서 미안해요. 친구가 필요했거든요. 이 선생님이라면 나와줄 것 같았어요."

나는 대답 대신 후, 하고 짧게 숨을 쉬었다.

"무슨 술 좋아해요? 좋아하는 걸로 시켜요."

내가 아무런 대답을 하지 않자 그녀는 웨이터에게 손짓해서 보관해둔 술을 가져다 달라고 했다. 꽤 고급인 위스키가 나오고 안주가 나오는 동안 나는 불편한 표정으로 앉아 있었다.

"아, 미안 미안해요. 오늘 밤, 시간 내준 거 어떻게든 보상할게요."

그녀는 자기 얘기에만 몰입하고 있었다. 보리사에 가기로 한 얘기는 한마디도 꺼내지 않았다. 무엇보다 보상해준다는 그녀의 말이 불쾌했다. 거칠게 술잔을 들었지만 한 모금만 마시고 이내 잔을 내려놓았다. 마시고 싶지 않았다. 무엇보다도 그녀에게 이리저리 끌려다니는 것 같아 자존심이 상했다.

"그럼, 나 혼자라도 마실게요. 그냥 옆에만 있어줘요."

그녀는 연인에게 투정하는 투로 말했다. 술병이 거의 바닥날 때까지 그녀는 혼자 마셨다. 나는 알코올 성분이 없는 맥주를 주문했다. 그녀는 눈을 감고 재즈 선율에 몸을 맡기기도 하고 드문드문 학원 이야기도 했다. 그러다가 뜬금없는 질문을 던졌다.

"이 선생님이 했던 가장 나쁜 거짓말은 뭐였어요?"

"네?"

"거짓말요. 한 번이라도 거짓말해본 적 있을 것 아니에요."

"음, 그거야……"

그녀는 진지한 표정으로 내 대답을 기다렸다.

"한 사람을 사귀고, 사랑한다고 말하고, 결혼까지 생각했으면서 진짜로 그 사람을 이해하려고 하지 않은 거요. 사랑한다는 말은 거짓말이었던 것 같아요."

나는 서휘를 떠올리며 눈을 감았다. 사랑한다고 했지만 그녀를 제대로 이해하지도, 지켜주지도 못했다. 그녀가 푸후훗, 소리 내어 웃었다.

"그런 건 거짓말 축에도 못 들어요. 오직 살기 위해서 거짓말을 해야 할 때도 있어요. 쓰러지지 않으려고, 차가운 담벼락에 내팽개쳐지지 않으려고 거짓말을 할 때도 있잖아요. 딱 한 번이다, 하면서요."

"글쎄요…… 그런 상황이라도 누구나 다 거짓말을 하진 않죠."

나는 굳이 그녀의 기분을 맞춰주고 싶지는 않았다. 보리사에 가자는 일방적 제안에다 황당하게 약속을 깨트린 일, 그리고 이런 뜬금없는 질문까지 모두 못마땅했다. 그녀의 못된 장난질에 걸려든 것은 아닐까, 라는 생각도 들었다. 그런데도 자리를 박차고 나가지 못했다. 무슨 연유인지 점점 그녀에게 빠져들고 있었다. 이런 모순적인 감정을 나 자신도 설명할 수 없었다. 그녀는 갑자기 싸늘한 어조로 말했다.

"아, 이런 구질구질한 대화는 그만하는 게 낫겠어요."

노란 조명 아래 위스키를 홀짝이는 그녀의 실루엣이 쓸쓸해 보였다. 그녀의 둥근 어깨, 술잔을 잡는 손, 의미 없이 내뱉는 웃음소리가 불안해 보였다. 열시경 바를 나왔을 때 레이나는 상당히 취한 상태였다. 어깨를 잡아주지 않으면 안 될 정도로 그녀는 비틀거렸다. 비는 여전히 내리고 있었다.

"차는 어디에 주차했어요?"

그녀는 눈을 가늘게 뜬 채 오른손 검지를 들어 좌우로 흔들었다.

"집은 어디에요?"

그녀는 오른손 검지와 머리를 가로저었다. 난감했다. 어떻게 해야 할지를 생각했다. 어디로 가야 하나…… 그녀의 어깨를 잡고 눈부시게 휘황한 도시의 번화가를 무작정 걸었다. 모텔이 있는 곳을 찾아 골목의 모퉁이를 돌 때였다. 그녀의 입술이 내 입술에 닿았다. 깜짝 놀라 그녀를 보자 그녀가 키득키득 웃었다. 해독이 필요한 그녀의 웃음이 의아했지만 그녀의 맑은 웃음소리에 마음이 풀어졌다. 불빛이 성글어지는 지점이나 인적이 드문 모퉁이를 돌 때마다 그녀는 내게 입을 맞췄다. 그러고는 가느스름하게 눈을 뜬 채 입술 양 끝에 엄지와 검지를 집어넣어 소리를 만들었다. 휘익, 휘리릭, 하는 묘한 소리가 났다. 당황했지만 술 취한 사람의 주정쯤으로 받아들였다. 휘익, 휘익, 휘이익. 그녀는 계속 소리를 냈다.

"자, 잘 보세요. 양 입술 끝에 손가락을 집어넣어요. 그러면 입술과 입술 사이로 틈이 생기죠. 나는 이 틈을 '하늘길'이라고 불러요. 하늘길을 통해 몸속 깊은 곳에 있는 소리들을 모아 바깥으로 내보내요. 그러면 소리가 나올 때 입술 틈 사이로 새가 튀어나와 하늘 높이 날아가거든요. 이건 내 안의 두려움을 꺼내주는 주술인 셈이에요."

휘이, 휘이 휘리릭. 그녀가 하늘길을 열어 새를 허공으로 날려 보냈다.

"자, 또 보세요. 이번엔 두 입술을 오므려서 내밀어보세요. 아까보다는 좁은 하늘길이 생길 거예요. 그 틈으로 소리를 내보세요. 아까보다는 좀 작고 부드러운 소리가 나죠. 나는 이 소리를 '하늘길 언어'라고 불러요. 부모님의 영혼을 부르는 소리예요. 휠릴리, 휠릴리. 이건 엄마 아빠, 어디 계세요? 저는 여기에 있어요, 하는 의미예요."

그녀의 입술에서 나오는 하늘길 언어는 불안정하고 가늘었지만 왠지 애잔했다. 나는 애써 그녀를 보지 않았다. 코끝이 시큰해져 눈가까지 촉촉해지고 있다는 것을 그녀에게 들키기 싫었다. 나는 입술 속으로 손가락을 집어넣어 소리를 만들었다. 픽, 피익, 하는 어설픈 소리가 났다. 휠릴리, 휠릴리. 그녀가 만드는 하늘길 언어가 어둠 속을 날아다녔다. 빗방울이 조금씩 굵어지자 그녀는 얇은 카키색 트렌치코트 깃을 올렸다. 그러고는 가방에서 선글라스를 꺼내 썼다. 선글라스를 쓴 그녀가 못마땅해서 까칠한 목소리로 말했다.

"지금 뭐 하자는 거예요? 비가 오고 있고 밤이라고요."

"알아, 안다고요. 무슨 영화 좋아해요? 누아르 영화에 나오는 고독한 여자 킬러 같지 않아요?"

그녀는 또 키득키득 웃었다. 그러고는 짐짓 딴 데를 바라보며 하늘길을 열어 새를 꺼냈다. 휘이, 휘이, 휘리릭. 술에 취해 객기가 동한 그녀의 행동이 낯설었지만 순수해 보이기도 했다. 순간, 나는 그녀의 장난기 가득한 얼굴에 자잘한 주름들이 늘어가는 것을 오래도록 바라봐도 좋겠다는 생각을 했다. 내 입술을 그녀의 찬 입술에 가만히 포갰다.

모텔에 들어서자마자 우리는 시린 몸을 서로의 깃털 속에 오랫동안 묻었다. 어둠이 조금씩 물러나고 새벽이 자박자박 다가오고 있었다. 그녀는 고른 숨을 쉬며 잠들었지만 나는 쉬이 잠이 오지 않았다. 레이나와 함께 나란히 누워 있는 현실을 어떻게 이해해야 할지 난감했다. 애써 술 탓으로 돌려봤지만(사실 나는 술을 거의 마시지 않았다) 아무리 생각해도 요령부득이었다. 마치 뭔가에 홀린 것 같았다. 몸을 뒤척이는 그녀에게 이불자락을 덮어주다 그녀의 치골 위에 앉아 있는 검은 새를 보았다. 검은 새는 곧 날아갈 듯이 날개를 활짝 펴고 있었다. 손바닥으로 가만히 문질렀다. 그녀가 천천히 몸을 일으키며 나른하게 말했다.

"그 새는 멀리 날아갔으면 좋겠어요. 나는 날개가 아프도록 날아다녔지만 가고 싶은 곳엔 닿지 못했어요. 날개만 찢어졌죠."

그녀의 말이 아주 쓸쓸하게 들려서 나는 작은 빈틈도 없이 그녀를 가슴에 꽉 껴안았다. 한참을 그러고 있다가 일어나 창문을 열었다. 차들이 빠르게 달리는 소리만 바짝 크게 들렸다. 희부옇게 날이 밝아오고 있었다. 언제 일어났는지 벗은 몸 위에 내 카디건을 걸친 그녀가 흥분한 어조로 말했다.

"저기, 저기, 검은 새 좀 봐요. 저 검정 비닐봉지 말이에요."

그녀가 손가락으로 가리키는 쪽을 쳐다봤다. 차도 위로 검정 비닐봉지가 바람에 나부끼더니 어딘가로 감쪽같이 사라졌다.

"어떤 시인은 저걸 비닐 새,* 라고 말하던데 나는 검은 새라고 말하고 싶어요. 태생이 남루해서 날지도 못하는 가짜 새죠. 저건 날지도 못하면서 마치 새처럼 나뭇가지나 전봇대에 앉아

* 김영식의 시 「비닐 새」에서 따옴.

있거든요."

나는 아무 대답도 하지 않았다. 그저 그녀가 좀 지쳐 보인다는 생각밖에는 들지 않았다.

"저 반대편으로 날아간 새들은 행복하겠죠? 아마 마른 햇살에 젖은 날개를 툭툭 펴서 말리고 있겠죠?"

그녀가 몸을 돌려 나를 보며 초조한 눈빛으로 물었다. 마치 내 대답 하나에 중요한 일의 성패가 달렸다는 듯이.

"그건 모르죠. 가보지 않았으니까요. 여기서도 고단한 날개를 쉴 수 있을 텐데요."

나는 건조하게 대답했다. 그녀는 내게서 위로의 대답을 기다렸는지 뜨악한 표정을 지었다. 그녀의 상처 하나를 들여다본 듯해서 마음이 무거웠다. 솔직히 말한다면 어쩌다 하룻밤을 보낸 사이일 뿐이라며 애써 그녀와 거리를 두고 싶은 마음이 더 컸다. 어쨌거나 죽은 이의 영혼을 옮기는 새의 몸속에 밤새 내 욕정을 밀어 넣은 꼴이 되어버려서 착잡했다.

레이나가 사라진 지 두 달이 지났다. 이젠 누구도 그녀에 대해서 이야기하지 않았다. 레이나 선생이 지방 어느 학원으로 옮겨 간 건 아니냐고 은근히 물어오던 강사들도, 공휴일마다 무료 강의를 받던 수강생들도 더 이상 그녀에 대해 이야기하지 않았다. 아무도 그녀의 부재를 아쉬워하지 않았다. 그러나 나는 그녀의 부재가 날이 갈수록 크게 느껴졌다. 사라졌다가 사흘 만에 주검으로 나타난 서휘에 대한 기억 때문인지도 몰랐다. 하루는 속성 사진처럼 재빨리 지나가고 하루 일과를 마치고 집으로 돌아오면 몸과 마음은 마른 잎맥처럼 버석거렸다. 볼일이 없는 한 누구에게 말을 붙이거나 전화를 하는 일도 없었다. 좁은 오피스텔에서 침대에 비스듬히 눕거나 좌식 소파에 기대어 다른 세상을 꿈꾸는 게 유일한 취미였다. 이런 끈적끈적한 세계 너머에는 어떤 세계가 기다리고 있을지 상상했다. 내가 다른 세계에 이끌리는 이유는 분명했다. 서휘의 죽음에 대한 죄책감과 적응하지 못하는 현실에서 벗어나고 싶었으니까. 레이나의 부재가 주는 무게도 있었다.

아침 일곱시 삼십분, 지하철 안에서 나는 여기가 아닌 다른 세계를 상상하고 있었다. 사람들로 빽빽하게 들어차 있어 몸의 방향을 바꾸지도 못한 채, 여기서 현실이라 부르는 것들을 부정하고 다른 현실을 꿈꾸었다. 그건 매혹적인 일이었다. 지하철 안은 금세 초원으로 변했다. 지하철 안에 있는 사람들은 말을 타고 어디론가 이동을 하거나, 나무 밑 벤치에서 남녀가 몸을 바짝 밀착시킨 채 서로의 몸을 애무하거나 술을 마시며 춤을 췄다. 그때 부원장에게서 문자가 왔다.

[레이나가 고등학교 졸업할 때까지 살았다는 친척 집 주소입니다. 경주시 ***동 **주택 ***호. 레이나의 본명은 박은미입니다.]

회식 자리에서 눈이 마주칠 때면 흔들리곤 하던 레이나의 눈빛이 떠올랐다. 나는 부원장에게 오늘 수업은 강 선생과 바꿔달라는 문자를 보냈다. 차를 가지러 가기 위해 집으로 가는 지하철로 급히 갈아탔다.

레이나와 함께 가기로 한 보리사를 나는 지금 혼자 가고 있다. 가속페달 위에 얹은 발에 힘을 더 주려다 가까스로 속도를 늦추었다. 속도계는 이미 시속 백이십 킬로미터를 가리키고 있었다. 머리는 복잡하고 마음은 심란했다. 뭐라 형용하기 어려운 레이나에 대한 부채감이 자꾸 나를 보리사로 떠밀고 있었다. 만약 레이나가 경주에 있다면, 보리사 근처 게스트하우스에 있을 거라고 확신했기 때문이었다. 혹, 레이나를 만나게 된다면 무슨 말을 할까. 화를 내야 할까, 서울로 올라가자고 해야 할까. 무사한 것만 확인하고 돌아서 와야 할까.

경주 톨게이트를 지나며 계기판의 시계를 보니 정오가 조금 지나 있었다. 탑골 마을로 들어서니 온 동네가 푸른 숲으로 에워싸여 있었다. 마을 뒤편에 임업 시험장이 있어 멀리서 보면 마을 전체가 커다란 숲 같았다. 차를 갓길에 세우고 보리사 쪽으로 걸었다. 긴 둑길 아래로 산 주위를 부드럽게 감싸 흐르는 맑은 시내가 나타났다. 옛날에 이곳까지 나룻배가 닿았다는 말이 실감 날 만큼 개울이 끝없이 이어졌다. 길가에서 산비탈로 조금만 들어가니 돌 속에 숨은 불상들과 소박한 탑들이 모습을 드러냈다. 계곡에 절과 탑이 많았다고 해서 지어진 마을 이름 탑골. 거리를 지나가는 사람들 서너 명도 거의 불상과 닮아 보였다. 불상과 탑을 발견할 때마다 사람들은 잠시 합장하고 지나쳤다. 나는 불상과 탑 앞에서 잠시 머뭇거렸다. 무엇을 염원할까, 무엇을. 비탈길을 좀 더 오르니 대나무 숲이 나타났다. 대와 댓잎과 바람이 한데 섞여 서걱대는 소리가 웅장한 협주곡 같았다. 대나무는 비우기 위해 자란다고들 하는데 왜 나는 복잡한 생각을 비우지 못할까? 레이나는 분명 경주 어딘가에 있을 것이다. 탑골 마을에서 그녀를 만날 수 있으리라는 기대 같은 것은 하지 않았다. 기막힌 우연이라는 것도 세 번씩이나 연달아 일어나지는 않을 것이다. 그런데도 자꾸 두리번거렸다. 보리사 경내를 지나 오솔길 중턱에 있는 석불대상 앞에 합장을 하고 서서 서휘를 오랫동안 생각했다. 눈가가 바르르 떨리는 것을 느꼈다. 보리사 입구에서 조금만 내려가면 보이는, 탑골 마을에 하나뿐인 게스트하우스에는 레이나가 없었다.

보리사 입구에 세워둔 차에 타자마자 내비게이션 검색창에 부원장이 문자로 보내온 레이나의 옛집 주소를 입력했다. 핸들을 그쪽으로 천천히 돌렸다. 레이나가 살았던 옛집은 경주 도심에서도 제법 떨어진, 면 소재지에 있는 아주 후락한 동네였다. 아파트도 빌라도 아닌 **주택이라 이름 붙여진 오층짜리 연립 주택이었다. 단지도 달랑 두 동뿐이었다. 건물 외벽은 분홍빛과 주황색이 섞인 묘한 담홍색으로 덧칠해져 있었지만 군데군데 페인트가 벗겨져 보기 흉했다. 뒤 베란다에는 집집마다 빨래들이 거뭇거뭇하게 매달려 있었다. 뒤쪽엔 예전에 그녀가 말했던 대로 넓은 논밭이 있었다. 검은 새 떼가 논밭 위에 빈틈없이 까맣게 앉아 있었다. 한참 뒤, 대열을 이루어 하늘 전체를 덮고 날아갔다. 동네 전체가 검은 구름에 휩싸인 듯 어두웠다.

삼층으로 오르는 계단 벽은 시커먼 얼룩과 낙서와 떨어져 나간 시멘트 자국투성이었다. 가동 304호 초인종 벨을 눌렀다. 벨을 네댓 번 눌렀을 때 문이 열렸다. 일흔은 넘어 보이는 노인이 러닝 차림으로 나왔다. 현관문을 열자마자 담배 냄새가 훅, 끼쳐 왔다. 노인 바로 뒤로 좁은 부엌이 보였다. 싱크대 위와 바닥에 주방 조리 기구들이 빽빽하게 들어차 있었다. 벽지는 누렇게 절어 있었다.

"실례합니다. 박은미 씨를 찾아왔어요. 혹시 지금 집에 있습니까?"

노인은 경계하는 눈빛으로 나를 훑어보다가 거칠게 물었다.

"어디서 왔어요?"

"박은미 씨와 같은 직장에서 일하고 있습니다. 휴대폰도 안 받고 연락이 안 돼서 찾아왔습니다."

"요즘 은미를 찾는 사람이 왜 이리 많지? 경찰도 찾더라고. 은미 개가 뭐 나쁜 일 저질렀어요? 걔 어릴 때부터 행실이 아주 제멋대로였어."

노인의 말에 분노가 치밀었다. 하마터면 노인의 면상을 주먹으로 날릴 뻔했다. 어린 여자애의 팬티 속으로 거친 손들이 마구 드나들었던 집이니 노인도 예외가 아닐 것이다. 나는 얼른 돌아 나왔다. 그녀의 성장기를 마주한 일, 그녀의 민낯을 알아가는 일이 힘에 부쳤다.

잠시 숨 한번 고르고 서울로 출발해야겠다는 생각에 레이나의 옛집 부근에 있는 근린공원 옆에 차를 댔다. 차창으로 보이는 사물들이 특수한 필터를 쓴 것처럼 색다르게 보였다. 근린공원 안 운동 기구, 행인들이며 수타짜장, 남도추어탕 등의 상호가 희부옇고 노랗게 보였다. 노곤했다. 창문을 내렸다. 바람이 제법 부는지 가로수들이 이리저리 몸을 흔들었다. 텀블러 뚜껑을 열어 식은 아메리카노를 마셨다. 쓴맛밖에 나지 않았다. 그때 어디선가 선생님, 선생님, 하는 높은 톤의 아이들 음성이 들렸다. 교복을 입은 여학생들이 레이나의 옛집이 있던 연립을 향해 앞서 걸어가고 있는 젊은 여자를 부르며 빠른 걸음으로 따라 걷고 있었다. 젊은 여자의 모습이 언뜻 레이나와 비슷했다. 레이나와 체형뿐만 아니라 헤어스타일도 닮아 보였다. 나는 흠칫 놀라며 차 문을 닫고 여자가 걸어가고 있는 방향으로 뛰었다. 여자는 단지 정문을 지나 앞동 쪽으로 걸어가고 있었다. 어쩌면 레이나일지도 몰랐다. 나는 뛰어가 여자의 팔을 잡으며 레이나, 하고 불렀다. 여자가 고개를 내 쪽으로 돌렸다…… 레이나가 아니었다. 여자에게 죄송

하다는 말을 하고는 급히 차가 있는 곳으로 발걸음을 돌렸다. 비슷하게 생긴 사람이 어디 한둘일까. 극도로 집중하고 긴장한 탓인지 갑자기 몸이 뒤로 쏠렸다. 넘어지지 않으려고 잠시 주저앉았다. 이 오래된 도시에서 누군가를 약속도 없이 마주칠 거라는 상상을 하다니…… 어쩌면 이 오래된 도시는 천년 세월 누군가를 향한 기다림과 염원의 탑으로 이루어진 것인지도 모르겠다.

푸르스름한 어둠이 내려앉고 있었다. 시내 중심가로 차를 몰았다. 여느 도시와 마찬가지로 도심의 거리는 부산했다. ATM 기계가 있는 곳 근처 골목에 잠시 차를 댔다. 식당에서 저녁이라도 먹고 서울로 출발하려면 현금을 좀 찾아둬야 했다. 이른 여름의 저녁이었는데도 이른 겨울의 늦은 오후 같은 스산함이 배어 있었다. 차들은 물결처럼 끝없이 흐르고, 사람들은 밀려오고 밀려갔다. 잰걸음으로 밀려오는 사람들이 모두 레이나로 보였다. 다리가 후들후들 떨렸다. 이른 여름인데도 한기가 느껴졌다. 휘휘 휘이익. 휘이 휘휘 휘리릭. 어디선가 하늘길에서 나는 소리가 자욱이 밀려왔다. 나는 걸음을 멈추고 주위를 둘러봤다. 소리는 더 이상 들리지 않았다. 앞서 걸어가던 중년 여자의 손에서 검정 비닐봉지가 툭, 소리를 내며 떨어졌다. 봉지에 들어 있던 사과가 쏟아져 인도 위로 굴렀다. 여자는 허리를 굽혀 떨어진 사과를 주었다. 행인들이 걸음을 멈추고 사과를 주워 여자에게 건넸다. 사과가 내 쪽으로도 굴러왔다. 나는 사과를 집는 대신 검정 비닐을 주우려고 손을 위로 뻗었다. 검정 비닐은 새처럼 날아올라 어느 가게 입간판 위에 앉았다. 바람이 불자 새는 또 한번 날아올라 도로 위에서 신호를 기다리고 있던 은색 세단 뒤 유리창에 가뿐하게 착지했다. 검은 새는 자동차 뒤 유리창 와이퍼에 끼여 바람이 부는 대로 파닥거렸다. 마치 설움에 겨워 울던 레이나의 가냘픈 어깨처럼. 이어 자동차가 달리자 금세 새는 보이지 않았다. 나는 어디로 가야 할지 방향감각을 잃어버린 채 검은 새가 날아간 곳을 멍하니 쳐다봤다. 나는 눈을 가만히 감고 두 입술을 오므려 앞으로 내밀었다. 목청이 아니라 마음으로 하늘길 언어를 만들었다. 입술 사이로 슬픈 리듬이 흘러나왔다. 휠릴리, 휠릴리, 휠리리. 하늘길 언어는 바람을 타고 멀리 흩어졌다.

그때였다. 어느 모퉁이에서 날아왔는지 검은빛을 띤 새 한 마리가 퍼드덕, 세찬 날갯짓을 하며 나를 비껴 지나 허공 높이 날아올랐다. 새는 허공의 길 한 축을 따라 저 너머로 사라졌다.

핀셋과 물고기

"핀셋 훔치는 거 다 봤어요."

이층 계단 벽에 어떤 여자가 비스듬히 기대고 서 있다가 내가 지나가자 툭, 말을 던졌다. 나는 사층에 있는 이비인후과에서 진료를 마치고 계단으로 내려오던 참이었다. 나는 걸음을 멈추고 뒤돌아서서 그 여자를 째려봤다. 그래서 뭐, 어쩌라고? 하는 눈빛으로. 이어 턱을 높이 쳐들었다. 한 번만 더 무슨 말인가를 내뱉었다가는 계단 밑으로 처박히게 해주겠다는 표정으로. 나는 항공 점퍼 주머니에 손을 급히 넣었다. 끝이 뾰족한 핀셋이 손끝에 만져졌다. 내 주머니 속에 휴대폰 대신, 지갑 대신 지녀야 할 것이 있다면 단 하나, 바로 핀셋이었다. 핀셋을 쥔 손에 힘을 주었다. 여자는 이십대 후반쯤 됐을까. 도수가 높은 두꺼운 뿔테 안경을 쓰고 있었다. 여자가 이비인후과로 달려가 알리겠다고 말한다면, 나는 핀셋으로 저 여자의 손등을 찍어버릴 것이다. 여자는 더 이상 아무 말도 하지 않았다. 고개를 아래로 떨어뜨린 채 발로 바닥을 계속 문질렀다. 여자는 조금 통통한 체격이었는데 온몸으로 바닥을 밀고 있는 것처럼 보였다. 그 때문에 바닥에 균열이 나서 언젠가는 시멘트 덩어리가 남극의 빙하처럼 둥둥 떠내려갈 것 같았다. 나는 여자를 뒤로하고 일층으로 계단을 뛰다시피 걸어 내려왔다.

이비인후과에서 집으로 돌아오자마자 방으로 들어가 책상 서랍을 열었다. 서랍 안에는 의료용 시술 기구인 핀셋이 가득 놓여 있었다. 그 옆에 오늘 훔친 핀셋을 가지런하게 줄을 맞춰 놓았다. 그동안 이비인후과를 돌아다니며 귀 치료를 받고 난 뒤 진료실을 빠져나갈 때마다 의료용 핀셋을 훔쳤다. 어떤 날은 드레싱 티슈 포셉을, 또 어느 날은 트위저나 락킹 플레이어를 슬쩍 가방 안에 넣어 왔다. 오늘은 드레싱 티슈 포셉 중에서도 날이 있는 드레싱 티슈 포셉을 가지고 왔다. 이제 집에는 드레싱 티슈 포셉이 일자형과 커브형, 날이 있는 것으로 다 갖춰졌다. 흐뭇한 미소를 지으며 핀셋을 바라봤다. 훔친 핀셋으로 귓속의 거즈를 더 깊숙이 밀어 넣거나 뺄 때면 어쩐지 더 시원했다.

커피를 내려서 소파에 앉자 귓속에서 곤충 날개가 파르르 떠는 것 같은 소리가 났다. 두 손으로 귀를 틀어막았다. 솨솨, 솨솨솨, 솨솨솨. 귀에서 대나무 숲을 헤집는 듯한 바람 소리가 났다. 다르게 말하면 수천 마리의 곤충이 날개를 파닥이며 날아오르는 소리처럼 들렸다. 들릴 듯 말 듯한 사람 목소리처럼 들리기도 했다. 몇 달 전부터 마치 주문에 불려 나온 듯 이런 소리가 들렸다. 처음에는 이어폰을 오래 껴서 생긴 이명이라고 생각했다. 아니면 오랜 불면 때문에 잘못 들었거나. 그것도 아니면 바람에 커튼 자락이 쓸리는 소리거니 생각했다. 그러나 바람 소리도, 곤충 소리도, 커튼 소리도 아니었다. 그것은 조그맣게 속삭이는 남자의 목소리였다.

며칠 뒤에 다시 이비인후과에 갔다.

"귀가 이 지경이 되도록…… 상당히 아팠을 텐데요."

의사가 내 귓속을 들여다보며 말했다. 나는 귓속에서 소리가 나서 자주 후볐다는 말을 하지 않았다.

"앞으로는 절대 귀에 손대지 마세요. 가렵다고 자꾸 손대면 고막이 찢어집니다."

이비인후과용 헤드 렌즈를 쓴 의사가 좁은 동굴 속 같은 귀에 석션을 넣어 귓속 분비물을 제거하고 항생제를 바른 긴 면봉으로 드레싱을 했다. 이어 의사가 귓속 깊숙이 거즈를 넣었다. 간호사가 의료 기구를 정리하고 의사가 컴퓨터 모니터 앞에 앉는 사이에 나는 진료실의 보조 테이블 위에 놓여 있는 의료용 핀셋을 재킷 주머니에 재빠르게 집어넣었다. 처치실로 가서는 아무 일도 없었다는 듯이 적외선 치료기를 두 귀에 갖다 댔다.

병원 건물의 엘리베이터를 타지 않고 처방전을 들고 계단으로 내려갔다. 며칠 전 그 여자가 또 계단을 가로막고 서 있었다. 기분이 선득했다. 여자는 길을 비켜주지 않았다. 내가 오른쪽으로 걸음을 떼면 여자도 오른쪽으로 걸음을 떼고, 내가 왼쪽으로 계단을 디디려 하면 여자도 왼쪽 계단을 오르려 발을 내디뎠다.

"진료실에 CCTV 있는 거 몰라요?"

여자가 따지듯 묻는 바람에 나는 당황해서 처방전을 계단에 떨어뜨릴 뻔했다. 처방전을 손으로 다잡으며 당신이 뭔데 내게 그걸 물어요? 하는 표정으로 떨떠름하게 여자를 쳐다보았다.

"요즘 병원에는 진료실과 대기실에도 다 CCTV가 설치되어 있어요. 정말 몰랐어요?"

여자가 정말 몰랐느냐는 듯이, 진짜로 몰랐다면 한심한 일이라는 표정으로 다시 물었다.

"근데 누구세요? 왜 나를 자꾸 따라다니는 거예요?"

나는 호주머니 속의 핀셋을 잡으며 말했다. 여차하면 찌르겠다는 생각으로 핀셋을 잡은 건 아니었다. 솔직히 말해서 이 핀셋의 날이 단 한 번도 타인을 향한 적은 없었다. 처음에는 단순히 훔친 핀셋으로 귓속의 거즈를 빼내거나 귓속에 거즈를 밀어 넣거나 했다. 그런데 언제부턴가 핀셋을 잡고 있으면 호신용 기구를 잡고 있는 듯, 근육질의 사람 둘을 양쪽에 보디가드로 거느린 양 든든했다. 누군가 당신은 왜 핀셋을 훔칩니까? 하고 묻는다면 사실 나는 잘 설명할 수가 없다. 변명이라도 좋으니 말하라고 한다면 핀셋의 가격이 커피 한 잔 값이 되지 않기 때문에, 라고 답할 수도 있겠다. '아프다' '무섭다'고 아무리 말을 해도 고통이, 두려움이 줄어들지 않으니까 훔치는 거라고 말할 수 있을지도 모르겠다.

"나는 박소정이에요. 그쪽은요?"

소정이라고 자신을 소개한 여자가 내 이름을 물었다. 대체 이 여자는 누구지? 내게 왜 이러는 거지? 도무지 감이 잡히지 않았다. 조금 머뭇대다 대답을 했다. "유주요, 나유주."

이비인후과에서 돌아오자마자 나는 책상 서랍에 핀셋을 넣었다. 귓속에서 곤충 떼가 위이잉 날아오르는 소리가 났다. 이어 귓속에서 목소리가 들렸다. 사랑해. 정말이야. 다신 안 그럴게. 준모의 목소리였다. 나는 화들짝 놀라 손으로 두 귀를 막았다. 그땐 술이 좀 많이 취했잖아. 내 마음은 늘 같아. 너도 알잖아. 귀를 막아도 그는 계속 속살거렸다. 나는 서랍 속에서 드레싱 약솜이나 거즈를 집는 데 사용하는 티슈 포셉을 꺼내 귓속 거즈를 더 깊숙이 밀어 넣었다. 그의 목소리는 점점 멀어졌다.

샤워 후에 핀셋으로 귓속 거즈를 꺼냈다. 잠자리에 들 때만이라도 거즈를 빼고 싶었다. 침대에 누워서 책을 펼쳤다. 쉽게 잠이 오지 않기 때문에 잠이 올 때까지 책을 읽는 게 습관이 됐다. 두 페이지 정도 읽었을 때였다. 꺼져! 어둠 저쪽에서 쨍쨍한 소리가 날아들었다. 벌떡 일어났다. 침실에는 아무도 없었다. 거실 겸 주방으로 나가 불을 켰다. 거실에도 사람의 흔적은 보이지 않았다. 꺼지란 말이야. 싸구려같이 굴지 말고 꺼져! 준모의 목소리였다. 쥐가 베란다 배수구 밑으로 숨어드는 것을 봤을 때처럼 온몸이 떨렸다. 이번엔 그가 애원하듯 말했다. 유주야, 내가 그러지 않았다고 말해줘. 그땐 술 때문에 제정신이 아니었다고 말이지. 나는 소리를 듣지 않으려고 거즈를 귓속에 다시 넣었다. 그러고 이어폰을 꼈다. 침대 위에 몸을 옹송그린 채 가만히 앉아 있었다.

*

준모를 만난 뒤부터는 시간은 리모컨 버튼을 배속으로 누른 것처럼 빠르게 흘렀다. 준모는 섬세하고 친절했다. 함께 걸을 때는 언제나 내 보폭에 맞추어 천천히 걸음을 뗐다. 식당에서 메뉴를 고를 때, 함께 감상할 영화나 음악을 고를 때는 무조건 내 취향대로 하라고 말했다. 무엇보다 사회, 정치, 이슈에 대해 분노하거나 비판하는 지점이 똑같았다. 그럴 때면 우리는 잘 맞는 연인이라고, 평생 함께해도 좋겠다는 생각을 하곤 했다. 커피숍 창가에 앉아 햇빛을 받아 반짝반짝하는 그의 굵은 컬이 들어간 머리카락과 약간 올라간 입꼬리, 쌍꺼풀이 없는 길고 서늘한 눈매를 바라보는 일은 행복했다. 그와 하는 모든 순간들이 반짝반짝 눈부셨다. 여름날 강가에서 주워 온 하얀 돌멩이처럼. 그러나 그것이 우리들 이야기의 전부였다면 얼마나 좋았을까.

준모의 시선은 극을 향해 맹목적으로 움직이는 나침반처럼 늘 나를 향해 있었다. 나에게 문자를 보내 즉시 답을 받지 못하면 어디야, 대체 어디야, 하는 문자를 여러 차례 보냈다. 준모는 자주 내 표정을 단속하고 내가 만나는 사람들에 대해 참견했다. 처음에 나는 그의 행동이 연인들 간의 자연스러운 애정 표현이라고 생각했다. 오히려 그 단속이 달콤했을 정도였으니까. 둘이 손잡고 걷다가 내가 다른 곳을 보거나 건성으로 답하면 준모는 잡았던 손을 홱, 놓아버리고 성큼 앞서 걸어갔다. 그러곤 한동안 연락이 없었다. 그럴 때는 사랑의 건기라고 생각했다. 나무도, 물도, 새의 깃털도 다 말려버린다는 아프리카의 건기. 그래서 그가 저런 갈라진 행동을 보이는 거라고 생각했다. 그의 연락을 기다리는 동안 나는 세렝게티 초원을 걷는 것처럼 입안이 바짝 타들어갔다.

회사 동료들과 회식을 마치고 늦게 집에 도착했던 날이었다. 현관문 비밀번호를 누르는데 누가 뒤에서 내 어깨를 우악스럽게 잡았다. 손으로 내 입을 틀어막고서는 복도 계단으로 끌고 갔다. 준모였다.

"깜짝이야. 갑자기 웬일이야?"

준모가 무섭게 쏘아봤다. 나는 무슨 상황인지 짐작이 가지 않아 왜 그래? 하는 눈빛으로 그를 올려다봤다.

"네 주제도 모르고. 나를 편집증 환자로 만들어? 남자들과 낄낄대느라 내 전화를 놓쳐!"

내가 한 번도 보지 못한 준모의 모습이었다. 그에게 이런 모습이 있을 줄은 짐작조차 못했다. 그의 숨소리는 점점 더 거칠어졌다. 준모는 눈을 희번덕이더니 갑자기 내 뺨을 때렸다. 그러고도 분이 풀리지 않는지 나를 계단 벽으로 몰아세운 뒤 주먹으로 벽을 세게 쳤다.

준모는 자기 아버지의 재력과 사회적 지위에 대한 우월 의식이 있었다. 뿐만 아니라 본인의 학벌이나 연봉에 대한 자부심도 강했다. 스타트업 회사의 사무직원인 나의 직업을 곧잘 무시하고, 지극히 평범한 우리 가족을 마땅찮게 여기더니 기어이 본색을 드러낸 것이었다. 그 와중에 나를 따라다니며 뒷조사까지 한 터라 가까운 친구에게 준모의 성격을 두고 의논을 나눈 것을 가지고 자신을 편집증 환자로 만들었다고 억지를 부리는 것이었다.

내가 매주 목요일 이비인후과에 갈 때마다 소정도 병원 대기실에 앉아 있었다. 주로 대기실 한쪽 구석에서 고개를 숙이고 잡지나 휴대전화를 보는 게 다였다. 정수기 앞에서 물을 마실 때 외에는 소정은 고개를 들지 않았다. 나는 소정이 어떻게 내가 핀셋을 훔치는 것을 봤는지 궁금했다. 진료를 마치고 소정의 진료가 끝날 때까지 기다렸다. 이번에는 내가 이층으로 내려가는 계단에서 소정을 기다렸다. 소정이 계단으로 내려오자 길을 막았다.

"핀셋, 그거 어떻게 알게 된 거예요?"

"음…… 우주 님, 알고 싶어요? 그럼 따라와요."

소정은 나를 '우주'라고 불렀다. 나를 우주라고 부르는 사람들은 두 부류였다. 혀가 짧거나, 발음할 때 부주의하거나. 그녀는 첫번째 부류였다.

우리는 창문들이 큼직한 브런치 카페에서 제일 안쪽 창가 테이블에 자리를 잡고 앉았다. 카운터에서 빵과 샐러드와 음료를 주문하고 다시 자리로 돌아와 앉자 서먹했다. 소정은 가방에서 휴대전화를 꺼내 들여다봤고, 나는 창으로 고개를 돌려 지나가는 사람들을 물끄러미 쳐다봤다. 주문한 음식이 테이블에 차려지자 그녀는 빵에다 딸기 잼을 듬뿍 발라 한입 베어 먹으며 말했다.

"나는 내 고막이 정말 다 나았는지, 진짜로 멀쩡한지 확인하러 이비인후과에 가요. 그거 확인하고 귀 드레싱을 받아요."

소정의 느닷없는 고백에 나는 아무 반응을 하지 않았다. 단지 속으로 조금 웃었다. 그녀가 말할 때 혀 짧은 소리를 냈기 때문이다. 말할 때마다 잇새로 바람 소리가 났다. 혀 짧은 소리가 그녀를 좀 귀엽게 보이게 했다. 나는 빵에는 손도 대지 않고 샐러드만 조금 집어 먹었다. 지금 내가 소정과 함께 브런치 카페에 있는 모습이 꽤 아이러니하기도 하고 한심하기도 했다. 그렇지만 나는 핀셋 사건을 알고 있는 소정이 내게 유해한 사람인지 무해한 사람인지 확인해야 했다. 오렌지주스를 마시며 봄볕이 테이블 위에 비처럼 내려앉는 것을 지켜보다가 소정을 가만히 쳐다봤다. 그녀는 나보다 두어 살 어려 보이기도, 두어 살 많아 보이기도 했다. 보통 키에 약간 통통한 편이었는데 마주 앉아보니 선하게 생긴 얼굴이었다. 갈색 뿔테 안경 너머로 보이는 소정의 크고 동그란 눈과 도톰한 입술을 둥글게 내밀어 샐러드를 먹는 모습을 보다가 문득 그녀가 붕어를 닮았다는 생각이 들었다. 나도 모르게 피식, 웃었다.

"매주 한 번씩 진료 받으러 와서 고막이 정말 괜찮으냐고 물으니 의사가 다 나았다며 다른 병원을 추천하더라고요. 신경정신과요. 나를 강박 장애가 있는 사람으로 생각하더라고요."

"그건 궁금하지 않아요. 나는 단지 핀셋, 그걸 어떻게 알았는지 궁금하다고요."

나도 모르게 목소리가 까칠하게 나왔다. 소정은 대답을 하지 않은 채 포크로 샐러드를 찍어 먹었다.

"병원은 참 좋아. 뭐랄까, 거기 가면 안심이 되거든. 편안해."

어느새 소정은 내게 말을 놓고 있었다. 나는 그녀의 말과 행동이 언짢아지기 시작했다.

"병원 따위가 뭐가 좋아. 아프니까 할 수 없이 가는 곳이 병원이야. 그건 그렇고, 핀셋 훔치는 거 어떻게 알았어?"

내가 톡, 쏘아붙였다. 나도 모르게 반말이 튀어나왔다.

"내가 처치실에서 귀에 원적외선 쬐고 있을 때, 네가 진료실 나오면서 핀셋 슬쩍하는 걸 봤지. 그것도 두 번씩이나. 진료실 옆에 처치실이 있잖아. 유리벽으로 되어 있어서 진료실 안이 다 보여."

진료실과 처치실 사이의 벽이 위쪽은 유리로 되어 있었다는 사실이 그제야 기억났다. 처치실에서 누가 나를 지켜보리라고는 짐작조차 해보지 않았다.

"핀셋 훔치는 거 들키면 바로 절도범으로 잡혀간다고. 바로 현행범이 되는 거야. 내가 말해주지 않으면 네가 계속 위험한 일을 할 것 같아서 얘기하는 거야."

소정은 비음을 섞어가며 반말로 대답했다. 그러곤 연신 샐러드를 먹으며 말을 이었다.

"그거 알아? 찻집에서 티스푼을 슬쩍 훔치는 순간, 차 문이 잠겨 있는 남의 차를 열어보려고 손잡이를 당기는 순간, 바로 범죄 행위가 성립된다는 거. 형법 수업에서 배웠어."

"그런데 왜 자꾸 병원에서 마주치는 거야? 나를 스토킹하니?"

나는 형법이나 현행범이니 하는 말은 들은 척도 않고 소정을 빤히 쳐다보며 말했다. 그러자 그녀가 어이없다는 듯이 고개를 뒤로 젖혀 목젖이 보일 정도로 웃었다. 갑자기 큰 소리로 웃는 바람에 옆 테이블의 사람들이 돌아보았다.

"너, 트웨니퍼스트 빌라 306동에 살지 않아?"

나는 화들짝 놀라 나도 모르게 가방 안에 있는 핀셋을 잡았다.

"잘 좀 생각해봐. 내가 이 동네에 있는 이비인후과에서 진료를 받는다는 건 이 동네 주민일 확률이 높은 거잖아. 그리고 네가 306동에 사는 걸 안다는 건 내가 그 빌라 입주민일 가능성이 있다는 거겠지?"

소정이 별 표정 없이 또박또박 설명했다.

"그럼, 너도 트웨니퍼스트에 살아?"

"당연하지. 201동에 살아."

201동이라면 내 집 부엌 창에서 정면으로 보이는 동이었다. 소정과 내가 사는 동네는 오래된 주택과 빌라가 많은 곳이었다. 내가 사는 빌라 이름은 '트웨니퍼스트'지만 지어진 지 이십 년이 넘어서 외관이든 실내든 전혀 21세기 건축물 같지 않았다. 동네 어디서나 볼 수 있는 평범한 빌라였다. 밤이면 좁은 골목을 돌아다니며 고양이들이 울었다. 교통이 불편하고 제법 경사가 진 언덕배기에 있다는 단점이 있지만, 월세가 싸고 고등학교 때까지 살았던 동네와 환경이 비슷해서 좋았다. 예전에 살았던 동네도 야산과 하천이 가까이 있었다. 아침에는 새소리를 들으며 잠을 깼다. 블라인드 사이로 새어 드는 빛을 늦은 오후까지 만끽할 수 있다는 사실도 이 집의 장점이었다.

소정과 내가 같은 빌라에서 산다는 걸 안 이후로 우리는 종종 만났다. 이비인후과에서 마주쳐 진료를 마치고 나란히 함께 집으로 돌아온 게 시작이었다. 나중에는 자연스럽게 연락해서 만났다. 거기서 만날래? 아니, 거기 말고 불타는 떡볶이 집으로. 우리는 수시로 카톡 메시지를 주고받으며 아침이든 늦은 밤이든 레깅스 차림에 긴 후드 티를 걸친 편한 차림으로 만났다.

소정이 한밤중에 전화를 했다. 야, 비가 너무 많이 와. 이러다 쓰나미 오는 거 아니야? 무서워서 잠이 안 와. 창밖을 보니 비바람이 창을 미친 듯이 할퀴며 지나가고 있었다. 내일 면접이 한 군데 있는데 볼 수 있을까? 그나저나 면접관이 또 내 발음 가지고 뭐라고 안 할까. 그녀가 휴대폰 너머로 징징댔다. 나는 가볍게 응답을 하고는 전화를 끊었다. 부엌 창에 눈을 붙이고서 그녀의 거실을 쳐다봤다. 불이 환하게 켜져 있었다. 열세 평 빌라의 모든 공간에 불이 켜져 있었다. 그녀가 큰 눈을 더 크게 뜨고 오도카니 앉아 있을 생각을 하니 풋, 웃음이 났다.

비는 그칠 줄을 모르고 쏟아지다가 자정을 넘기고부터 잦아들기 시작했다. 이번에는 내가 소정에게 전화를 했다. 귓속에서 들리는 소란스러운 소리 때문이었다. 이 빗속에 밖으로 나가서 뛰기라도 해야 견딜 수 있을 것 같았다. 유주야, 우리 집에 올래? 같이 자면 잠이 올 거야. 소정의 음성에는 정말로 나를 염려해주는 따뜻한 온기가 묻어 있었다. 소정은 내가 불면증 때문에 그러는 거라고 생각하는 것 같았다.

빌라 근처 식당에서 소정과 함께 밥을 먹고, 동네 치킨집에서 맥주를 마시며 소정에 대해 알아가다 소정도 무직 상태라는 사실을 알았다. 소정은 대학원을 다니면서 조교로 일하다 그만둔 상태였다. 본가는 대구에 있다고 했다. 나는 중소기업인 IT 회사에서 사무직으로 일하다가 사표를 쓰고 나온 지 일 년이 되어가고 있다고, 취업이 되면서 자연스레 집에서 독립을 했다고 말했다. 나는 소정이 어떻게 생계를 꾸려나가는지는 묻지 않았다. 소정과 가까운 듯 먼 듯 지내고 싶었다. 그래야 소정과 사소한 일로 틀어져 관계가 소원해지는 일 따위는 일어나지 않을 테니까.

오늘 처음으로 소정의 집을 방문했다. 침실 맞은편에 있는 작은방의 문을 열자마자 한쪽 벽면을 꽉 채운 큰 수족관이 눈에 들어왔다. 오십오 인치 대형 티브이보다 큰 크기였다. 마치 물의 정원에 온 듯한 느낌이 들었다. 수족관에는 파란 바닷물이 들어 있었다. 산소발생기에서 기포가 퐁퐁 올라오고 있었다. 바닥에는 크기가 각기 다른 작은 바위들과 돌들이 있었고 물결에 해조류가 잔잔히 흔들렸다. 그 속에서 형형색색의 물고기들이 헤엄치고 있었다. "정말 놀라운 취미네." 나는 '희한한 취미네' 하고 말하고 싶은 것을 간신히 '놀라운'이라는 말로 바꿔 말했다.

"물고기들은 증오할 일이 없어서 좋아. 그냥 바라만 봐도 좋아."

소정이 소중한 사람을 내게 소개하듯 진심 가득한 얼굴로 수족관의 물고기들에 대해 말했다. 나는 증오라는 단어가 낯설었지만 짐짓 모른 척 되물었다.

"너, 증오하는 사람 많아?"

"증오하는 사람들 얼굴 생각날 때면 물고기들 유영하는 모습을 들여다봐. 얼마나 부드럽고 아름다운지 몰라. 봐, 봐. 저 애들을 보라고."

소정은 얼굴 가득 웃음을 머금으며 말했다.

"한동안 아무 소리도 들리지 않은 적이 있었어. 고막이 찢어져 치료를 받아 완치된 직후였어. 의사가 심리적인 문제라고 하더라고. 맞은 것보다는 내상이 더 컸던 모양이야. 그래서 조교를 그만둘 수밖에 없었어. 다른 사람들 입을 쳐다봤지만 모두들 물고기처럼 입만 뻐끔거리는 것 같았거든. 미치겠더라고. 그때부터 물고기를 기르기 시작했어."

소정의 얼굴 표정이 굳는 듯하더니 금세 물고기들을 바라보며 수다스럽게 말했다.

"얘들은 움직이는 생물체인데도 소리가 크게 없어서 좋아. 이 아이들은 큰 파도에 쓸려 나갈 일은 없어. 수족관은 안전해."

나는 소정의 말에 고개를 끄덕거리며 튀어나오려는 말을 속으로 삼켰다. '그래, 수족관에서는 고막이 터질 일도 없겠지.' 큰 파도에 휩쓸려 나와 강기슭에서 배를 까뒤집은 채 죽어 있는 고기들이 떠올랐다. 그래, 수족관은 폭력적이지 않지. 안전한 곳이지. 코발트색 줄무늬 물고기, 은빛 물고기, 금빛 물고기, 빨강 물고기들이 아주 천천히 수족관 속을 헤엄쳤다. 지느러미의 움직임이 봄바람에 커튼 자락이 일렁이듯 부드러웠다. 소정이 비닐봉지에 열대어 다섯 마리를 넣어 내게 주었다. 전부 내 손바닥의 절반 정도 되는 크기였다.

작은 어항을 사서 소정이 준 물고기를 넣었다. 거실 테이블 위에 어항을 올려두고 소정이 일러준 대로 하루에 두 번 물고기 먹이를 주고, 일주일에 한 번 물을 갈아주었다. 청소를 하다가 밥을 먹다가 커피를 마시다가 물고기를 쳐다보았다.

나는 더 이상 핀셋을 훔치지 않았다. 이비인후과에 갈 때마다 핀셋을 훔치고 싶은 욕망을 누르느라 계속 주먹을 쥐고 있어서 손에서 땀이 배어 나왔다. 그럴 때면 화장실로 뛰어가 차가운 물로 손을 오랫동안 씻었다. 나쁜 습관을 아주 어렵게 버렸다. 대신 수시로 물고기를 쳐다보는 새로운 습관을 만들었다.

침대 위에서 오래 뒤척이다 간신히 잠이 들었다. 그때 귀에서 준모의 음성이 튀어나왔다. 죽어. 죽어버려. 너 때문에 내 인생이 다 망가져버렸어. 가만두지 않을 거야. 나는 제발, 제발 저리 가. 나쁜 새끼, 저리 가라고! 하며 소리를 쳤다. 아파트의 음식물 쓰레기통 근처에서 어슬렁거리는 고양이를 소리를 질러 내쫓듯이 악을 썼다 그러곤 손으로 귀를 틀어막았다. 준모의 목소리는 멀리서 새들이 무리를 지어 공중으로 날아오르는 소리처럼 아득하게 멀어졌다. 그것도 잠시 또다시 귓속에서 곤충 떼가 날아오르는 소리가 해일처럼 밀려왔다. 나는 옆으로 몸을 비틀며 신음을 토하다가 두 손으로 귀를 부여잡고 거실 바닥을 굴렀다. 귓속에서 소리가 들리지 않을 때까지 반복했다. 숨이 턱 밑까지 차오르자 멈추었다. 깊은숨을 몰아쉬며 반듯하게 누웠다. 눈을 슴벅거렸다.

나는 천천히 몸을 일으켰다. 뒤에서 바람이 부는 듯 등이 선득했다. 땀에 젖은 긴 머리카락이 곤충의 날개처럼 얼굴에 달라붙었다. 나는 서랍에서 핀셋을 꺼냈다. 메탈색 핀셋은 형광등 불빛 아래 새하얗게 빛났다. 핀셋으로 귓속 거즈를 빼냈다. 귓속에서 수천 마리의 곤충이 형광등 불빛 속으로 빠르게 날아올랐다. 이어 준모가 다시 소리쳤다. 나도 꺼내줘. 어서. 나는 그 목소리를 듣지 않으려고 최대한 몸을 웅크려 손으로 귀를 막았다. 나는 준모를 사귄 죄밖에 없는데 왜 이런 소리를 들어야 하는지, 내 귓속에 왜 준모가 살고 있는지 알 수 없었다. 나는 어항 속 물고기 한 마리를 꺼내 테이블 위에 놓았다. 물고기가 테이블 위에서 바동거렸다. 얼마나 시간이 흘렀을까. 물고기는 파르르 떨더니 더는 움직이지 않았다. 나는 물고기의 아가미 위, 정확하게 귀를 향해 핀셋을 높이 들었다. 선홍색의 피가 물고기의 지느러미처럼 파닥거리며 테이블 위로, 바닥으로 튀어 올랐다.

*

이 년 전, 준모와 헤어지기 전 일이었다. 준모와 저녁을 먹으며 가볍게 와인을 마시는 중이었다. 나는 아주 어렵게 헤어지자는 말을 꺼냈다. 그가 좋은 가정환경에, 자랑할 만한 복근을 가진 탄탄한 몸에, 무엇보다 연봉이 센 공기업 신입사원이라는 멋진 타이틀을 가진 사람이라는 것을 안다. 그러나 어디에 숨어 있다 불쑥 튀어나오는 그의 이상한 집착을 감당할 자신이 없었다. 한번씩 짐승처럼 돌변하는 그를 계속 만날 수는 없었다. 그는 시선을 아래로 떨어뜨린 채 한동안 말이 없었다.

"정말 내 마음을 몰라? 네가 나만 바라봐줬으면 하는 마음 말이야."

나는 그래도 안 되겠다고, 이쯤에서 정리하자고 했다. 그는 화난 표정으로 의자에서 벌떡 일어서 레스토랑 문을 소리 나게 닫고 나갔다.

준모에게 헤어지자고 말한 몇 주 뒤, 퇴근해서 친구들과 저녁을 먹으며 가벼운 이야기들을 나누다 기분 좋게 헤어졌다. 지하철에서 내려 동네 편의점에 들러 음료수 몇 병을 사서 나오는 길이었다. 그때 누가 내 어깨를 낚아챘다. 음료수 병이 바닥으로 떨어졌다. 유리 파편이 사방으로 튀었다. 준모였다. 준모가 나를 놀이터로 끌고 갔다. 놀이터에는 아무도 없었다.

"이유를 말해! 왜 이렇게 일방적으로 이별 통보를 하는 거야?"

준모가 목청을 돋워 말하고는 거칠게 숨을 쉬었다. 그의 입에서 술 냄새가 났다. 나는 대답 대신에 고개를 다른 데로 돌렸다.

"왜 말 못해. 다른 사람이 생긴 거야?"

"숨이 막혀서 그랬어. 종일 문자로, 전화로, 폭력적인 말과 행동으로 나를 가뒀잖아!"

나는 겁이 났지만 또렷한 목소리로 천천히 말했다. 순간,

내 눈 위로 준모의 주먹이 지나갔다. 내가 픽, 옆으로 쓰러지자 그는 내 목덜미를 잡고 놀이터 뒤쪽으로 끌고 갔다. 원피스 자락이 배 위로 말려 올라가는 걸 느꼈다. 허벅지와 팬티가 달빛 아래 허옇게 드러났을 것이다. 도와달라고, 살려달라고 소리치고 싶었지만 아무 소리도 나오지 않았다.

"네가 뭔데 헤어지자 말자야! 응? 다른 남자들 앞에서는 헤실거리면서 나를 편집증 환자로 만들어? 네깟 게 뭐라고? 이 쓰레기 같은 게! 꺼져!"

준모는 놀이터가 쩡 울리도록 큰 소리로 말했다. 이내 내 얼굴을 손바닥으로 연거푸 쳤다. 피 냄새가 났다. 입술이 터진 모양이었다. 그가 나를 일으켜 세워 미끄럼틀로 질질 끌고 갔다. 이어 미끄럼틀에다 내 몸을 텅, 텅, 텅 쳤다.

그날 밤, 나는 정신을 잃었다. 눈을 떠보니 병원 응급실이었다. 병원에서 외상 치료와 함께 심리 치료도 병행했다. 퇴원 후에 바로 변호사를 선임해서 준모를 고소했다. 준모가 선임한 변호사로부터 몇 차례 고소 취하와 합의 요청이 들어왔지만 거절했다. 선고 공판이 열리기까지는 오랜 시간이 걸렸다. 결국 준모는 법원으로부터 징역형의 집행유예를 선고받았다. 그 후, 나는 다시 일상으로 돌아왔다. 아침 일곱시에 일어나 아홉시까지 사무실에 도착했고 오후 다섯시 삼십분에는 퇴근을 했다. 혼자서 간단히 저녁을 먹은 뒤에는 바로 집 근처 외국어학원에서 중국어 수업을 들었고 헬스장에서 운동을 한 뒤 집으로 돌아와 잤다. 모든 게 회복되어가는 듯 보였다. 그러나 그즈음부터 귀에서 이상한 소리가 났다. 문풍지가 바람에 파르르 떠는 소리 같은. 그 뒤에는 어김없이 준모의 목소리가 들렸다.

*

늦은 점심을 먹고 IT업체에 인턴사원 지원서와 포트폴리오를 보낸 후에 데이터 자격검정 응시원서를 작성하고 있을 때였다. 벌써 일 년 이상 무직 상태였다. 통장 잔고가 거의 바닥을 드러내고 있었다. 그때 소정에게서 문자가 왔다. '오랜만? 지금 빌라 뒤편 강둑이야. 같이 좀 걸을래?' 나는 망설일 것도 없이 '바로 갈게' 하고 답을 보내고는 엉덩이 아래까지 내려오는 얇은 야상 점퍼에 레깅스를 입고 나갔다. 소정은 체중감량 목적으로 걷기 운동을 시작했다며 나를 보며 소리 없이 웃었다. 소정도 회색 셔츠 아래 검정색 레깅스 차림이었는데 배와 엉덩이는 큰 카디건으로 덮어 가린 상태였다. 어둠이 내리는 강물 위로 새들이 날아오르고 있었다. 붉은 노을 몇 점이 소정과 내 어깨에 사이좋게 내려와 앉았다. 소정은 앞으로 매일 강둑을 같이 걷자고 했다. 각자 이어폰을 꽂고 음악을 들으며 걷다가 이어폰을 빼고서는 이런저런 얘기를 나눌 때였다. 오랜만에 만나 얘기를 나누어서인지 소정의 표정이 유난히 밝아 보였다. 이 정도 분위기면 그동안 소정에게 물어보고 싶었지만 할 수 없었던 질문을 해도 되겠다 싶었다.

"그런데…… 소정아, 네 고막을 그렇게 만든 사람이 누구야?"

소정은 대답하지 않고 한참 동안이나 묵묵히 걷기만 했다. 나는 어설프게 질문한 것에 대해서 금세 후회했다. 우리의 대화는 내가 꺼낸 말 한마디 때문에 끊어졌다. 소정은 네 호기심 따위는 절대 충족시켜 주지 않겠다는 딱딱한 표정으로 걸었다. 그게 호기심 때문이 아니라는 걸 어떻게 이해시킬까? 내 귓속에 수천 마리의 곤충과 남자가 한 명 살고 있다고, 그것들이 수시로 귓속에서 속살거리거나 소리친다는 사실을 소정에게 말할 수는 없었다. 그것은 원인 미상의 감각신경성 난청 증상으로 무엇인가 신경을 압박해서 귀에 소리가 나는 강박증이 생기는 거라고, 병원에서 처방해준 약으로는 증상이 완화되지 않는다고 말하고 싶지 않았다. 그렇지만 소정 덕분에 내가 핀셋 훔치는 것을 그만둔 것처럼 나도 소정에게 아주 작은 도움이라도 주고 싶었다. 새들은 점점 어둠 속으로 사라졌다. 소정은 입을 굳게 닫은 채 걷기만 했다. 나는 오래전, 저렇게 소정처럼 아무 말 없이 강둑을 걷던 사람을 알고 있다. 그저 입술을 앙다물고서는 강둑을 걷기만 하던 사람.

*

내가 어린 시절 살았던 집은 이층 주택이었다. 하얀색 나무 담장을 목도리처럼 두르고 있던 빨간색 벽돌집이었다. 나무 담장이 아담한 이층집을 더 그럴듯한 풍경처럼 보이게 했다. 조그마한 정원이 있고 작은 연못이 있던, 내 기억으로는 꽤 근사한 집이었다. 일층에 방이 세 개 있어 의대생인 외삼촌도 함께 살았다. 이층은 전세를 주었는데 우리가 그 집을 떠날 때까지 세입자가 네 번이나 바뀌었다.

내가 막 중학생이 되었을 때, 이층에 새로 세 들어 올 사람이 신혼부부라는 이야기를 들었다. 엄마는 이제야 집이 주인을 제대로 만났다고 말했다. 아빠도 나도 고개를 끄덕였다. 지난번 세입자는 초등학생 아들 둘이 있는 부부였는데 남자 아이들이 밤낮없이 뛰노는 바람에 집 천장이 조용할 날이 없었다. 그러나 가족들의 기대와는 달리 이층 신혼부부는 종종 시끄럽게 싸웠다. 한밤중에 무언가 묵직한 것이 쿵 내려앉는 소리, 바닥에 유리잔 같은 것이 부딪혀 날카롭게 깨지는 소리가 났다. 이어 남자의 거친 말들이 무람없이 창밖을 넘어왔다. 한참 뒤, 덜컹거리는 창문 틈으로 여자의 울음소리가 바람 소리처럼, 긴 휘파람처럼 파고들었다. 그럴 때마다 외삼촌은 저런 부부 유형을 간헐적 파행 부부라고 하지, 수시로 다리를 절뚝거리는 부부라고, 무언가가 신경을 압박해서 생기는 증상이라고, 그 신경을 제거해주면 되는데, 저 부부는 그 걸 모르는 것 같아, 하고 말했다.

이층 아줌마는 키가 크고 마른 체형에 말수가 적은 사람이었다. 핼쑥한 얼굴로 장을 봐서 이층으로 올라가는 모습 외에는 거의 볼 수 없었다. 어느 토요일, 학교에서 돌아오던 길에 아줌마와 대문에서 마주쳤다.

"같이 산책할래?"

아줌마가 나직한 소리로 물었다. 나는 대답 대신 고개를 끄덕이며 책가방을 현관문 앞에 던져두고서 바로 따라 나갔다. 아줌마는 강을 따라 길게 이어진 강둑으로 걸어갔다. 강둑을 사이에 두고 한쪽은 강물이, 다른 쪽은 과수원과 주물 공장, 솥 공장과 오래된 주택들이 있었다. 아줌마는 아무 말 없이 걷기만 했다. 아줌마의 왼쪽 뺨과 팔목에 달걀 크기만 한, 물빛을 담은 푸르스름한 멍이 있었지만 물을 수가 없었다. 아줌마의 표정이 너무 적막하고 쓸쓸해 보여 아줌마가 강섶에 난 이름 모를 풀 같다는 생각을 했다. 내가 빤히 쳐다보자 아줌마는 무안한지 핏기가 하나도 남아 있지 않은 얼굴을 손으로 어루만졌다. 아줌마는 한 발자국도 내딛지 못할 만큼 허약해 보였지만 의외로 잘 걸었다. 난, 걷는 재능은 있어. 비 오는 날도 우산 쓰고 잘 걸어. 아줌마가 희미하게 웃으며 말했다. 이 세상에 아줌마와 나만 오롯이 남아 있는 것 같았다. 오후의 햇빛이 강물 위로 쏟아져 물고기 비늘처럼 반짝거렸다.

강에서 불어오는 물 냄새가 제법 비릿했다. 아줌마는 입술을 꽉 다문 채 긴 강둑을 따라 걸었다.

*

소정은 그날 강둑에서 내가 고막을 찢은 사람이 누구냐고 물은 뒤로는 소식이 없었다. 여름이 지나 가을이 오고 있었다. 아침에 주민들이 썰물처럼 빠져나간 한낮의 동네는 고적했다. 창가를 바라보니 공허한 마음이 들었다. 그때 소정에게서 문자가 왔다. '밥 먹었어? 떡볶이 먹고 싶다. 떡볶이 먹고 같이 산책할래?' 나는 그 평범한 내용의 문자가 근사하게 느껴졌다. 언제나 나보다 더 선하고 모든 일에 활동적인 소정이 보고 싶었다. 요즘 잠을 제대로 자지 못했다. 한동안 잠잠했던 준모가 이따금 귓속에서 소리를 쳐댔기 때문이었다. 이럴 때면 몇 년 전에 캐나다로 이민을 떠난 신경외과 전공의인 외삼촌이 자주 생각났다. 나는 옷을 꿰어 입고 빌라 앞 분식집으로 갔다. 소정이 나를 '우주야'라고 부르는 말을 빨리 듣고 싶었다.

분식집의 대여섯 테이블 어디에도 소정은 없었다. 나는 냄비우동을 시켜서 후루룩 소리를 내며 먹고 있었다. 누군가 분식집 문을 열고 들어오자마자 불타는 떡볶이를 주문하는 소리가 들렸다. 소정이었다. 소정도 나도 레깅스에 허벅지까지 내려오는 긴 티셔츠 차림이었다. 짙은 노을보다 더 붉은 떡볶이를 앞에 놓고 우리는 아무 말 없이 허겁지겁 먹었다. 소정은 맵다, 매워, 그래도 매운 걸 먹으면 삶의 의욕이 막 솟아, 하면서 입바람을 후후 불어가며 먹었다. 떡볶이와 어묵 그릇이 다 비워질 때쯤, 소정이 뜬금없이 말했다.

"물고기는 귀가 아가미 바로 위쪽에 입구가 막힌 상태로 있어. 그래서 고막 같은 거 잘 터지지 않아. 참, 내가 준 물고기 잘 있지?"

"넌, 너희 집 물고기 이름은 다 알고 있어? 손바닥 두 배 크기부터 새끼손가락 크기까지 여러 가지가 있던데."

나는 화제를 얼른 다른 곳으로 돌렸다. 네가 준 물고기가 한 마리도 남아 있지 않다고 말할 수는 없었다.

"당연하지. 그중에 버들붕어가 제일 귀여워."

소정은 버들붕어를 생각하는지 푸훗, 웃으며 말했다. 내 손가락만 해. 이제 좀 걸을까? 나는 고개를 끄덕이며 먼저 자리에서 일어섰다. 세탁소를 지나고, 네일숍을 지나고, 보세 옷가게를 지나 강둑에 접어들 때 소정이 낮은 소리로 말했다.

"뭔가 충격적인 일이 할퀴고 지나간 자리에는 어떤 무언가가 상처 자국처럼 남게 되지. 내게는 물고기가. 우주, 아니 유주에게는 핀셋이……"

소정은 '유주'의 '유'자를 아주 조심스럽게 발음했다. 그 말 이후로 소정도 나도 더 이상 말을 하지 않았다. 묵묵히 음악을 들으며 걸었다. 목적지 없이 걷고 있지만 목적지가 없는 것은 아니었다. 강둑이 구부러지는 곳이 목적지였다. 그곳이 바로 반환점이기도 했다. 가로등이 있어도 조금 어두웠고 그 뒤편에는 덤불숲이었기 때문에 사람들 발길이 뜸한 곳이었다.

*

그 뒤로도 이층 아줌마와 종종 강둑을 걸었다. 가을이었고 꽃과 잎이 떨어져 천지에 낙엽들이 뒹구는 오후였다. 아줌마는 강둑을 걸으며 처음으로 자신의 얘기를 했다. 결혼 전까지 중학교에서 영어를 가르쳤다고. 그러면서 영어 공부는 어떻게 하고 있느냐고 물었다. 나는 간단히 대답했다. 내 팔과 어깨에 잠자리가 내려앉자 아줌마가 손으로 잠자리를 휘이, 훠이, 하는 소리를 내며 쫓았다. 마치 새를 쫓듯이. 잠시 대화가 중단됐다. 그때, 아줌마가 나직하게 말했다. 부탁 하나 들어줄 수 있어? 내가 무슨 부탁이요? 하고 물었다. 혹시 남편이 강둑 산책길에 항상 나와 함께 있었느냐고 물으면, 둘이서만 산책했느냐고 물으면 사실대로 그렇다고 말해줄래? 그냥 있는 그대로만 말하면 돼. 나는 그렇게 하겠다고 말했다. 사실대로 이야기하는 거니까 어려울 것도 없었다. 아줌마는 살며시 내 손을 잡았다. 나도 아줌마의 손을 꼭 잡았다. 아줌마는 조용히 웃었다.

산책을 다녀와서 엄마한테 아줌마가 부탁한 얘기를 했다. 그런데 저녁 식사 때, 외삼촌이 그 이야기를 화제로 꺼냈다. 이층의 간헐적 파행 부부 말이에요. 그 아줌마, 여태 유주를 알리바이용으로 데리고 산책했던 거잖아요. 남편한테 보이기 위해서 말이야. 진짜 기분이 별로야. 엄마가 외삼촌에게 그만하라고 말하지 않았다면 외삼촌은 간헐적이니 파행이니 폭력이니 하며 이층 부부에 대해서 좀 더 말했을 것이다. 엄마는 이층 아저씨가 새댁이 외출하는 것을 극도로 싫어하는 것 같아. 맞선을 본 지 얼마 안 돼서 급하게 결혼을 했대. 그래서인지 남편이 새댁의 일거수일투족을 감시하고 의심하나 봐. 그래서야 새댁이 어떻게 숨이나 쉴 수 있겠어? 저러다 새댁이 말라 죽고 말지, 하며 천장을 쏘아보며 한숨을 쉬었다. 이어 엄마는 괜히 부부 싸움을 부추길 수 있으니 내게 더 이상 아줌마와 산책하지 말라고 당부했다.

그날 밤, 내 방에 누워 아줌마와 강둑을 함께 걷던 때를 떠올렸다. 아줌마가 잡던 손의 감촉이 느껴졌다. 내 눈을 가만히 들여다보며 부탁하던 모습, 미소를 지으며 빛나게 웃던 모습, 팔에 옅은 잉크 빛처럼 물들어 있던 멍 자국이 생각났다.

*

"물고기 밥값도 벌어야 하고 취업을 해야 하는데 만만치가 않아. 다음 달엔 집도 비워줘야 해."

소정이 강둑에 있는 돌을 주워 물수제비를 뜨며 말했다.

"그건 나도 마찬가지야. 계속 데이터 자격시험 준비를 하고 있긴 해."

이제 강둑에는 어둠이 제법 내려앉았다. 분식집에서 조금 시간을 지체해서 평소보다 늦게 걷기 시작했기 때문이다. 이제 그만 돌아가야 할 것 같았다. 그래도 반환점까지 가서 돌아와야지, 하며 소정이 제안했다. 나는 고개를 끄덕였다.

"내가 누구한테 맞아 고막이 터졌다는 소문이 여기저기 퍼지는 데는 그리 오랜 시간이 걸리지 않았어. 내가 반 고흐처럼 내 귀를 스스로 다치게 하진 않았을 테니 그 상대가 누군지 모두 궁금해했어."

소정이 그 이야기를 먼저 꺼냈다. 나는 소정의 걸음걸이에 맞춰 천천히 걸으며 가만히 듣고만 있었다. 소정이 편하게 이야기할 수 있게 이야기의 흐름을 깨고 싶지 않았다.

"그런데 모두 그날 일들을 잘 알지도 못하면서 내가 맞을 짓을 제공했다는 분위기였어. 내가 입을 열지 않았으니 그 말들이 다 사실인 것처럼 돼버렸어."

소정이 걸음을 멈추고 숨을 깊이 들이쉬더니 강둑에 앉았다. 나도 소정의 곁에 나란히 앉았다. 소정이 천천히 입을 뗐다.

"일 년 전 일이야. 기말시험을 마치고 같은 과 대학원생들과 함께 술을 마시는 자리였어. 그중에는 막 썸을 타던 과 동기도 있었어. 시험이 끝나 긴장이 풀려서인지 나는 웃고 떠들며 하이톤으로 재잘거렸지. 그때 평소에도 나를 못마땅해하던 남자 선배가 갑자기 야, 시끄러워! 혀 짧은 소리로 또 누굴 꼬시려고 애교부리는 거야? 응? 하며 눈을 부라렸어. 나는 선배, 어째 말이 좀 심하다, 대체 나한테 왜 그래요? 하며 대들었지. 그랬더니 바로 뺨을 연달아 치더라고."

여기까지 말을 하고선 소정은 깊은숨을 연거푸 들이쉬었다 뱉었다. 나는 힘들면 그만 말해도 된다는 눈빛으로 소정을 바라보았다. 소정은 조금 쓸쓸한 표정으로 저무는 노을을 잠시 올려다보더니 다시 말을 이었다.

"그 선배가 그런 혀 짧은 소리로 강의 노트를 빌리러 다니고, 과제 점수도 잘 받아 조교 자리를 꿰어찼느냐며 내 의자를 발로 차더라고. 나는 테이블 아래로 나뒹굴었지. 선배는 분이 풀리지 않았는지 넘어져 있는 나를 일으켜 세우더니 넌, 매번 그런 식이야. 공정하지 않아, 하며 다시 얼굴을 때렸어. 술이 취했다고 하더라도 이해할 수 없는 행동이었어. 그때 일행 중 한 명이 그 선배를 말리더니 밖으로 데리고 나갔어. 썸타던 동기와 남은 일행도 그들을 쫓아 자리를 뜨고선 소식이 없었어. 그 일 이후에 이상한 소문이 나버렸어. 내가 그 선배가 말한 것처럼 그런 이유로 조교도 되고, 시험 때가 되면 남자 동기들한테만 요약 노트를 빌리러 다닌다는 소문 말이야."

소정은 그 사건을 담담히 말하고는 강물을 바라봤다. 나도 소정을 따라 가만히 강물 쪽으로 시선을 돌렸다.

"그건 그렇고, 우주야, 나는 다음 달이면 정말 가난해져. 물고기 밥값뿐만 아니라 내 밥값도 한 푼도 없게 돼. 가지고 있는 돈으론 집을 구할 수가 없어. 나는 이 공포도 무서워."

소정은 얼른 화제를 다른 데로 돌렸다. 애써 태연한 척하는 것일 거다. 말해놓고는 어서 잊어버리고 싶은 것이다. 썸타던 남자 동기가 보는 앞에서 무참하게 맞았다는 것, 그 남자 동기가 그날 이후로 연락을 해오지 않았다는 사실, 폭행을 한 남자 선배의 말이 모두 사실인 것처럼 번진 소문들을 복기하고 싶지 않은 거였다. 나는 소정의 손을 살며시 잡았다. 애써 그러지 않아도 돼, 라는 의미였다. 강둑이 구부러진 곳까지 와서 막 되돌아가려고 할 때였다. 우리 뒤에서 걷던 사람이 소정과 나를 미끄러지듯 빠르게 지나쳤다. 덤불숲 쪽에서 나온 것 같기도 했다. 내 키만 한, 체격이 아주 왜소한 남자였다. 모자를 깊숙이 눌러 쓰고 있었다. 그때 소정이 윽, 하고 넘어졌다. 남자는 뒤돌아보지 않고 급한 걸음으로 뛰어갔다. 소정을 일으켜 세우며 "누구세요? 왜 이래요?" 하고 소리쳤다. 남자가 돌아서더니 소리쳤다. "씨발, 레깅스 년들! 왜 앞을 막고 있어. 꺼져!" 남자는 나와 소정을 향해 침을 퉤 뱉었다. 그러곤 다시 쏜살같이 뛰어갔다.

"저 사람이 밀쳤어. 모르는 사람이야."

소정이 울먹이며 말했다. 나는 소정을 일으켜 세우고는 남자가 달아난 방향으로 뛰었다. 분했다. 저 정도 체격이라면 핀셋을 휘둘러 남자를 제압할 수 있겠다는 생각이 스쳐 지나갔다. 손을 호주머니에 넣어 핀셋이 들어 있나 확인했다. 핀셋 두 개가 만져졌다. 직선형 드레싱 포셉과 커브형 드레싱 포셉이었다. 나는 커브형 핀셋을 꽉 쥐었다. 힘껏 찌르면 살갗 깊숙이 박힐 수 있는.

"우주야, 우주야, 그냥 돌아가자."

내가 다칠까 봐 불안했던지 뒤에서 소정이 소리쳤다. 남자는 어느새 사라지고 없었다. 어느 길로 빠졌는지 보이지 않았다. 나는 소정에게로 돌아와 잔뜩 볼멘소리로 말했다.

"넌 그렇게 울고만 있을 거니? 언제까지 물고기처럼 소리도 안 낼 거냐고!"

소정은 침대를 두고서 굳이 거실의 좁은 소파에 몸을 웅크려 누웠다. 누워서도 쉽게 잠들지 못했다. 불안한지 눈을 동그랗게 뜨고 천장만 멀뚱히 쳐다보았다. 소정이 잠들 때까지 기다렸다가 가야 할 것 같았다.

"소정아, 우리 내일 물고기 사러 갈까?"

"그럴까? 그리고 우리 내일부터 병원을 돌아다니면서 핀셋을 훔치자. 어때?"

소정이 웃는 눈빛으로 말했다.

"이젠 핀셋 훔치지 않아. 네가 말했을 때부터 그러지 않았어."

소정이 오, 정말? 대단한데? 라는 표정으로 눈을 동그랗게 뜨며 다시 말했다.

"그럼, 인터넷으로 의료용 핀셋을 구매하자. 몇십 개를, 아니 박스째 왕창 사자."

"그럴까? 우리 그렇게 해도 주머니가 거덜 나진 않겠지."

우리는 농담을 진담처럼 하며 열없이 웃었다. 농담이, 웃음이 좁은 거실에 웅, 웅, 웅 불안하게 울렸다. 피곤이 온몸으로 파고들었다. 소정이 스르르 눈을 감았다. 소정은 자면서 흠칫 어깨를 부르르 떨었다. 소정이 깊이 잠든 것을 본 뒤에 휴대전화를 열어 '소정아, 방 구할 때까지 우리 집에서 같이 지내. 물고기는 모두 분양하고 오는 거 알지?' 하고 문자를 보냈다. 나는 탁자 위에 커브형 드레싱 포셉을 올려놓았다.

소정의 집을 나오니 날이 희뿌옇게 밝아오고 있었다. 빌라 골목 사이에서 무언가 검은 물체가 휙, 튀어나왔다. 나는 주머니 속 핀셋을 꼭 쥐었다. 작은 물체들은 골목 끝으로 잽싸게 사라졌다. 빌라와 빌라 사이, 오래된 주택의 벽 틈새, 주차장 후미진 곳을 돌아다니는 것들이었다. 나는 핀셋을 꽉 잡은 채 집을 향해 뛰기 시작했다.

태연한 밤

"저기요…… 잠깐만요."

들릴 듯 말 듯한 목소리였다. 도현은 현관 도어록에 카드키를 대려다가 바닥에 떨어뜨렸다. 동문회 송년 모임을 마치고 자정이 넘어 아파트에 도착해서 엘리베이터를 타고 막 삼십사층까지 올라온 참이었다. 맥주 두 병은 마셨으니까 아주 말짱한 정신이라고는 할 수 없었다. 바닥에서 카드키를 주워 다시 도어록에 갖다 댔다.

"저기요…… 좀…… 도와줄래요?"

또 그 목소리였다. 목소리는 아주 가느다란 실처럼 끊어질 듯 이어졌다. 분명 여자 목소리인데 미지의 어느 언어를 듣는 것처럼 아련하게 들렸다. 도현은 지금 어떤 일이 일어난다고 해도 놀랄 처지가 아니었다. 크리스마스 전날인 오늘, 바로 몇 시간 전에 친구인 김 원장으로부터 해직 통보를 받았기 때문이다. 중고등학교는 물론 대학교까지 동문인 김 원장은 다음 달부터 다른 병원 자리를 찾아보라고 했다. "병원 수입이 매년 점점 줄어들고 있어. 내 입장 이해하지?"라는 말을 남기고 김은 먼저 병원 문을 나섰다. 도현은 김이 자신을 해고했다는 일보다는 자신의 처지를 잘 알면서도 다른 일자리를 찾을 시간도 주지 않고 바로 해고했다는 사실에 대한 분노가 더 컸다.

그날 저녁, 대학 동문 송년 모임에서 김을 다시 봤을 때, 도현은 혹시 입술 사이로 욕지거리가 나올까 봐 두 입술을 꽉 다물었다. 김과는 그저 그런 친구 사이가 아니었다. 고등학교 때, 아주 고통스러운 시기를 함께 보낸 친구였다. 김은 모임 내내 아무 일도 없었다는 듯이 도현을 담담하게 대했다. 그런 김의 표정을 보는 일이 역겨웠다. 택시를 타고 아파트 정문에 내려 110동까지 걸어오면서 주먹을 부르르 떨었다. 무엇이든 손에 잡히는 대로 내동댕이치고 어디든 높은 곳으로 올라가 뛰어내리고 싶었다. 그러고 보면 자신의 집이 삼십사층 맨 꼭대기 층이라는 게 오늘 같은 날은 행운처럼 느껴졌다.

저기요, 라는 소리가 다시 들렸을 때 도현은 현관문에 카드키를 갖다 대다가 말고 자신도 모르게 동작을 멈추었다. 여자 목소리는 목덜미가 선득할 정도였다. 도현은 심호흡을 한번

하고서 천천히 주위를 둘러보았다. 그때 복도 문 너머, 옥상으로 올라가는 계단에 앉아 있는 여자와 눈이 마주쳤다. "당신 뭐야? 누구야?" 도현이 소리쳤다. 여자는 몸을 움칠하더니 아무 말도 하지 않았다. 오늘은 크리스마스 전날로 최저기온이 영하 11도, 올해 들어 가장 추운 날이었다. 여자는 실내복 원피스에 얇은 카디건을 걸치고 있었다. 맨발에 슬리퍼 차림이었다. 온몸을 바들바들 떨고 있었다. 자세히 보니 옥상과 엘리베이터에서 종종 마주쳤던 여자였다. 이 아파트는 옥상에 휴게 공간이 잘 조성돼 있었다. 인조 잔디와 데크와 홍가시나무, 보리수나무를 심은 큰 화분을 잘 배치해 아늑한 정원 같은 느낌을 주었다. 도현은 종종 옥상에 올라가 벤치에 앉아 바람을 쐬거나 데크를 따라 걸었다. 그때 파라솔 아래에 있는 의자에 웅크리고 앉아 있는 여자를 보곤 했다. 여자가 다시 말을 건넸다. 저는…… 804호에 살아요. 혼자 사시는 거 알아요. 좀 도와주세요.

"삼 년 전부터였어요."

여자가 입을 뗐다. 도현은 아무런 반응을 보이지 않았다. 무심한 듯 전기 주전자에 찬물을 부었다. 찻물 끓는 소리가 화물차들이 차도를 달리는 것처럼 공격적으로 들렸다. 톡. 전기 주전자 스위치가 자동으로 꺼지자 여자가 말을 이었다.

"남편이 내게 폭력을 쓰기 시작한 거요."

여자는 어디 아주 먼 곳에서 살다가 돌아와 그곳의 어느 여자의 이야기를 들려주는 듯이 담담하게 말했다. 도현은 '폭력'이라는 말에 몸이 저릿했다. 무심한 표정을 지으려 했지만 자신도 모르게 미간이 살짝 찌푸려졌다. 유리 주전자에 메밀 티백을 넣고 뜨거운 물을 부었다. 유리 주전자가 유채꽃처럼 고운 노란색으로 채워졌다. 메밀차를 따라 여자에게 건넸다. 여자는 찻잔을 꼭 쥔 채 마시지는 않았다. 따뜻하게 데워진 찻잔 덕에 몸이 좀 풀리는지 웅송그린 어깨를 조금 폈다.

"메밀차 말고 커피 좀 주실 수 있어요? 갑자기 설탕과 크림을 듬뿍 넣은 커피가 먹고 싶어졌어요."

여자는 미안한지 시선을 거실 바닥에 둔 채 말했다. 도현은 뜻밖이라는 표정을 애써 감추었다. 미안한 뜻을 비치긴 했지만 커피를 당당하게 요구하는 여자를 어떻게 이해해야 할지 난감했다. 텀블러에 믹스커피를 타서 여자에게 건넸다. 여자는 눈을 반쯤 감은 채 천천히 커피를 마셨다. 도현은 그제야 여자의 얼굴을 찬찬히 봤다. 입술 주변에 피가 굳어진 채로 엉겨 있었다. 한쪽 눈두덩이 부어올라 있었고 목에는 손톱으로 할퀸 자국이 서너 줄 선명하게 그어져 있었다. 삼십대 후반쯤으로 보이는 여자는 마른 체형에 이목구비가 뚜렷했다. 목이 깊게 파인 원피스에 얇은 카디건 하나만 허술하게 걸쳐 가슴골이 다 보였다. 도현은 얼른 시선을 소파 건너편에 있는 거실 벽으로 돌렸다.

"내가 혼자 사는 건 어떻게 알았어요?"

도현이 살짝 불쾌한 감정을 실어 물었다.

"오해하진 마세요. 우연히 알았어요. 선생님이 관리사무실에서 전입세대신고서를 작성하며 관리소장과 얘기 나누는 걸 들었어요. 그때 저도 볼일이 있어 관리사무실에 갔었거든요. 짐작했겠지만 남편을 피해 도망 나왔어요. 옥상에 올라가려다가 너무 추워서 옥상 계단에 앉아 있었어요. 잠시 숨어 있다가 집에 들어가려고 했어요. 남편은 술만 깨면 괜찮거든요."

도현은 여자의 상황을 더 알고 싶어 가만히 듣고만 있었다.

"참, 저는 804호, 1986년 5월 7일생 최정안입니다. 내일 관리사무실에 가서 물어보면 알 수 있을 거예요. 선생님 병원에서 치료받은 적도 있어요. 급하게 뛰쳐나오느라 핸드폰도 지갑도 못 들고 나왔어요. 잠시만 있어도 될까요?"

여자는 언 몸이 다소 풀렸는지 비교적 안정적인 목소리로 자신의 처지를 설명했다. 도현은 금방 답을 하지 못했다. 여자는 묵례를 하고는 바로 등을 돌려 현관문으로 걸어갔다.

"잠시 경비실에 가 있는 건 어떨지…… 경찰의 도움을 받는 방법도 있고요."

여자는 도현을 쳐다보며 조용히 고개를 가로저었다.

"경비실에 가면 많은 사람들이 제 상황을 알게 돼요. 그건 원치 않아요."

여자는 대답을 하고서는 다시 뒤돌아서서 현관문 손잡이를 잡았다.

"그럼, 잠시만 있다가 가세요."

도현이 여자의 등 뒤에다 소리쳤다. 여자가 소파에 다시 앉자 도현은 그제야 후회가 밀려왔다. 어쩌자고 여자를 붙잡았나. 옥상에서 종종 보긴 했지만 정말 팔층에 사는 주민인지, 86년생 최정안이 맞는지 이 밤에 어떻게 확인하나. 그냥 담요를 빌려주며 다시 내보내야 하나. 아니면 바로 경찰서에 신고를 할까. 여러 생각들이 스치고 지나갔다. 여자가 소파에 몸을 비스듬히 기댔다.

"한 시간만 있다가 갈게요. 그때쯤이면 남편도 깊이 잠들었을 거예요. 고맙습니다."

여자의 눈빛은 텅 비어 있는 것처럼 느껴졌다. 고통스런 상황을 감내하는 여자의 표정은 낯설다 못해 신선하게 다가왔다. 여자의 현재 삶이 모래처럼 파삭거리다 못해 가뭄에 논바닥이 갈라지듯 심하게 균열이 나 있다는 것은 말을 하지 않아도 알 수 있었다. 도현은 거실에 조명등을 켜놓고 침실로 들어갔다. 도현은 불을 환하게 켜둔 채 침대에 기대어 앉았다. 한동안 거실에서 여자가 뒤척이는 소리가 났다.

원장실의 호출 벨이 울렸다. 진료실로 들어오라는 신호였다. 진료실 유닛 체어에 문호의 어머니가 누워 있었다. 도현은 멈칫했다. 문호 어머니는 아들의 친구인 자신을 치과에서 만날 때마다 손을 잡고는 눈시울을 붉혔다. 자신을 보며 당연히 문호를 떠올렸을 것이다. 도현은 잠시 문호 어머니의 입안을 점검하고는 김에게 진료를 맡겼다. 김의 방 내선전화기가 울렸다.

“문호 어머니를 왜 내게 보내는 거야? 나도 힘들긴 마찬가지라고!”

전화기 너머로 김의 뾰족한 어투가 날아들었다.

“오늘은 네가 진료를 해. 오늘이 내 마지막 진료일인 것 몰라서 그래?”

간호사에게 다음 환자들도 김의 진료실로 보내라는 주문을 내렸다.

도현은 원장실 소파에 몸을 깊숙이 들이고 앉았다. 문호 어머니를 볼 때마다 머리에서 땀이 배어 나왔다. 그렇다고 문호 어머니를 다른 치과로 가라고 말을 할 수도 없었다. 도현과 김, 두 사람 다 문호의 마지막을 본 사람이었다. 그러나 문호 어머니는 늘 도현만 찾았다. 문호 어머니가 다녀갈 때마다 삼십 년 전 그때의 고통이 고스란히 되살아났다. 간호보조사가 점심으로 백반 정식을 원장실로 내왔지만 도현은 손을 대지 않았다. 그는 리모컨을 눌러 벽면에 걸려 있는 텔레비전 채널을 다른 데로 돌렸다. 텔레비전은 출근과 동시에 켜서 퇴근할 때 끄고 나왔다. 종일 뉴스만 방영하는 방송에 무음으로 채널을 고정해놓고서는 수시로 텔레비전 화면을 쳐다보았다. P시에서 혼자 지내면서 생긴 습관이었다. 도현은 커피머신에서 에스프레소를 뽑았다. 커피를 마시기도 전에 두 번이나 커피를 흘렸다. 한 번은 너무 뜨거운 잔에 성급하게 입을 갖다 대서였고, 또 한 번은 잔을 입에 갖다 대지도 않았는데 무심결에 잔을 기울인 탓이었다. 문호 어머니를 본 이유가 클 거라는 생각을 하며 티슈로 입술을 닦고 진료 가운 앞섶을 털었다.

도현은 마지막 예약 환자의 진료를 마친 뒤, 원장실에서 짐을 쌌다. 큰 택배용 박스에 사무용 집기, 책, 노트북 등을 차근차근 넣었다. 치위생사가 큰 김치통을 가지고 들어왔다. 문호 어머니가 주고 간 거였다. 잠시 머뭇거리다가 김치통을 박스에 넣었다.

문호 어머니가 준 김치통과 박스를 들고 아파트 공동현관문을 열었다. 804호 우체함을 열어 우편물을 꺼내 살폈다. '최정안' 앞으로 도착한 우편물이 몇 통 있었다. 어쨌든 804호에 '최정안'이라는 이름을 가진 여자가 살고 있는 것은 확실했다. 삼십사층에 내렸다. 호주머니에서 현관문 카드키를 찾다가 멈췄다. 옥상으로 올라가는 계단을 쳐다보았다. 혹시나 여자가 계단에 동그맣게 앉아 있는지 눈으로 찾았다. 없었다. 김치통을 냉장고에 집어넣고는 소파에 털썩 앉았다. 티브이를 켰다. 리모컨으로 채널 여기저기를 누르다가 여행 프로그램에 고정했다. 팔층 여자도 텔레비전을 보고 있다면 나와 같은 프로그램을 보고 있을까. 그는 고개를 가볍게 저으며 피식 웃었다. 저녁 아홉시 뉴스를 보다가 소파에 몸을 묻은 채 휴대전화를 켰다. 아내에게서 카톡 메시지가 와 있었다. '할 얘기가 있어. 내일 점심시간에 전화할게. 다음 주말엔 올라올 거지?' 도현은 아내에게 웃는 모습의 이모티콘만 하나 보냈다.

도현은 서울에 있는 아내를 생각했다. 요즈음에는 두어 달에 한 번꼴로 서울에 간다. 언제부터인가 아내와의 사이에 미세한 균열이 가고 있다는 생각이 들면서 집에 가는 횟수도 줄었다. 아내와 K가 주고받은 묘한 내용의 메시지를 우연히 보지만 않았더라면 아내와의 틈이 생기지 않았을까? 아내는 지금도 자신보다 아내의 대학 동기라는 그 남자, K와 더 자주 통화를 하고 더 많은 메시지를 주고받을 것이다. 아내에게 왜 K와 친밀한 관계를 유지하는지 물어보고도 싶었다. 그러나 그는 묻지 않았다. 만약에 아내가 어설프게 고백이라도 해버리면 가정은 깨질 것이다. K와 아내는 그저 대학 동기 사이일 뿐이라고 억지로 자신의 뇌에 새겨 넣었다.

휴대전화를 끄고 샤워를 가볍게 하고 나왔다. 배가 고팠다. 빈속에 찬 음료수만 마시니 속이 쓰렸다. 따뜻한 국물이 먹고 싶었다. 재킷을 집어 들고 나가려는데 초인종 소리가 들렸다. 현관 비디오폰 카메라 모니터 전원을 눌렀지만 작동이 되지 않았다. 통화 버튼을 누르고서는 누구세요? 하고 물었다. 소리가 들리지 않았다. 초인종 소리만 들을 수 있고 다른 기능

들은 고장이 난 것 같았다. 집주인에게 고쳐달라는 소리를 해야 하나, 귀찮은 생각이 들었다. 도현은 현관문을 비죽이 열었다. 크리스마스 전날의 그 여자였다. 여자 옆에는 예닐곱 살로 보이는 남자애가 서 있었다. 여자는 남자애의 손을 잡고 있었다. 크리스마스도 지났건만 남자애는 빨간 산타클로스 모자를 쓰고 있었다. 여자는 크리스마스 전날 밤에 보여준 불안감과 달리 안정돼 보였다. 여자가 손에 들고 있던 종이가방을 내밀었다. 지난번엔 감사했어요. 빵과 쿠키예요. 빵은 제가 좋아하는 베이커리에서 샀고, 쿠키는 오늘 아들과 함께 만든 거예요. 여자는 말을 마치자마자 아이 손을 잡고 바로 뒤돌아서 엘리베이터로 갔다. 종이봉투에 리츠 호텔 로고가 찍혀 있었다.

눈을 뜬 것은 아침 일곱시였다. 휴대전화를 켜니 아내에게서 카톡 메시지가 와 있었다. '올 여름방학 때 애들을 캐나다로 어학연수 보내는 건 어때? 나도 따라갔으면 해. 내년이면 병원 대출금 상환도 끝나잖아. 당신 의견을 듣고 싶어.' 도현은 침대 발치에 앉아 손바닥으로 얼굴을 감싸고서는 고개를 힘없이 떨어뜨렸다. 오늘 아내가 점심시간에 전화로 하겠다는 말이 바로 이 이야기인 것 같았다. 서울에서 동료 의사와 치과의원을 개업했다가 동료가 의료 사고를 내는 바람에 사고 보상을 해준 뒤 거의 파산 상태로 병원 문을 닫았다. 병원 개업 때 받은 은행 대출 금액은 고스란히 남아 있는 상태였다. 그게 십 년 전의 일이었다. 다른 병원에서 봉직의로 일하다 고향인 P시에 있는 김의 병원으로 온 건 삼 년 전이었다. 임플란트 전문의가 필요하던 김이 도현에게 다른 병원보다 좀 더 많은 연봉을 제의했기 때문이었다. 가만히 앉아 있자 가슴속에서 희미한 통증이 올라왔다. 내년이면 끝나는 은행 대출 상환 계획에 차질이 생겼다. 매달 부모님께 보내는 용돈과 아내에게 입금할 생활비는 보험을 해약해서 보내줘야 할 판이었다. 당연히 아내와 아이들을 캐나다로 보낼 수 없다는 의견을 내놔야겠지. 도현은 머리가 무지근해서 창문을 활짝 열었다.

여자가 그의 집에 다시 온 것은 1월이 시작된 후 두번째 주말을 맞는 밤이었다. 바깥에서는 바람 소리가 호이힝 호이힝 세차게 불었다. 마치 짐승들이 울부짖는 소리처럼. 그는 거실 창가에 서서 삼십사층 아래를 내려다보고 있었다. 실직한 지 보름밖에 되지 않았는데도 막막했다. 대학 동문들에게 봉직의 자리를 부탁해놓은 상태지만 몇 달은 걸릴 것 같았다. 아내는 혜지가 약사가 되기를 원하는데 한국보다는 캐나다에서 자격증을 취득하기가 훨씬 쉬워, 민재는 물리학 공부를 하기 원하니 지금부터 캐나다에서 공부하는 방법을 생각해보는 게 좋을 것 같아, 우리가 밑거름이 돼줘야지, 하고 자주 말했다. 몇 달 동안 일을 쉬게 되면 통장 잔액이 거의 바닥이 날 것이다. 차라리 아내에게 실직했다고 말을 할까? 도현은 고개를 가로저었다. 다른 치과로 옮기고 나서 말해도 늦지 않을 것이다.

초인종 소리가 들렸다. 거실 벽에 걸린 시계를 보니 밤 열한시가 지났다. 현관으로 가서 문을 조금 열었다. 팔층 여자였다. 지난번 입었던 실내복 원피스에 검정 롱패딩을 입고 있었다. 맨발에 슬리퍼 차림이었다. 연민이 느껴졌다. 반갑기도 했다. 한편으로는 여자가 짊어져야 될 짐을 왜 자신에게 같이 들자고 하는지 이해할 수 없었다. 도대체 여자가 살고 있는 삶이 어떻기에 저런 모습으로 남자가 혼자 사는 집의 초인종을 자꾸 누르는 걸까. 주위에 여자가 의지할 작은 불빛 같은 존재가 한 사람도 없는 건지 딱했다.

"한 번만 더 신세를 져도 될까요……"

여자의 음성은 몹시 불안정했다. 그러고 보니 온몸을 떨고 있었다. 바깥에서 한참 있었던 모양이었다. 도현은 여러 생각이 들었지만 일단 여자가 들어올 수 있게 현관문을 열었다. 지난번처럼 뜨거운 믹스커피 한 잔을 여자에게 내밀었다. 여자는 잔을 꼭 쥐고서 깊은숨을 몰아쉬더니 낮은 목소리로 말했다.

"저는 일곱 살 된 아들이 한 명 있어요. 지난번에 보셨던. 남편은 회사원이고요."

말을 마친 여자는 도현을 쳐다보았다. 이 정도면 나에 대한 기본적인 신원 조회는 됐나요? 저 이상한 사람 아니에요, 위험한 사람도 아니고요, 하는 표정이었다. 도현은 여자가 말해준 자신에 대한 정보가 사실인지 아닌지는 궁금하지 않았다. 여자에 대한 기본 정보는 이미 아파트 관리사무실에서 확인했으니까. 여자의 치과 진료 기록까지 꼼꼼히 살펴봤으니까. 다만 여자가 위험한 사람인지 아닌지는 알 필요가 있었다. 그렇지만 먼저 여자를 좀 쉬게 해주는 게 우선일 것 같았다. 그 다음 일은 그때 가서 하면 될 것이었다. 얇은 담요를 가지고 와서 여자 옆에 내려놓았다.

"누구에게 맞아본 적 있어요?"

여자는 질문을 하고서는 도현의 얼굴을 쳐다보았다.

"왜 갑자기 그런 질문을 해요?"

도현은 조금 불쾌한 듯 눈살을 찌푸리며 대답했다.

"겪어보지 않은 사람은 남의 고통을 이해하지 못하니까요."

여자는 담요를 끌어당겨 몸을 감쌌다.

"맞은 적도, 때린 적도 몇 번 있어요. 남자들은 어릴 때 흔히 그런 경험 다 있어요."

여자는 천천히 고개를 끄덕이며 다시 물었다.

"학교 다닐 때 몇 번 맞아본 경험으로는 지금 내 기분을 이해할 수 없을 거예요. 육체적 고통보다는 자존감이 바닥을 치거든요. 남편은 술이 깨면 어김없이 미안하다고, 용서해달라고 말해요. 그땐 제정신이 아니었다고 말하죠. 몇 년 전까지는 그런 일이 없었어요. 올해부터 그런 횟수가 늘어났어요."

"나는 고등학교 1학년 때 이후로는 절대로 사람을 때리지 않았어요. 장난으로라도 그러지 않아요."

도현은 딱히 여자에게 말을 한다기보다는 자신에게 말하듯 낮은 소리로 대답했다. 여자는 담요 자락을 턱 밑까지 끌어당겼다. 도현은 거실 난방 온도를 조금 높였다.

"고등학교 1학년 때 같이 어울려 다니던 친구들이 있었어요. 모두 같은 중학교를 다녀서 서로 알고 지내던 사이였어요. 학원도 같은 곳에 다니고 방학 때면 서로 집을 오가며 놀았어요. 그런데 그중 둘이 싸웠고 그때 한 명이 죽었어요."

도현은 눈빛을 누군가에게 쏘아대듯 창밖을 바라보며 말했다. 그때 일을 떠올리는 게 고통스러운 듯 미간에 힘을 주며 창밖을 다시 한번 쳐다봤다.

*

토요일 오후에 철길 아래 공터에서 보자고 먼저 전화를 해온 것은 문호였다. 준오와 도현이가 심판을 좀 봐줘. 이번에는 찬희를 한번 제압해봐야겠어. 정정당당하게 심판을 봐줄 거지? 전화선 너머로 문호의 상기된 목소리와 함께 거친 숨소리가 들려왔다.

며칠 전 하굣길에 찬희가 갑자기 문호의 팔을 잡아채고선 인적이 드문 골목으로 데리고 갔다. 준오와 도현이 놀라 뒤어갔다. 찬희가 문호에게 인마, 너 죽을래? 그런 심부름 다신 하지 마! 그러다 그 애들이 다른 애들 지갑 털어오라고 시키면 어쩔래? 하며 눈을 부라렸다. 찬희가 문호에 대한 이야기를 어디서 들은 모양이었다. 문호가 어깨가 넓은 애들의 담배 심부름을 하고는 거스름돈을 챙긴다는 소문들. 문호는 턱을 한껏 내밀고 입술을 비죽이더니 이 씨발 새끼야, 그럼 네가 내 용돈을 주든가, 하며 되받아쳤다. 그러자 눈 깜짝할 새 찬희의 주먹이 문호의 가슴을 쳤다. 문호가 벌러덩 넘어졌다. 문호가 다시 일어나 찬희에게 대들었지만 이번에는 아예 길바닥에 나동그라졌다. 문호는 그때 심한 모멸감을 느꼈던지 찬희에게 정식으로 한번 붙자고 제안을 했다. 초등학교와 중학교 때 배구선수로 활동한 찬희를 맨주먹으로 싸워서 이길 사람은 교내에서는 없었다. 그때 마침 도현의 집에 와 있던 준오가 전화 내용을 듣더니 눈을 가늘게 뜨면서 약간 흥분한 듯이 말했다. 짜식, 체격도 기술도 성적도 찬희 발끝도 못 따라가면서 깡다구만 세가지고선. 그나저나 그날 볼 만하겠는걸. 구경 중에 제일 재미있는 게 불구경과 싸움 구경이잖아.

그날 토요일 오후엔 바람이 제법 불었고 11월 초순이라 쌀쌀했다. 공터 옆이 바로 강가라 비릿한 강물 냄새가 번져왔다. 담임선생은 기말고사가 코앞이라며 고등학교 1학년 마지막 시험이니 최선을 다해 공부하라고 조례와 종례 때마다 귀가 따갑도록 말했다. 도현은 학원을 빼먹고 여기 온 게 여간 마음이 불편한 게 아니었다. 문호 어머니나 담임에게 오늘 일을 알릴까 어쩔까 잠시 고민을 하기도 했다. 왜냐면 당연히 문호가 죽사발이 될 테니까. 한편으로는 문호가 찬희한테 된통 깨졌으면 좋겠다는 생각을 하기도 했다. 문호는 요즘 부쩍 수업 시간에 많이 졸았고 학원 수업도 자주 빠졌다. 종종 도현이가 문호한테 했던 말이 이상하게 와전돼 준오한테 들어가 있기도 했다. 반대로 준오가 문호한테 했던 이야기도 문호의 입을 통해서 고스란히 다 듣고 있었다. 물론 사실보다 더 과장되거나 각색된 채로. 물론 찬희한테도 서운했던 점이 없었던 것은 아니었다. 찬희는 성적이 꽤 좋은 편이었다. 당연히 명문대 입학은 따놓은 당상이었다. 그래서인지 준오와 도현이가 의대에 진학하고 싶다고 말하면 너희들은 안 돼, 아마 이름도 잘 모르는 지방대라도 힘들걸, 재수 삼수 사수해도 힘들 거야, 짜식, 그러니 열심히 공부하라고, 하며 피식 웃었다. 집안도 외모도 출중했던 찬희는 친구들을 얕잡아볼 때가 더러 있었다. 그래, 찬희 너도 찰거머리 같은 문호한테 한번 당해봐라, 하는 심정도 있었다.

문호가 몸을 웅크리더니 잽싸게 주먹을 찬희에게 날렸다. 주먹은 찬희의 교복 앞자락만 스쳤을 뿐 찬희의 몸에는 가 닿지 못했다. 바로 그때, 찬희가 긴 팔을 뻗어 문호의 턱을 쳤다. 문호가 바닥에 고꾸라졌다. 문호야, 그만하자. 이럴 시간이 어디 있냐? 너 때문에 학원도 빠졌어. 찬희가 몸을 돌려

가방을 손으로 집어 들고 발걸음을 떼려는 찰나 문호가 바닥에 있던 주먹만 한 돌멩이를 집어 찬희를 향해 던졌다. 찬희가 들고 있던 가방으로 날아온 돌을 막았다. 마치 문호가 코트에 내리꽂듯이 던진 강한 스파이크를 찬희가 네트 바로 아래에서 몸을 던져 막은 것처럼. 찬희가 가방을 집어 든 속도가 문호가 던진 돌의 속도보다 빨랐다. 도현과 준오는 동시에 아, 하는 탄성을 지르며 바닥에 주저앉았다. 돌은 방향성을 잃고 찬희 앞에 떨어졌다. 찬희의 얼굴이 붉으락푸르락해졌다. 찬희는 바로 그 돌을 집어 들었다. 준오는 일어서려다 다시 털썩 주저앉았다. 도현은 찬희가 돌을 문호에게 던질까 봐 오금이 저렸다. 다행히 찬희는 문호 앞까지 걸어와서 돌을 문호 뒤편으로 던졌다. 그러곤 문호를 한동안 집어삼킬 듯이 노려보았다. 새끼, 그만하자고 했잖아! 머리에 맞을 뻔했다고! 인마, 죽고 싶어? 분노에 찬 찬희의 목소리는 금방이라도 폭발할 듯이 날카로웠다. 곧이어 주먹으로 문호의 가슴팍을 쳤다. 그러자 새파랗게 질려 있던 문호가 종이보다 가볍게 뒤로 넘어졌다. 하필이면 그 돌 위로.

사건이 일어난 며칠 뒤에 도현은 준오와 함께 참고인 진술을 하러 경찰서로 갔다. 도현은 모든 일을 사실대로 말했지만 찬희가 겁에 질려 있는 문호에게 다가가 주먹을 세게 쳤고 그 주먹을 맞고 문호가 돌 위로 넘어졌다는 얘기는 하지 않았다. 그저 문호가 찬희의 주먹을 피해 도망치다가 돌부리에 넘어진 걸로 진술했다. 그냥 그래야만 될 것 같았다. 어차피 문호는 죽었고 찬희마저 감옥으로 보내고 싶지 않았다. 나중에 알고 보니 준오도 그건 진술하지 않았다고 했다. 준오와 입을 맞춘 건 아니었다.

*

여자는 도현의 고교 시절의 싸움 이야기가 궁금하다는 듯이 도현을 빤히 쳐다보았다. 그러나 도현은 그 얘기를 낯선 여자에게 하고 싶지 않았다. 고등학교를 졸업한 이후로 이 사건을 누구에게도 이야기하지 않았다. 아내에게조차 꺼낸 적 없었다. 아내는 김 원장이 이야기 속의 준오라는 사실도 당연히 몰랐다. 도현은 좀 낮은 소리로 여자를 보며 말했다.

"참…… 다음엔 문을 열어주지 않을 겁니다. 제가 도와줄 수 있는 일은 아닌 것 같네요."

여자는 얼른 찻잔을 놓고 담요를 옆에 가지런하게 개어 놓고서는 일어섰다.

"지금쯤 집에 들어가도 될 것 같아요. 고맙습니다. 그런데…… 경찰에 신고만 하면 모든 게 끝날까요? 지금 방법을 찾고 있는 중이에요. 시간이 좀 필요할 뿐이에요."

여자가 집을 나온 지 한 시간이 채 되지 않았다. 지금 다시 돌아가도 괜찮을지는 안심할 수 없는 상황이었다. 그러나 도현은 여자를 잡지 않았다. 한밤중, 어떤 이유든 여자와 단둘이 있는 상황은 누가 봐도 오해하기 십상이었다. 여자가 왜 하필 당신 집으로 들어왔느냐고 누가 묻는다면 자신이 답할 게 없다는 것을 잘 알고 있었다. 그저 우연이었을 뿐이라고 말해도 사람들은 전부터 알고 있었거나 가까운 사이였을 거라고 짐작할 것이다. 여자가 현관문을 열고 나가자 집 안은 다시 정적에 휩싸였다. 여자의 체취가 집 안에 남아 있는 듯 느껴졌다. 도현은 여자의 흔적이 기분 나쁘지 않았다. 하긴 그즈음 집에 누구라도 있었으면 했다. 발로 걸어 다니는 생물체면 뭐든지 환영할 것 같았다. 고양이나 개를 키워볼 생각을 잠시 한 적도 있었다. 동물을 건사하는 게 손과 돈과 시간이 많이 가는 일이라 진작 포기했지만 말이다. 그런데 이제 두 발로 걸어 다니는 사람이 종종 한밤중 자신을 찾아오니 불안감도 있었지만 반가운 마음도 없지는 않았다.

그날 밤, 도현은 여자의 가슴골을 떠올리며 오랫동안 수음을 했다. 평소의 자신을 잊고, 아내와의 사이에서는 내지 않는 신음을 토하며 몇 번이나 절정에 다다랐다.

3월이 되었지만 도현에게 새 일자리는 나타나지 않았다. 대학 동문들과 병원 취업 문제로 몇 번 통화한 것 말고는 가족 외에는 누구와도 연락을 하지 않고 지냈다. 대신 문호 어머니로부터 문자메시지를 받았다. '치과에는 이제 민 원장이 없더구나. 병원을 그만둔다고 문자라도 남기지 그랬냐.' 서운함이 배어 있는 문자였다. 그날 도현은 꼼짝없이 누워 있었다. 삼십 년 전 그날, 싸움을 말리지 않고 방관만 했던 자신이 짊어져야 할 무게인지도 몰랐다.

어느 주말 저녁이었다. 도현은 아파트 상가 편의점에서 몇 가지 식료품을 사고서는 아파트 엘리베이터 앞에서 문이 열리기를 기다리고 있었다. 엘리베이터 문이 열리자 한밤중 자신의 집 문을 두드렸던 팔층 여자가 건장한 삼십대 남자와 함께 내렸다. 여자는 남자와 팔짱을 낀 채 서로 마주 보며 웃고 있었다. 맨발 차림으로 추위에 떨며 도와달라고 하던 여자가 맞는지 자신의 눈을 의심해볼 정도였다. 여자와 남자는 도현에게 가볍게 목례를 했다. 엘리베이터에서 주민들끼리 마주치면 서로 의례적으로 인사를 나누는 정도였다. 도현도 가볍게 고개를 끄덕였다.

그날 밤, 초인종 소리가 들렸다. 누가 초인종을 아주 다급하게 누르는 소리였다. 현관문 앞에 여자가 서 있었다. 도현은 여자의 눈동자를 들여다보았다. 아까 낮에 엘리베이터 앞에서 만났을 때와는 전혀 다른 눈빛이었다. 두려움과 절박함이 불안정하게 섞여 있었다. 도대체 이 여자는 낮과 밤의 모습 중 어느 게 진짜일까? 어떤 연민과 알 수 없는 두려움과 아까 낮에 엘리베이터에서 봤던 모습이 마음속을 어지럽게 흔들었다. 여자는 어쩌면 폭력의 피해자가 아닌 것은 아닐까? 여자가 자신에게 지독한 장난을 치고 있는 건지도 모르겠다는 생각이 들었다. 순간, 여자의 뺨을 한 대 치고 싶었다. 도현은 자신에게 내재된 폭력성을 발견하고는 왼손으로 자신의 오른손 주먹을 콱 잡았다. 아주 잠깐 여자를 집에 들일까 말까 생각이 비틀댔다. 이내 여자에게 문을 열어주는 일이 이번이 마지막일 거라는 생각을 하며 현관문을 열었다. 어쩌면 여자는 폭력에 대한 공포보다는 세상에 오로지 혼자만 남겨진 것 같은 외로움 때문에 그를 찾아온 건지도 모르겠다는 생각을 했다. 아니면, 또 무슨 이유가 있을까? 자신이 여자의 내밀한 고통을 누구에게도 발설하지 않을 것 같아서일까.

"낮에 엘리베이터 앞에선 모른 척해서 죄송했어요."

여자가 거실로 들어서며 말했다. 도현은 이해한다는 표정을 지어 보였다. 그때 휴대전화가 울렸다. 자정쯤 오는 전화는 거의 아내나 아이들이었다. 액정 화면을 보지도 않고 얼른 받았다. 휴대전화 스피커에서 아무런 소리가 들리지 않았다. 간헐적으로 내뱉는 긴 숨소리만 들렸다. 그제야 액정 화면을 들여다봤다. 문호 어머니의 전화였다. 도현은 문호 어머니가 말을 할 때까지 가만히 있었다.

"민 원장, 오늘이 그 애 간 지 꼭 삼십 년이 된 날일세. 그건 기억하고 있나?"

그제야 오늘이 문호 기일이라는 생각이 났다. 어떤 대답도 할 수가 없었다. 그때 사고 이후로 한동안은 준오와 함께 문호의 제사에 참석했다. 문호 어머니가 실향민이라서 친인척이 없었기 때문이었다. 문호의 장례식 날, 문호의 영정 사진을 도현이 들었을 정도였으니까. 그 후로는 매년 제사상에 놓으라고 과일과 술만 택배로 보냈다. 김도 문호의 이번 기일을 잊고 있었던 모양이었다.

"너희들 모두 가정을 꾸리며 그렇게 태연히 잘 살고 있으면서 어째 문호를 이렇게 외롭게…… 문호가 그렇게 갔는데도 아무도 미안해하지를 않아. 아무도."

문호 어머니의 목소리에는 술기운이 가득했고 말끝은 분명하지 않았다. 혼자 제사를 지낸 후 음복으로 술을 제법 드신 모양이었다.

"민 원장, 자네도 부모가 됐으니 내 심정 알겠지. 문호는 남편 먼저 보내고 혼자 키운, 하나밖에 없는 자식이었어. 내겐 피붙이라곤 그 애 하나뿐이었단 말이야."

문호 어머니는 그 말을 끝으로 긴 숨만 내쉬었다. 휴대전화기를 든 도현의 모습이 심상치 않았는지 여자가 의아한 눈빛으로 도현을 쳐다봤다. 도현은 조용히 휴대전화 전원을 껐다. 문호 어머니에게 무슨 대답이든 하고 싶었지만 많은 말들이 엉겨 있어서 말을 하지 못했다. 정수기에서 찬물을 받아 벌컥 들이켰다. 문호의 마지막 모습이 떠올랐다. 장례식장에서 입관할 때 본 문호는 평온하게 잠들어 있는 모습이었다. 평소 모습과는 달리 빛이 날 정도로 아름다웠다. 도현은 창가로 가서 하늘을 쳐다봤다. 텅 빈 밤의 허공은 적요해서 아름다웠다. 마치 마지막으로 본 문호의 모습처럼.

"그때 내가 그 싸움을 적극적으로 말렸거나 선생님이나 부모님한테 미리 알렸더라면 사고가 나지 않았을까요? 그런 사고가 일어나리라곤 생각도 못했어요."

"그때 말했던 그 친구들 얘기인가요? 자세한 얘기는 모르겠지만 우리가 앞일을 어떻게 알겠어요. 저도 남편에게 그런 폭력적인 성향이 있다는 것을 삼 년 전까지는 생각도 못했어요."

여자가 어색한 분위기를 메워보려는지 자신의 이야기를 했다.

"의상 디자이너가 되고 싶었지만 디자인과는 전혀 상관없는 일을 해왔어요. 아들이 태어나기 전까지 작은 호텔 판촉팀에서 일을 했어요. 늘 우리 생각대로 흘러가지 않는 게 인생인 것 같아요. 이다음에 아들과 함께 파리에 있는 호텔에 한 달간 묵고 싶어요. 파리 캉봉 거리에 있는 리츠 호텔이면 더 좋겠지만 거긴 너무 비싸 엄두도 못 내고요. 호텔에 근무하면서 휴가 때마다 파리에 가려고 했는데 그때마다 사정이 생겨 못 갔어요."

"왜 꼭 파리에 있는 호텔이라야 해요?"

여자는 잠시 눈을 감았다 떴다가 말을 이었다.

"음…… 제 버킷리스트 중 하나예요. 제일 첫번째 순서에 있는. 디자이너가 되고 싶다고 생각했을 때부터 간직한 꿈이었어요. 거기서 한동안 묵으면서 파리 구석구석을 다니며 거리 패션을 스케치하는 거요."

여자는 거기까지 이야기하고는 입을 다물었다. 그러곤 어두운 창밖을 바라보았다.

다음 날, 도현은 무엇에 홀린 듯이 삼십 년 전 그때 그 장소로 갔다. 삼십 년 전에 그 일이 일어난 후, 한 번도 와보지 않았던 곳이었다. 이곳으로 내려와 김의 치과에서 근무했지만 이 동네로는 일부러 발길을 돌리지 않았다. 그때 그 사건에서 찬희는 만 십육 세가 되지 않은 덕에 선고유예를 받았다. 서류 어디에도 찬희가 법을 어겼다는 기록은 남지 않게 되었다. 찬희네는 아예 서울로 이사를 갔다. 그 후 찬희 소식은 어쩌다 간간히 들을 수 있었다. 대학을 졸업하고 금융기관에 취업하고 결혼도 하고 아이들도 있다는 이야기였다. 철교 밑으로 그때와 똑같이 어두운 강물이 흘렀다. 물 수위가 좀 더 낮아지고 철교 건너에 아파트 단지가 많이 생긴 것 외에는 그때와 같았다. 자신이 좀 더 적극적으로 싸움을 말렸더라면 문호는 자신과 김과 찬희처럼 학교를 졸업하고, 취업을 하고, 결혼도 하고, 아이도 있었을 것이다. 그때 싸움을 방관했던 일, 싸움 마지막 장면에 대해 침묵했던 일에 관하여 문호에게 용서를 구하고 싶었다. 도현은 유유히 흐르는 강물을 오래도록 응시

했다. 바람이 세차서 얼굴과 온몸이 얼어붙을 것 같았다. 강물 너머에 문호가 서 있었다. 도현은 두 손을 입에 갖다 대어 나발을 만들었다. 강물을 향해 큰 소리로 말했다.

"문호야, 문호야! 미안하다!"

도현은 무릎과 무릎 사이에 얼굴을 묻고 한참을 앉아 있었다.

병원 쪽에서는 아직 연락이 없었다. 아내에게서는 이런저런 요구 사항이 쉴 새 없이 왔다. 오늘은 치주염 약과 칫솔, 치간 칫솔, 치실 등을 좀 부쳐달라고 문자가 왔다. 물품을 조그만 박스에 넣다가 창가에 서서 밖을 내려다보았다. 삼십사층에서 내려다보는 지상은 까마득히 멀었다. 저 아래로 떨어지면 어떻게 될까. 이제 도현은 지칠 대로 지쳤다. 어디 조그마한 온기라도 있는 곳이 있으면 가서 등을 붙이고 싶었다. 사는 의미도 재미도 없었다. 이제 내가 사랑하던 것들은 여기에 없다. 다만 내가 져야 할 의무만 있을 뿐이지. 아들아이를 목마 태우고서 걷던 봄의 산책길도 없고, 단풍잎만큼 작던 딸애의 고사리손도 없고, 엎어놓은 숟가락 같던 아내의 작은 가슴도 없다. 어깨의 짐이 무거운 남자만 있는 거지, 라고 중얼거려보았다. 이렇게 모노드라마를 하듯 독백을 하고 나면 기분이 좀 나았다. 몇 해 전부터 생긴 버릇이었다. 그리고 최근에 버릇 하나가 더 생겼다. 밤 열시가 넘어가면 자신도 모르게 자꾸만 현관문 쪽으로 시선이 가는 거였다. 그럴 때마다 소스라치게 놀라 어깨를 움찔거렸다.

우체국은 도현의 아파트에서 걸어서 십 분 정도 거리에 있었다. 막 물품을 택배로 부치고 우체국 안에 있는 자판기 앞에서 동전을 찾느라 호주머니를 뒤졌다. 누가 자판기 기계에 동전을 넣었다. 돌아보니 팔층 여자였다.

"마트 가는 길에, 우체국 들어가시는 거 보고 따라 들어왔어요."

깊은 밤, 남의 집에 도둑고양이처럼 숨어들던 여자를 대낮 공공장소에서 보니 어색했다. 여자는 믹스커피 두 잔을 뽑아서 한 잔은 도현에게 건네고 다른 잔은 손에 쥐고서 도현 옆에 나란히 섰다.

"이제 방법을 찾았어요. 신세를 많이 졌어요. 고마웠어요."

여자는 커피자판기에 시선을 둔 채 작지만 또렷한 소리로 말했다.

며칠 뒤, 자정이 가까운 시간에 초인종 소리가 들렸다. 도현은 초인종을 누르는 사람이 팔층 여자라는 걸 알았다. 깊은 밤 초인종을 누를 사람은 그 여자밖에 없었다. 문을 열어주지 않았다. 일로 만난 사이도, 우정을 나누는 사이도, 사랑을 나누는 사이도 아닌, 아무 사이도 아닌 여자를 그 여자의 상황이 딱해 보여서, 사람의 온기가 그립다는 이유로 자꾸 집으로 들일 수는 없었다. 여자의 고통은 오로지 여자의 몫이었다. 계속 초인종 소리가 들렸다. 도현은 이불자락을 머리끝까지 끌어당겼다.

다음 날, 현관에 걸어둔 우유 주머니에 여자가 보낸 편지가 들어 있었다. '감사했습니다'라는 메모와 함께 리츠 호텔 베이커리 이용권이 들어 있었다. 도현은 여자가 드디어 해결책을 찾은 것 같아 자신도 모르게 휴, 하고 숨을 크게 쉬었다.

저녁 무렵, 마트에 가기 위해 아파트를 나섰다. 회색 보도블록 사이로 새파란 풀들이 많이 올라와 있었다. 벚꽃은 만개해서 바람이 불 때마다 보도블록 위로 떨어졌다. 딸애의 초등학교 입학통지서를 받고서 딸애와 함께 3월을 손꼽아 기다렸던 날들이 떠올랐다. 도현의 눈가에 눈물이 배어 나왔다. 두루마리 휴지는 원 플러스 원 제품을, 다섯 개씩 묶인 라면은 한 개를 더 추가로 넣은 걸로 카트에 담았다. 언제부터인지 뭐든 덤으로 주는 거에만 손이 갔다. 봄이 지나가고 있었지만 도현이 원하는 병원 자리는 생기지 않았다. 아파트로 들어오면서 팔층을 올려다봤다. 804호엔 불이 켜져 있었다. 여자는 더 이상 한밤중에 초인종을 누르지 않았다. 늦은 저녁을 해 먹고 티브이를 보다가 샤워를 하고 잠자리에 들었다. 쉽게 잠이 오지 않아 뒤척이고 있는데 한동안 들리지 않았던 초인종 소리가 들렸다. 제법 오래도록 초인종 소리가 났다. 나중에는 손바닥으로 현관문을 탕, 탕, 탕 두드리는 소리도 났다. 잠깐만요, 잠깐만요, 하는 여자의 목소리도 들렸다. 도현은 못 들은 척했다. 그러곤 잠이 깨서 오래 뒤척이다 겨우 잠이 들었다.

잠결에 구급차 사이렌 소리가 들렸다. 이어 경찰차 사이렌 소리도 들렸다. 아니, 순서가 뒤바뀌었는지도 모르겠다. 도현은 일어나 거실 창가에 서서 아래를 내려다봤다. 어둠 사이로 구급차와 경찰차 두 대가 장난감처럼 서 있었다. 섬뜩한 생각이 스쳐 지나갔다. 도현은 점퍼를 급하게 껴입고 현관을 나가 엘리베이터 버튼을 눌렀다. 일층 현관에 도착했을 때, 구급대원이 들것을 구급차 안으로 실어 나르고 있었다. 경찰차는 떠나고 없었다. 무슨 일인지 짐작이 가지 않았다. 웅성거리며 모여 있는 사람들 속에서 아이의 울음소리가 들렸다. 누군가 우는 아이를 감싸 안고 있었다. 우는 아이는 바로 804호 아이였다. 푸른색 테디 베어가 그려진 잠옷 차림의 아이는 구급차를 향해 달려가려는 듯 두 팔을 뻗으며 엄마, 엄마! 하고 외쳤다. 구급차는 아파트를 빠져나갔다. 도현은 다리에 힘이 풀렸다. 아이는 계속 울었고 누군가 아이를 달래는 소리가 들렸다. 사람들이 삼삼오오 서서 두런댔지만 도현의 귀에는 더 이상 아무 소리도 들어오지 않았다. 시끌시끌한 사람들 소리가 뭉개졌다. 바로 엘리베이터를 타고 집으로 돌아왔다. 비디오폰을 켰다. 고장이 난 줄 알고는 있지만 혹시나 하는 염려 때문이었다. 아무것도 보이지 않았다. 도현은 휴, 하고 거칠게 숨을 몰아쉬었다. 여자와 자신의 사이를 규정할 어떤 결정적 사건도 없었고 오히려 그녀에게 시간과 따뜻한 공간을 내어준 셈이지만 도현은 괜히 여자 때문에 자신이 곤란할 수도 있겠다는 생각이 들었다. 어디 여자의 흔적이 없는지 좁은 아파트를 두리번거렸다. 여자가 준 쿠키가 담긴 종이봉투가 발코니 문고리에 걸려 있었다. 플라스틱 상자에 가지런하게 담긴 호두가 들어간 초콜릿 쿠키였다. 도현은 쿠키를 한동안 들여다보다가 음식물분쇄기에 넣고는 버튼을 눌렀다. 책상 서랍을 뒤져 여자가 준 리츠 호텔 베이커리 이용권을 꺼냈다. 가위를 집어 들었다. 도현의 손이 미세하게 떨렸다. 리츠 호텔 로고가 잘려 나갔다. 리츠 호텔 글자도 잘려 나갔다. 잠시만…… 아주 잠시만…… 좀 도와줄래요? 여자의 작은 목소리가 선명하게 떠올랐다. 도현은 움찔 놀라 가위를 놓칠 뻔했다.

도현은 봄이 지나가는 창밖을 올려다보았다. 거실 창 너머로 별들이 여느 밤처럼 태연하게 반짝거렸다.

우리들의 두번째 롬복

결혼 십오 주년 기념으로 신혼여행지였던 롬복으로 다시 여행을 갔습니다. 아이들 생각만 하지 않는다면 당분간 집으로 돌아가고 싶지 않을 정도로 좋았습니다. 배에서 발을 헛디뎌 넘어질 때 본능적으로 아내의 팔을 잡았습니다. 바다로 떨어질 줄은 몰랐으니까요. 떨어질 줄 알았다면 둘 다 위험하게 아내의 손을 잡진 않았을 겁니다. 떨어지고 나선 아내의 손을 잡고 버텼죠. 너무 고통스러워 손을 놓고 싶었어요. 죽는 게 낫다 싶었어요. 그러나 내가 손을 놓으면, 외판 위에 엎드려 내 손을 잡고 있던 아내가 떨어질 테니 손을 놓을 수도 없었어요. 그냥 붙잡고 죽을힘을 다해 버텼어요. 나중에는 누가 먼저 손을 놓았는지 모르겠어요.*

*

현오의 몸은 반쯤 바닷물에 잠겨 있었다. 현오의 배까지 물이 올라와 있었다. 나는 바다 한가운데 떠 있는 배의 선미(船尾) 외판에 허리를 굽힌 채 바다에 빠진 현오의 두 손을 잡고 끌어당겼다. 그의 몸은 꿈쩍도 하지 않았다. 해상용 멜빵 비옷에 물이 차서 그의 몸무게는 평소보다 배나 더 무거웠다. 그의 멜빵바지는 부풀어 올라 큰 풍선 인형처럼 보였다. 그는 여행용 캐리어에 굳이 고무장화까지 달린 해상용 멜빵 비옷을 챙겨왔다. 좀 덥겠지만 주머니가 많아 소소한 낚시 장비들을 넣기 좋고 파도가 쳐도 몸이 젖지 않는다는 이유에서였다. 열 명 정도 탈 수 있는 작은 낚싯배에는 선장 겸 선원 한 명과 현오, 나, 셋뿐이었다.

"헬프 미, 헬프 미……"

파도가 내 뒷말을 잡아먹었다. 조타실 쪽에서는 아무 기척이 없었다. 조타실 문이 닫혀 있어 선원에게 내 목소리가 닿지 못한 것 같았다. 바닷물에 잠겨 있는 현오의 움직임에 따라 내 몸이 배 위에서 이리저리 휘청거렸다. 나는 배의 뒤쪽 외판에 온몸을 바짝 더 밀착시키며 소리쳤다. 사람이 빠졌어요! 도와주세요! 절규하듯 소리를 질렀다. 파도 소리 외에는

* 인터넷 신문 사회면에 실린 현오의 인터뷰 글이다.

어떤 소리도 들리지 않았다. 나는 더 이상 선원을 부르지 않았다. 소리를 치다 현오의 손을 놓쳐버리면 나까지 바다로 떨어질 수 있기 때문이었다. 오후 네시에 배를 탔을 때와 달리 파도는 거칠었고 파고는 점점 높아지고 있었다. 멀리서는 잔잔해 보이던 수면이 날카롭게 날을 세우고 달려들었다. 해 질 녘부터 롬복* 여행의 마지막 일정으로 롬복의 작은 부속 섬에서 저녁 낚시 체험을 하고 있는 중이었다. 나는 조금 전 호텔 로비에서 현오에게 바다낚시 투어를 취소하자고 말하지 못한 것이 후회됐다.

롬복에 도착한 날에는 호텔에서 짐을 풀자마자 스파 마사지를 받고 해변에 있는 오두막 모양의 레스토랑에서 저녁을 먹었다. 이틀째와 사흘째에는 치도모라 불리는 마차를 타고 타운을 구경했고, 전통 마을을 둘러보고 원숭이들이 많은 사원을 다녀왔다. 나흘째에는 해변에서 진행되는 와인쇼를 관람했고 스노클링을 체험했다. 오늘은 여행사의 빡빡한 오전 일정을 취소하고서는 호텔 앞 해변에서 아무것도 하지 않을 권리를 내세우며 반나절 내내 누워 있었다. 무료해지면 수상스키를 즐기는 사람들을 하릴없이 쳐다보았다. 오후 세시에 호텔 로비에서 저녁 낚시 가이드 미팅이 있었다. 시간에 맞춰

* 인도네시아의 섬이다. 소순다(Sunda) 열도의 일부로, 동쪽으로 롬복(Lombok) 해협을 끼고 발리 섬이, 서쪽으로 알라스 해협을 끼고 숨바와 섬이 위치한다.

호텔 로비에 도착하니 저녁 낚시에 참여할 여행객은 현오와 나밖에 없었다. 저녁 낚시 투어를 하기로 한 팀들이 아침으로 시간을 변경해 바다로 나가서 조금 후면 호텔로 돌아온다는 사실을 그제야 알게 됐다.

해변에서 현오와 내가 낚싯배에 탑승할 때, 가이드가 낚시 투어를 취소하는 게 어떻겠느냐고 조심스레 물었다. 두 손을 배 위에 얹으며 배탈이 나서 자신은 아무래도 승선할 수 없을 것 같다고 말했다. 저녁부터는 기온도 많이 떨어질 거고 일기 예보와는 달리 파도가 거셀 수 있다고 덧붙였다. 어차피 나는 낚시에는 관심이 없었고 끝도 없이 펼쳐진 바다 위로 떨어지는 해와 노을을 보는 게 목적이었기 때문에 그러자며 고개를 끄덕였다. 그러나 현오는 바다낚시를 하겠다고 우겼다. 현오는 가이드에게 오늘이 결혼기념일이라 배에서 자축하고 싶다며, 모든 책임은 자신이 지겠으니 꼭 탑승하게 해달라고 부탁했다. 가이드는 구명조끼를 건네주며 구명튜브가 있는 위치를 알려주었다. 이어 이곳 해변에서는 해양경비선이 수시로 순찰을 돈다는 사실과 배는 고기가 많이 잡히는 지점에서는 낚시를 할 수 있게 한동안 멈추었다가 다른 지점으로 이동한다고 덧붙였다. 그러고도 마음이 놓이지 않는지 현오에게 몇 가지 당부를 했다. 나는 현오가 억지를 부리는 게 못마땅했지만 오늘이 롬복 여행의 피날레고 낚시를 좋아하는 그가 가장 기대했던 일정이라 하는 수 없이 따라나섰다. 현오와 나는 배의 앞부분과 뒷부분이 좁고 뾰족하며 예닐곱 명만 타도 꽉 차버릴 것 같은 낚싯배에 올랐다. 배에 오르자마자 나는 맑은 햇빛과 바람을 온몸으로 껴안았다. 현오와의 복잡한 일은 일단 접어두고 지금은 롬복의 자연이 선사하는 선물을 충분히 누리고 싶었다. 오후 다섯시가 되자 수평선 너머에서 노을이 번져와 온통 섬을 보랏빛으로 물들이고 있었다. 물결이 일 때마다 얇은 보라색 시폰 치마가 바람에 일렁이는 것 같았다. 호텔 내 선베드나 셍기기 해변에 누워 푸른 하늘과 산호초가 부서져 만들어진 에메랄드빛 바다와 지는 해를 바라보는 것과는 비교도 할 수 없는 장관이었다. 사위가 어둑해지자 배에 조명등이 켜지기 시작했다.

바닷물이 현오의 가슴까지 올라와 있었다. 현오의 몸은 눈에 띄게 바닷물에 가라앉고 있었다. 내 두 손을 잡고 있는 현오의 손에서 힘이 빠지고 있는 거였다. 파도가 불규칙적으로 몰아쳤다. 더없이 잔잔하고 아름다워 보이던 바다에 이토록 엄청난 위험이 도사리고 있을 줄은 몰랐다. 현오는 입술을 부르르 떨었다. 낯빛은 이내처럼 보랏빛이었다. 밤이 되어 기온이 십 도 이하로 뚝 떨어진 탓이었다. 현오는 조금 당겨 올려지는 듯하더니 금방 밑으로 축 처졌다. 수영을 하지 못하는 현오는 조금 전까지만 해도 구명조끼를 입고 있었다. 낚시 미끼로 쓸 생선을 장만하다가 해수용 멜빵 비옷까지 입은 상태라 동작이 굼떴던지 구명조끼를 내 쪽으로 휙 벗어 던졌다. 내가 현오의 손을 놓아버린다면, 또는 현오가 내 손을 놓는다면 현오는 바닷물에 떠내려갈 것이다. '지구상에 현존하는 가장 아름다운 섬 베스트 3'에 선정되기도 한, 세계 최고의 파라다이스인 롬복에서 우리는 영영 이별을 하게 되는 것이다.

"오, 마이 갓!"

조타실에 있던 선원이 배의 뒤쪽으로 뛰어오며 소리쳤다. 이제야 현오가 물에 빠진 것을 알아챈 선원은 현오에게 구명튜브를 던졌다. 현오는 구명튜브를 잡지 못했다. 이어 로프를 던졌다. 현오는 로프도 낚아채지 못했다. 선원은 현오의 손을 잡고 있는 내 팔을 위로 끌어당겼다. 백팔십 센티미터의 키에 팔십 킬로그램의 현오는 끌어올려지지 않았다. 해상용 멜빵 비옷 때문에 더욱 그랬다. 선원은 계속 내 손을 잡고 끌어올렸지만 현오는 그대로였다. 현오의 얼굴은 점점 굳어갔다. 얼굴과 손의 감각이 사라진 듯했다. 선원이 인도네시아어로 무슨 말인가를 큰 소리로 말하고는 조타실로 뛰어갔다. 구조 요청을 하고 오겠다는 말인 것 같았다. 선원이 다시 배의 뒤쪽으로 뛰어오며 "세븐 미니트, 세븐 미니트, 폴리스!" 하며 소리쳤다.

오십대 선원의 목소리가 꿈속처럼 들렸다. 해양경비선이 오고 있으니 칠 분만 버티라는 말 같았다. 바다에 떠 있는 배는 파도에 심하게 흔들렸다. 속이 메슥거려 금방이라도 토할 것 같았다. 몸이 바다로 꼬꾸라질 듯 휘청거렸다. 현오는 얼마나 버틸 수 있을까. 나는 또 얼마나 버틸 수 있을까. 우리는 둘 다 수영을 하지 못했다. 이국의 바다에서 필사적으로 내 두 손을 잡고 있는 이 남자! 지금 이 상황이 꿈일까? 봄볕이 거실로 쏟아져 들어와 바닥에 빗살무늬를 빚던 오후, 소파에 앉아 영화를 보다가 잠깐 졸면서 꾼 이상한 꿈 말이야.

*

"여기, 마음에 들어요? 그냥 나갈까요?"

내 옆 의자에 앉은, 카키색의 긴 트렌치코트를 입은 남자가 내게 목소리를 낮춰 말했다. 나는 그 말이 반가웠다. 나도 이곳이 마음에 들지 않았기 때문이다. 토요일 저녁 무렵, 나는 종로 5가의 어느 카페에서 열리는 마술동호회의 정기모임에 참석했다. 인터넷으로 회원 가입을 하고 입회비와 참가비를 입금하고 온 모임이었다. 이번이 두번째 참석하는 거였다. 간단한 마술을 배우고 마술을 좋아하는 사람들끼리 연대감을 갖고 싶어 회원 가입을 했는데 모임에 참석한 회원은 첫 모임 때처럼 사오십대의 중년 남자들이 대부분이었다. 동호회 모임이라기보다는 퇴역 마술사들의 모임 같은 분위기였다. 회원들은 서로의 테이블을 돌며 악수를 하고 가볍게 포옹을 했다. 그때가 좋았어, 우리 전성기였지, 하는 말들이 오고 갔다.

그들은 전문적인 단어를 써가며 서로 술잔을 부딪쳤다. 첫 모임은 멀뚱히 앉아 있다가 돌아왔지만 두번째 참석했을 때는 그만 모임을 탈퇴해야겠다는 생각을 하고 있었다. 카페를 나온 남자와 나는 버스 정류장 쪽으로 걸었다. 전파사와 조명가게, 시계점, 옷 수선집이 벌집처럼 모여 있는 좁고 어두운 골목으로 들어섰을 때, 그가 불쑥 저녁 먹고 갈래요? 하고 물었다. 마침 근처 골목에는 백반집이 서너 집 건너 하나씩 있었다. 그는 내 대답을 듣지도 않고 제일 먼저 눈에 들어오는 식당으로 발걸음을 옮겼다. 그가 먼저 식당 문을 열었고 나는 군말 없이 뒤따랐다. 저녁 여덟시가 넘은 시간이라 그가 정말로 시장기를 달래려고 건넨 말이었다는 게 느껴졌기 때문이었다. 아마 그가 찻집이나 근사한 레스토랑으로 가자고 했으면 따라가지 않았을 것이다.

"마술에 관심 있는 사람들의 동호회인 줄 알고 들어갔는데 분위기가 영 아니었어요."

내가 수저통에서 수저를 꺼내 그의 앞에 가지런히 놓으면서 말했다. 그가 내 컵에 물을 따라주면서 데면데면하게 물었다.

"참, 술 하죠? 맥주 한 병 시킬게요."

그는 이번에도 내 대답을 듣지 않고 맥주를 시켰다.

"마술은 군대에서 후임 상병에게 배웠어요. 그게 마술에 관심을 갖게 된 계기가 됐죠. 그다음엔 독학으로, 그러곤 동아리 모임에서 배웠죠. 그럼, 아주 기본적인 마술 하나 보여줄까요?"

내가 무슨 말을 하기도 전에 그는 손바닥 위에 오백 원짜리 동전을 올려놓았다. 그의 손안에 있던 동전이 그가 손바닥을 한 번 쥐었다 펴자 오천 원 지폐로 변했다. 한 번 더 손을 쥐었다 펴자 만 원짜리 지폐가 나왔다. 깜짝 놀라 정말 신기해요. 어떻게 한 거죠? 하고 물었다. 그는 어깨를 한번 으쓱해 보이더니 자, 이제부터 진짜 마술입니다, 하고는 식탁 위에 있는 냅킨을 여러 장 뽑아 물병의 물을 따라 적셨다. 젖은 냅킨을 조물조물 손바닥으로 뭉쳐 손에 들고는 내 눈을 그윽하게 바라보았다. 그는 오른손 검지를 내 콧등에 살짝 갖다 대는 시늉을 했다. 참, 이름이 어떻게 되죠? 미연입니다, 윤미연. 자, 미연 씨 콧기름도 발랐으니, 하나, 둘, 셋, 넷, 이얍! 그가 기합을 넣고는 휴지가 들어 있는 왼손을 오른손 손바닥으로 활활 부치기 시작했다. 젖은 휴지가 눈처럼 사방으로 흩날렸다. 우와, 내 입에서 감탄사가 연이어 터졌다. 미연 씨, 갑갑하고 힘들 땐 마술이 최고지요. 세상이 내가 원하는 대로 마술처럼 변한다면 좋겠지만…… 나는 이런 판타지가 좋아 마술을 배우고 있어요. 나는 이현오입니다. 그가 겸연쩍게 웃으며 말했다.

나는 그 뒤에도 마술동호회 카페에 회원으로 남아 있었다. 카페에 올라오는 화려한 매직쇼 동영상을 보는 즐거움도 컸지만 그것보다는 카페에 현오가 올린 글이 있는지 살피기 위해서였다. 그러던 어느 날 현오와 일대일 접속이 되었고 바로 그날 저녁에 만나기로 약속했다. 11월의 첫째 주 토요일이었다. 첫 데이트인 셈이었다. 둘이 영화를 보고 나온 후에 호프집에서 시원한 맥주를 마셨다. 그러곤 가로수 길을 나란히 걸었다. 조그마한 호수에 다다를 때까지 둘 다 말이 없었다. 나는 바싹 마른 잎사귀가 바람에 너울대는 사이로 보이는 밤하늘만 멀뚱히 보며 걸었다. 그는 이런 침묵이 어색했던지 문득 발걸음을 멈춰 손수건을 꺼냈다.

"이걸로 내 손목을 묶어봐요."

나는 조심스럽게 그의 손목을 묶었다. 꼭꼭 묶었어요? 제대로 묶었어요? 그는 두 번이나 되물었다. 나는 묘한 긴장감을 느끼며 고개를 끄덕였다.

"이제 눈을 감아보세요."

현오가 약간 갈라진 목소리로 말했다. 내가 눈을 감았다 뜬 찰나, 그의 손목은 풀려 있었고, 손에는 마른 잎사귀 하나가 들려 있었다.

"마술쇼 어땠어요? 마술은 속임수라기보다 일종의 숙련된 기술이에요. 기술을 넘어 예술이죠."

나는 눈을 동그랗게 뜨고서 하나 더 보여줘요, 하며 재촉했다.

"다음에요. 다음엔 연습을 많이 해서 온몸이 꽁꽁 묶여도 금방 풀고 탈출하는 그런 마술을 보여줄게요. 마술은 일어날 수 없는 일을 감쪽같이 일어나게 하는 일이거든요. 눈 깜짝할 사이에 기술을 써야 해요."

그날 밤 우리는 호수 주변을 꽤 오래 걸었고 그러느라 마지막 전철을 놓쳐버렸다. 택시를 기다릴 때에는 현오와 나는 어느새 손을 꼭 잡고 있었다.

그 후 만날 때마다 서로 헤어지기 싫어 그가 집 앞까지 데려다주면 돌아서서 다시 그의 차에 올랐다. 길은 어디로든 연결되어 있어 우리는 「Blue gypsy eyes」와 「Thinking out loud」를 반복해서 들으며 끝없이 주행했다. 집시처럼 어디로든 유랑해도 그와 함께라면 행복할 것 같았다. 그와 데이트가 있는 날이면 나는 어김없이 부모님에게 밤샘 작업을 한다고 둘러댔다. 그러고선 새벽이 올 때까지 몇 차례나 그의 가슴팍을 파고들었다.

*

롬복으로 오기 몇 주 전, 현오는 티브이 뉴스를 보다 말고 잠시 머뭇거리더니 말했다. 둘 다 오랜 침묵을 깨고 가까스로 조금씩 서로에게 말을 건네기 시작할 즈음이었다.

"우리 언젠가 다시 한번 가자고 했던 곳 있잖아."

"어디였더라, 도쿄?"

"아니. 지아를 가진 곳, 생각 안 나?"

딸아이 지아는 허니문 베이비인데 지아가 우리에게 온 날, 그때 그 장소를 말하는 거라면 신혼 여행지였던 롬복을 이르는 거였다.

"롬복, 롬복을 말하는 거야?"

"응, 신혼여행 다녀와서 언젠가 다시 꼭 가자고 했잖아. 결혼 십오 주년 기념으로 롬복에 있는 리조트 호텔에서 며칠 쉬었다 오자. 코로나 걸린 것도 나았으니 뭐든 새롭게 시작하고 싶어. 바이러스가 거의 누그러져 해외여행도 가능해졌고."

어쩌면 그는 이 여행을 빌미로 나와의 관계를 회복하고 싶은 건지도 몰랐다. 나는 여행을 가자는 그의 말에 순순히 고개를 끄덕였다. 그의 거짓말이 드러난 이후로 여태껏 결별의 기회를 보고 있던 참이었다. 신혼여행지였던 롬복에서, 결혼 생활의 피날레를 우아하게 연출해도 나쁘지 않을 터였다. 그러니까 그는 결혼 생활을 다시 시작하기 위하여, 나는 끝내기 위하여 세상에서 가장 아름다운 휴양지의 하나로 꼽히는 롬복으로 여행을 떠날 생각을 하는 것이다. 격정적인 연애 기간은 일 년 남짓으로 짧았고 십오 년 동안의 결혼 생활은 무덤덤했다. 결혼 생활은 마술쇼처럼 긴장감이 있거나 환상적이지 않았다. 이제 이별 의식은 조금 특별해도 괜찮을 것이다. 여행지에서 모든 것을 매듭짓고 돌아와서 새로운 삶을 시작하고 싶었다. 마침 여동생이 재택근무 중이어서 초등학교 4학년인 딸아이와 3학년인 아들아이를 일주일 정도 부탁할 수 있었다. 여행 마지막 날에는 와인을 마시며 현오에게 우리의 관계가 더 이상 복구하기가 어려우니 이쯤에서 서로 정리하자는 말을 할 작정이었다. 아니면 집으로 돌아가는 날, 호텔 카페에서 나직한 목소리로 이별을 고할 수도 있었다. 그동안 완벽한 부부는 아니었지만 그럭저럭 평범한 부부였다. 딸애와 아들아이가 등교할 날만 손꼽아 기다리며 비대면 수업을 받고, 온 가족이 코로나 예방 수칙을 지키느라 외출을 자제하고 있을 때, 그는 이십대 여자의 몸속으로 자신의 그것을 밀어 넣고 있었다. 내가 그가 한 짓을 다 알고 있는데 그가 한 짓을 나만 알고 있는 것도 아닌데 용서가 가당키라도 할까. 그 일은, 그리고 그의 거짓말은 나를 밑에서부터 세차게 흔들었다.

내가 모르고 지나간 그의 거짓말들은 또 얼마나 있을까. 생각해보니 현오가 그동안 나를 소소하게 배신한 일은 종종 있었다. 그의 서재 서랍에서 찾아낸 출처가 불분명한 술값 카드 명세서, 나와는 상의 한마디 없이 시댁으로 들어간 큰돈, 시댁 식구들 앞에서는 나를 대하는 태도가 고압적으로 돌변하는 이상한 습관만을 말하는 것은 아니다. 직장 동료들 앞에서 "애들 엄마입니다. 종일 집지킴이죠" 하고 엷게 웃으며 나를 낮추어 웃음의 소재로 삼은 점, 친정 가족 행사 때 회사에 급한 일이 생겨 참석하지 못한다고 둘러대던 일, 나와 의논 없이 주식에 투자했다 휴지 조각이 된 일, 한밤중에 걸려오는 전화를 발코니로 가서 허겁지겁 받던 모습, 도저히 내가 풀 수 없을 정도로 해둔 휴대전화의 잠금장치. 이런 일들은 속상했지만 무슨 사정이 있겠지, 일부러 그러려고 한 것은 아닐 거야, 부부라도 각자의 생활을 존중해야 되는 거잖아, 하며 아무렇지 않은 척 넘겼다. 여느 집에서도 일어날 수 있는 일이라고 마음을 다독였다. 그러나 그 일은 내가 한 번도 상상조차 해보지 않은 것이었고 일어나서는 안 되는 사건이었다. 그 일은 롬복으로 여행을 오기 일 년 전에 일어났다.

현오는 저녁 일곱 시쯤 집에 도착해서 여느 날과 같이 샤워를 하고, 저녁을 먹고, 과일을 들다가 문자 한 통을 받았다.

"친구가 우리 집 근처에 와 있대. 흑맥주 한잔만 가볍게 마시고 올게. 먼저 자."

"집으로 오라고 해. 냉장고에 흑맥주도 있어. 사회적 거리두기 몰라? 맥줏집도 위험할 수 있어."

아직까지는 감염병 위기 경보가 경계 단계이지만 나는 현오가 걱정이 돼서 친구를 집으로 데려오라고 권했다. 실상은 나가지 말라는 의미였다. 뾰족한 내 어투에 현오는 현관에서 신발을 신으며 "기다리지 말고 먼저 자……"라며 말끝을 흐렸다.

그러고는 두 주쯤 지났을까. 저녁 식사를 마치고 온 가족이 뉴스를 보고 있을 때였다. 이번에 우리 지역에서 코로나 확진자로 판명된 이십대 여자 말이야, 우리 회사 거래처 여직원이야. 오늘, 우리 사무실 직원들 전부 선별진료소에서 검사를 받았어. 내일 검사 결과가 나올 거야. 당분간 집에서도 서로 거리를 두며 지내자. 집 안에서도 마스크를 쓰고. 내가 양성 판정을 받을 수도 있으니까. 티브이 화면에 시선을 둔 채 현오는 사뭇 결연한 표정으로 말했다. 오뚝한 콧날과 단정한 입매가 평소보다 더 차가워 보였다. 그날까지만 해도 나는 현오의 어두운 표정이 양성 판정을 받을 수 있다는 두려움 때문인 줄로만 알았다.

다음 날, 현오는 코로나 양성 판정을 받았다. 현오의 사무실 직원들 중 유일하게 양성으로 나왔다. 나와 아이들도 선별진료소에서 검사를 받았지만 모두 음성 판정을 받았다. 나는 이내 현오와 현오의 거래처 여직원인 이십대 확진자 여성의 동선이 같다는 것을 알아챘다. 같은 시간에 같은 모텔에 투숙했다는 것도 알게 됐다. 확진자의 동선을 상세하게 알려주는 안전안내문자 덕분이었다. 그러니까 현오는 그날 밤 친구와 만나 흑맥주를 마신 게 아니었다. 이십대의 거래처 여직원을 만나러 간 거였다. 나는 시청 홈페이지와 시청 공식 블로그에 접속해서 208번인 현오와 204번인 그 여직원의 감염경로 노선을 수십 번 확인했다.

현오가 완치 판정을 받고 퇴원하던 날, 나는 현오를 바로 차에 태우고 목적지도 없이 내달렸다. 분노의 감정과 일그러진 표정을 마스크로 숨길 수 있어 얼마나 다행인 줄 몰랐다. 어디까지 달렸을까. 길은 더 이상 보이지 않았다. 갓길에 차를 세웠다. 서로 고개를 외틀고 차창을 바라보았다.

"그렇게 지루했니? 일상은 마술쇼가 아니라고. 원래 덤덤하고 편안하게 흘러가는 거라고. 짜릿하고 달콤한 게 아니라고. 그거 몰라?"

내 목소리는 탁하게 갈라져 나왔다. 현오는 입술을 꾹 다물고 떼지 않았다. 나도 더 이상 말을 하지 않았다. 비스듬히 기울어진 길에 차를 세워서 사이드 브레이크를 올려야 했지만 기진맥진하여 손가락 하나도 꼼짝할 수 없었다. 차라리 차가 경사 길로 끝없이 추락하기를 바랐는지도 모르겠다. 조수석에 앉아 있던 현오가 "죽고 싶어?" 하며 사이드 브레이크를 올렸다.

현오 씨, 이젠 사실을 말해줄래? 사실을 알고 싶어. 먼저 자, 라고 말하던 당신의 어정쩡한 음성 뒤에 그런 거짓의 세계가 웅크리고 있었다니…… 거짓말을 비겁하게 늘어놓는 당신을 보면서 나는 우리의 관계가 희망이 없다는 것을 알았어. 나는 단지 그날 밤의 진실을 알고 싶은 거라고! 그리고 당신이 진심으로 사과를 해줬으면 좋겠어. 이건, 마술처럼 속일 수 있는 게 아니라고!

어느새 현오의 목 바로 아래까지 바닷물이 올라와 있었다.

선원은 내가 바다에 빠질까 봐 내 뒤에서 허리를 잡고 당겼다. 파도가 칠 때마다 배가 심하게 요동을 쳤다. 그럴 때마다 물이 배 안으로 들이쳤다. 선원이 나를 향해 자기네 말로 크게 소리치더니 조타실 쪽으로 갔다. 다시 교신을 하러 가는 것 같았다. 배를 이동할 수도 없고, 해양경비선을 기다리는 것 외에는 방법이 없는 걸까. 이제 오 분쯤 지났을까. 이 분만 있으면 해양경비선이 도착할까? 파도는 점점 거칠어졌다. 현오의 얼굴은 얼어붙은 듯 표정이 없었다. 눈동자는 초점을 잃은 듯 몹시 흔들렸다. 그의 손에서 힘이 빠져나가고 있다는 게 느껴졌다. 눈을 한번 질끈 감고서 그의 손을 슬며시 놓아버리면 그와는 영영 이별이다. 어쩌면 지금 이별하는 게 아이들과 내게 더 편할 수도 있어. 잘못하면 나까지 바다에 빠진다고. 그럼, 아이들은…… 무의식 저 깊은 곳에서는 어쩌면 그가 죽어 없어졌으면 하는 생각이 있었는지도 모르겠다. 그가 나를 배신한 죗값은 언제든 치러야 한다고 생각하고 있었으니까. 섬으로 여행을 오자고 한 것도, 바다낚시를 하고 싶다고 우긴 것도, 가이드 없이 우리 부부만 배에 오른 것도 모두 현오가 원한 거였다. 갑판 위에서 작은 물고기를 추에 달아 바닷속에 던져놓고는 낚싯대를 위아래로 움직이다가 뭔가 느낌이 와, 하며 몸을 일으켜 급하게 추를 잡아당긴 것도, 그러다 삐끗 몸이 쏠려 바닷속으로 빠진 것도 다 당신이 한 일이잖아. 당신이 미끄러지면서 내 몸을 덥석 잡았고 나는 본능적으로 당신의 팔목을 잡았지. 당신을 구하려고 한 몸짓은 아니었어. 눈 깜짝할 사이에 일어난 일이었으니까. 이제 그만 당신과 이별할래. '부부'라는 말, '가족'이라는 말은 이미 찢어졌어. 그래도 애들 아빤데, 결혼 생활에서 현오를 놓아버릴 생각이지 지금 현오의 생명 줄을 완전히 놓아버리는 것은 안 되지…… 생각들이 머릿속에서 갈팡질팡 너울대고 있었다.

현오의 목은 꺾여 아래로 향해 있었다. 윤초…… 윤초의 시간이면 현오가 죽을 수도 살 수도 있는 시간이다. 현오는 마술 연습을 할 때면 내게 자주 윤초를 강조했다. 현오가 생각에 잠긴 목소리로 진지하게 말하던 순간이 떠올랐다.

"잘 봐, 마술은 말이야. 손놀림이 윤초보다 빨라야 해. 눈을 한번 감았다 떴다 하는 시간보다도 더 빨라야 하는 거지. 그래야 관객들을 감쪽같이 속일 수 있는 거야."

"윤초보다 더 빠르려면 엄청 기술을 연마해야 되겠네. 눈을 한번 감았다 떴다 하는 시간이면 빛이 지구를 일곱 바퀴 도는 시간이야."

"그럼, 엄청난 숙련이 필요하지. 미연아, 그거 아니? 사실은 윤초라는 거, 존재하지 않는 시간이라는 거. 지구의 자전 속도에 맞추어 시간을 인위적으로 일 초를 더하거나 빼는 거잖아. 마술이라는 거는 말이야 이 존재하지 않는 시간 속으로 들어가는 거와 같은 거지. 그래서 어려운 거야."

나는 손으로 턱을 받친 채 그를 쳐다보았다. 그는 반쯤 눈을 내리깔고서는 아주 심오한 표정으로 말을 이었다.

"윤초의 시간은 엄청난 고독의 시간이지. 그 시간을 견뎌야 감쪽같은 마술을 보여줄 수 있는 거야. 사람들은 그걸 잘 모르지."

현오의 목소리가 조금 떨려 나왔다. 그러곤 한동안 입을 다물었다.

바닷물이 현오의 입술 바로 밑까지 차올랐다. 사위는 이미 캄캄했다. 밤이 되니 제법 쌀쌀했다. 물속 온도는 어떨지 가늠이 되지 않았다. 내 몸도 점점 굳어갔다. 조명 아래로 보이는 현오의 얼굴은 새파랗다 못해 검붉었다. 나는 입을 최대한 크게 벌려 그를 향해 소리쳤다.

"당신, 나를 또 속인 거 있어? 말해봐!"

목소리는 심하게 떨려 나왔다. 현오가 힘겹게 고개를 들어 나를 쳐다봤다. 그의 눈이 풀어져 있었다. 정작 묻고 싶었던 말은 그 말이 아니었다. '당신, 그날 밤, 잤어? 말해봐, 어서!' 이 말을 가장 먼저 하고 싶었다. 그러나 차마 꺼내지 못했다. 당신은 감쪽같은 마술을 보여주지 못했어. 코로나만 아니었다면 감쪽같이 나를 속일 수 있었을까.

"우리 그만 끝내. 헤어지자고!"

현오의 눈에서 파란 불꽃이 타닥거리는 것 같았다. 이내 고개를 아래로 떨어뜨렸다. 내 말을 듣지 못했을까. 온몸에 힘이 하나도 남아 있지 않은 것처럼 느껴졌다. 선원은 아직 선미로 돌아오지 않았다. 지금 자칫하면 둘 다 바다에 빠질 수 있었다. 해양경비선이 도착하기 전에 어서 현오의 손을 놓아야겠다는 결론을 내렸다. 고통스럽지만 이상하게도 다행한 기분을 느꼈다. 눈을 한번 감았다 뜨고 나면 그와 함께한 모든 시간이 그와 함께 가라앉을 것이다. 지금쯤, 선원이 말한 칠 분에서 육 분이 지나가고 있을 것이다. 육 분 오 초, 십 초쯤 되었을까. 나는 눈을 질끈 감았다. 그렇지만 차마 그렇게는 할 수 없었다. 현오의 손을 이런 식으로 놓고 싶지는 않았다. 그때였다. 현오가 내 손을 힘껏 아래로 잡아당겼다. 내 몸이 바다로 내던져졌다. 내 몸이 떨어지고 있었다. 구명조끼 덕분인지 몸의 절반만 가라앉았다. 그때 사나운 물살이 나를 감싸더니 어딘가로 휙 던졌다. 내 몸이 물에 휩쓸려가고 있다는 것을 느꼈다. 귀에 솜을 넣은 것처럼 아무 소리도 들리지 않았다. 환영을 보고 있는 걸까. 다리 아래로 짙은 푸른빛이 한없이 큰 입을 벌리고 있었다. 비명을 질렀지만 거친 물살이 삼켜버렸다. 수영을 배워둘걸. 그제야 수영을 배워두지 않은 걸 후회했다. 캄캄하다. 그날처럼 박스에 갇힌 것 같다. 손을 뻗어 톡, 톡 치면 현오가 꺼내줄 것만 같다.

*

현오가 코로나바이러스 감염증 완치 판정을 받은 뒤, 종일

비가 내리던 일요일 오후였다. 낮이었지만 실내가 어둑해서 전등을 켜고 있었다. 현오는 점심 식사 후에 거실에서 리모컨을 들고 뉴스 채널에서 스포츠 채널로, 스포츠 채널에서 시사 채널로, 영화 채널로, 홈쇼핑 채널로 쉴 새 없이 화면을 바꾸고 있었다. 나는 그릇 소리를 유난스럽게 내며 설거지를 하고 있었다. 집에만 있던 아이들이 갑갑해서인지, 엄마와 아빠 사이에 흐르는 불온한 기운을 느꼈는지 현오에게 마술을 보여달라고 보챘다. 나와 현오는 그 사건 이후로 '밥 먹어', '응', '알았어', '아니' 같은 아주 간단한 소통만 하고 있었다. 아이들이 보지 않는 곳에선 그마저도 서로 침묵했다. 현오는 아이들의 요청에 기다렸다는 듯이 소파에서 벌떡 일어났다. 자, 자, 이 카드를 좀 봐. 분명 아빠 손안에 카드가 있지. 현오는 손안에 든 카드를 여러 번 아이들의 눈앞에 갖다 댔다. 그가 카드가 든 손을 쥐었다 펴자 카드는 온데간데없이 사라졌다. 현오가 아들아이의 귀 뒤로 손을 뻗어 사라진 카드를 찾았다. 아이들은 발을 동동 구르며 아빠, 다른 걸로 하나 더, 하나 더 보여줘요, 했다. 자, 그럼, 박스 안에 든 엄마를 사라지게 해볼게. 현오가 진짜 마술을 보여주겠다며 내 손목과 발목을 차례대로 노끈으로 묶었다. 나는 아이들에게 실망을 주기 싫어서 가만히 있었다. 당신 정말로 할 수 있어? 나를 박스에서 탈출시킬 수 있는 거야? 내가 현오를 빤히 쳐다보며 눈으로 물었다. 박스에 작은 드라이버로 구멍 몇 개 급히 뚫었어. 다 방법이 있어. 현오가 나직하게 말하며 눈으로 나만 믿어, 할 수 있어, 하는 표정을 지어 보였다. 이어 나를 큰 플라스틱 박스 안에 집어넣었다. 나는 양수 속 태아처럼 몸을 최대한 웅크렸다. 현오는 상자를 테이프로 봉했다. 테이프를 상자에 붙이는 소리가 비명처럼 날카로웠다. 작은 구멍 속으로 형광등 불빛이 새어 들어왔다. 이윽고 박스를 얇은 담요 같은 것으로 덮는 소리가 들렸다. 순간, 암흑처럼 캄캄했다. 무섬증이 일었다. 밖에서 아이들의 목소리가 들렸다. 엄마는 어떻게 되는 거예요? 딸애의 걱정스러운 목소리가 들렸다. 아빠, 어서 보여줘요. 엄마가 어디로 사라지는 거예요? 아들아이의 들뜬 목소리도 들렸다. 어떡하나. 그냥 박스를 손으로 툭툭 치며 꺼내달라고 할까. 아니면 좀 더 기다릴까. 현오의 마술쇼는 아이들의 기대에 부응할까. 현오가 주문을 거는 소리가 들렸다. 아브라카다브라, 아브라카다브라! 얏! 근데 시간이 좀 오래 걸릴 것 같아. 오늘따라 주문이 잘 안 되네. 현오의 소리가 웅웅대며 들렸다.

얼마나 시간이 흘렀을까…… 누가 두 손으로 목을 조르는 것 같았다. 누군가 가슴을 짓누르고 있는 것처럼 호흡이 가빠졌다. 나는 현오가 작년 결혼기념일에 사준 목걸이를 묶인 두 손으로 잡아당겼다. 얇은 줄의 목걸이는 너무나 쉽게 끊어졌다. 현오가 있는 쪽을 향해 손등으로 박스를 쳤다. 아이들에게 들릴까 봐 작은 소리로 말했다. 빨리 꺼내달란 말이야. 이 거짓말쟁이야!

현오의 그 일이 있은 뒤부터 가슴이 캄캄한 상자에 갇힌 듯 늘 답답했다. 눈만 감으면 어떤 장면이 떠올랐다. 무대의 한 쪽 구석에서 마술사 복장을 한 현오가 마술쇼에 등장하는 은빛 비키니를 입은 여자의 몸 위에서 붉은 엉덩이만 내놓고서 숨을 헐떡이며 절정으로 치닫고 있었다. 더한 상상도 했다. 현오와 은빛 비키니의 여자, 두 나신이 무대 위 조명 속에서 기하학적 리듬을 타며 섞이고 있었다. 비키니는 혀를 길게 빼서 날름거리고 있었고 현오는 푸하, 푸하 거친 소리를 내뿜었다. 이 거짓말쟁이야. 꺼내달란 말이야! 죽을 것 같단 말이야. 나는 다시 한번 박스를 손등으로 쳤다. 현오가 박스의 테이프를 제거하고 나를 꺼냈다. 딸애와 아들아이의 실망스런 눈초리를 마주하니 부끄러움이 밀려왔다. 현오는 담담하게 말했다. 박스가 조금 작아. 다음에 제대로 보여줄게. 나는 온몸이 저려서 침실로 가서 누웠다. 딸애가 침대로 달려와 엄마, 아파? 하고 물었다. 나는 잠시 눈을 떠 괜찮다는 말을 하고는 이내 잠든 척했다. 눈물이 흘렀다. 캄캄한 박스에 나를 밀어 넣은 사람도 현오이지만, 구해줄 사람도 현오뿐이라는 사실 때문이었다.

그 뒤로 현오는 아이들이나 내게 다시는 마술을 보여주지 않았다.

*

생기기에 위치한 호텔 앤 리조트(Hotels & Resorts)에 도착한 지 사흘째 되는 날이었다. 빌라들은 선셋과 선라이즈 양방향으로 나란히 자리 잡고 있었다. 롬복 지역에 특화된 리조트형 호텔이었다. 현오와 내가 머무는 곳은 선셋을 볼 수 있는 방향의 2인용 빌라였다. 오전에는 여행사의 일정대로 해변에서 소믈리에가 진행하는 와인쇼를 참관했고 오후에는 다이빙센터에서 스노클링을 체험했다. 늦은 오후에서야 나는 비치타월과 태닝 로션, 챙이 넓은 모자를 들고 호텔에서 바다로 바로 연결되어 있는 비치 빌라로 갔다. 접이식 선베드에 누웠다. 저녁 식사도 거른 채 수평선 너머로 지는 노을과 별의 궤적을 오랫동안 바라봤다. 현오와 나의 관계가 스러져가는 것에 대해 생각하니 눈물이 귓등으로 흘렀다. 오늘 밤에는 현오에게 말해야만 할 것 같았다. 이제 그만 끝내자고. 룸으로 돌아오니 현오가 오늘 밤 호텔에서 투숙객을 위한 화려한 마술쇼가 있으니 관람하자고 했다. 나는 대답 대신에 냉장고에서 맥주를 꺼내 한 모금 마시며 창밖 하늘을 쳐다보았다. 별들이 손을 내밀면 만져질 듯 가깝게 내려와 있었다.

"고산지대라서 그렇게 느껴지는 거야."

현오가 내 생각을 읽은 듯이 툭 던지듯 말했다.

"롬복에서 마술쇼를 보는 것도 좋지 않아? 예전 생각도 나고 말이야."

"마술쇼는 별로 보고 싶지 않아."

나는 나지막하지만 단호하게 말했다. 현오가 의외라는 듯이 나를 쳐다보았다.

"나는 이제 일루션이니 매직이니 하는 것에 흥미가 없어졌어. 그거 진짜가 아니잖아. 진짜는 말이야, 지금 이 맥주 맛이 진짜지. 기가 막히게 시원해. 당신도 여기 테라스에서 맥주를 마시는 건 어때? 우리들 진짜 이야기를 해보자고. 아무것도 가리지 않는 얼굴로, 아무런 기술도 쓰지 말고."

"마술이 왜 다 가짜야? 흥미와 상상력을 자극하는 환상적인 예술이지. 꿈의 예술이지."

현오는 얇은 재킷을 들더니 그럼, 쉬고 있어, 혼자 보고 올게, 하며 나갔다. 현오가 나간 뒤에 나는 맥주 캔 상호 로고를 손톱으로 불안스럽게 긁었다. 날카로운 소리가 룸에 가득 퍼졌다. 현오에게 헤어지자고 말할 기회를 또 놓쳐버렸다.

*

왜 하필 나야? 나는, 나는 최선을 다해 성실하게 살았단 말이야. 왜 내가 롬복의 깊은 바다로 떨어져야 하는 거지? 생은 이토록 느닷없이 나를 배신하고 있었다. 해양경비선이 도착했을까. 칠 분이면 도착한다고 했는데. 이미 칠 분이 지났을 텐데…… 나는 이미 숨이 멈춘 상태일까. 구조될 수 있을까. 현오는 어떻게 되었을까. 그가 내 손을 아래로 당긴 건 실수일까, 고의일까. 내 손을 놓아버리기 전과 놓아버린 후, 바로 그 짧은 시간 동안 현오는 무슨 생각을 했을까. 현오와 함께한 십오 년의 결혼 생활이 스쳐 지나갔다. 생각해보니 십오 년 동안의 시간이 윤초만큼 짧게 느껴졌다. 나는 우리 결혼 생활에는 아무런 문제가 없을 줄 알았다. 마술의 세계에서처럼 결혼 생활에서도 일어날 수 없는 일이 생길 수도 있다는 것을 이제야 깨달았다. 당신, 그날 밤 그 여자와 잤어? 이 바보야, 마스크를 내리지 말지 그랬어? 그런 말들도 지금 생각하니 너무나 하찮은 얘기에 지나지 않았다. 생사의 갈림길에서 그에게 진실을 말하라고 다그친 나는 어떤 사람일까. 마술쇼를 보는 관객들은 거짓말인 줄 알면서도 유쾌하게 속아주지 않는가. 나도 그런 관객들처럼 한번쯤은 슬쩍 못 본 척 눈감아줄 수도 있었는데 말이다. 모르는 척 연기를 해도 되었는데 말이다. 현오의 손을 놓아버리려고 롬복까지 왔지만 어쩌면 나는 현오를 놓아버리고 싶지 않았는지도 모르겠다. 그가 내 손을 꽉 붙잡고 놓지 않기를 내심 바랐는지도 모르겠다. 어쩌면 그동안 내가 나를 속이고 있었을 수도 있겠다. 그런데 다시 새롭게 시작하자던 현오는, 나를 붙들고 싶다던 현오는 오히려 내 손을 놓아버렸다. 삶이란…… 고도의 기술로 완벽하게 관객을 속아 넘기는 마술쇼인지도 모르겠다. 그 일을 몰랐다면 나는 현오와 동네 재즈바에서 흑맥주를 마시며 소박하게 결혼기념일 파티를 했겠지. 지금 큰 고기 떼가 나를 받쳐서 해변 기슭까지 데려다주는 그런 판타지가 일어난다면 얼마나 좋을까. 머리로 피가 다 몰리는 것 같다. 만약 살아난다면, 누구나 한번쯤은 잊지 못할 특별한 경험을 하게 된다고, 바다에 빠진 남편을 구하려다 대신 바다에 빠졌는데 마술쇼처럼 구조됐다고, 이야기를 들려주듯 말할 수 있을까. 현오가 살아남는다면 나에 대해 어떻게 말할까. 눈에서 뜨거운 것이 느껴졌다. 몸이 빳빳하게 굳는 것 같았다. 구조된다면 동네 문화센터에서 하는 마술교실을 다녀도 괜찮을 거라는 생각이 들었다. 바닷속에서 탈출할 수 있는 기막힌 기술을 배울 수 있을지도 몰라. 아니, 지금 나는 박스 안에 갇힌 걸 거야. 저것 봐, 가느다란 빛이 흘러들고 있잖아. 저건 박스에 미리 뚫어놓은 구멍으로 들어오는 형광등 불빛인 거야. 어디선가 사람들 소리가 웅웅거렸다. 곧이어 환한 불빛이 머리 위로 쏟아졌다.

흙새

나는 여기 앉아 있다. A타운하우스 104동 앞뜰 의자 위에. 멀리 경주 남산이 한눈에 들어온다. 물결치듯 부드럽게 흐르는 능선을 바라보고 있다.

아들과 함께 '흙새' 전시회에 갔다가 집으로 돌아가는 중이었다. 5월의 햇살이 차창에 부딪혀 대기 속으로 튕겨 나가고 있었다. 바다색 줄무늬 티셔츠를 입은, 올해 초등학교에 입학한 아들이 아이스크림을 혀로 살살 핥으면서 엄마도 좀 드실래요? 엄청 맛있어요, 하며 묻는다. 룸미러로 뒷좌석에 앉은 아들을 슬쩍 쳐다본다. 오른쪽 뺨에 깊은 볼우물을 만들어 가며 아들은 바닐라 아이스크림을 먹는 데 열중하고 있다. 아들은 음식을 먹을 때나 웃을 때 오른쪽 뺨에 깊은 볼우물이 파이는데, 그 볼우물을 바라보고 있으면 잔잔한 행복감이 밀려온다. 엄만 운전 중이니까 이따가 먹을게. 입가에 엷은 웃음을 지어 보인다. 그러면 아이스크림이 다 녹아요, 얼른 드세요. 아들이 내 입 쪽으로 아이스크림을 쑥 내민다. 나는 아이, 싫어요, 싫어, 하며 만화영화 속 어린아이 같은 목소리를 낸다. 아들은 우스워 죽겠다는 듯이 한 음절씩 스타카토처럼 큭, 큭, 큭 웃는다. 내 아이지만 참 달콤해, 라는 생각을 했다. 그리고…… 문득 왼쪽으로 고개를 돌렸다. 순간 고막을 찢는 듯한 날카로운 금속성 소리와 커다란 검은 물체가 동시에 내 쪽으로 들이닥쳤다.

지우야, 지우야. 목청이 떨려왔다. 도대체…… 무슨 엄청난 일이 일어났는지 모르겠다. 아들이 괜찮은지 가까스로 뒤를 돌아보았다. 아들은 온몸을 바들바들 떨고 있었다. 무어라 말을 하고 싶은데 입 밖으로 말이 나오지 않는지 울음만 삼켰다. 아들의 겁에 질린 눈빛을 보고 있자니 가슴이 찢어질 듯 아팠다. 부서진 차창엔 봄 햇살이 조각조각 잘게 나뉘어 어른거리고 있다. 곧이어 요란한 소리를 내며 구급차가 왔다. 어느새 경찰차도 와 있었다. 소방대원이 먼저 아들을 안아서 구급차에 실었다. 어, 애는 괜찮네. 외상도 없어. 그래도 조심해, 라는 소리들이 웅 웅 웅 떠다녔다. 여자는 빨리 병원으로 후송해, 라는 말이 뒤이어 들렸다.

병원 별관에 위치한 장례식장 복도는 끝을 알 수 없는 동굴처럼 깊고 음울하다. 근조화환과 국화와 향이 어우러진 냄새는 환각이라도 불러일으킬 만큼 몽롱하다. 세번째 분향소에 남편의 모습이 보인다. 검은 양복에 오른팔에 완장을 끼고서 침울한 얼굴로 앉아 있다. 옆얼굴만 보아도 그의 눈빛은 여전히 형형하리라는 것을 알 수 있다. 남편은 눈빛이 무척 날카롭다. 사람이나 사물, 사회현상을 보는 눈도 냉정한 편이었다. 그것 때문에 그를 사랑하게 되었는지도 모르겠다. 그러나 나를 매료시켰던 그 눈빛이 나를 외롭게 만들고 끊임없이 나를 주눅 들게 만들 줄은 그때는 몰랐다. 누르스름한 삼베 완장을 끼고 있는 남편의 팔에 슬며시 팔짱을 껴보고 싶다는 생각을 한다. 남편의 숱이 많은 뒷머리를 한 번만이라도 쓰다듬어봤더라면 하는 아쉬움도 남는다. 짧은 그의 옆머리를 귀 뒤로 넘겨주며 어깨에 기대어 나를 사랑하느냐는 열쩍은 질문도 했어야 했는데…… 남편은 알지 못할 것이다. 어쩌면 영원히 모를 수도 있겠다. 나라는 사람은 그에게 끊임없이 사랑의 무게를 달아보고 싶어 하는 사람이었다는 것을. 그가 자신의 전 존재를 나에게 던져오기를 늘 기다려왔다는 것을.

사진 속의 여자, 민정현이 조용히 미소 짓고 있다. 웃고 있는 얼굴 어디에서도 이렇게 급작스럽게 죽게 될 거라는 기미를 찾을 수는 없다. 영정 사진 속의 나를 내가 물끄러미 내려다본다. 나는 지금 이렇게 존재하고 있는데 아무것도 할 수가 없다. 지우는 어떻게 됐을까. 지우의 상태가 궁금해서 미칠 것 같다. '애는 괜찮네. 외상도 없어' 하던 구급대원의 말이 떠올랐다. 지우는 정말 손끝 하나 다치지 않은 걸까. 엄마의 사고 소식에 딸아이 둘은 또 얼마나 놀랐을까. 그리고 내 휴대폰은 어떻게 됐을까. 산산조각이 났을까. 만약 오늘 C와 주고받은 문자메시지가 고스란히 남아 있는 휴대전화를 누가 보기라도 한다면……

빈소 한구석에 딸린 작은 부속실에 딸아이 둘이 있다. 지수야, 지예야! 여러 가지 감정이 엉겨서 목울대를 짓누르는 것처럼 아파왔다. 정확히 말한다면 나는 통증을 느끼지 못한다. 감정만 느낄 수 있다. 살아 있었을 때의 느낌이라면 그럴 거라는 얘기다. 아파도 아프지 않고, 눈물을 흘리는데도 눈물이 흐르지 않으니 내가 정말로 살아 있지 않다는 이 자괴감과 허탈감을 어떻게 설명할 수 있을까. 마음으로 아프고 마음으로 눈물을 흘릴 수밖에. 큰딸 지수는 검은 상복을 입고 있다. 목젖이 보일 정도로 까르르 웃기를 잘하는, 이제 중학생이 된 아이가 검은 저고리와 치마를 입고 있다. 앙다문 입술 사이로 옅은 흐느낌이 새어 나왔다. 큰딸은 얼굴과 몸매가 나를 빼다 박은 듯이 닮았다. 속 쌍꺼풀이 진 눈이 유난히 깊고 짙었으며 갸름한 얼굴에 피부는 뽀얗다. 나는 영정 속의 나와 흐

느껴 우는 큰딸의 얼굴을 바라본다. 큰딸의 얼굴에서 죽은 나의 모습이 어른거릴 때마다 산 자들은 무척 난감해할 것이다. 검정색 원피스를 입은, 초등학교 3학년인 둘째 딸 지예는 죽음이 뭔지도 모르는 것처럼 머루 같은 까만 눈만 깜박이고 있다. 지우는 보이지 않는다.

밤새도록 환하게 불이 밝혀진 빈소로 아는 얼굴들이 속속 조문을 왔다. 남편의 동료 직원들이며 집안 어른들, 신문사 편집국장 김의 얼굴도 보이고, 문화부 기자인 윤의 얼굴도 보인다. 김과 윤은 시뻘건 소고깃국만 말없이 바라보고 앉아 있다가 사이다를 따른 잔을 서로 주고받는다. 참, 이렇게 허망할 수가. 이제 겨우 마흔여섯에 말이야. 그동안 신문에 연재한 영화 칼럼 원고가 책 한 권 분량이 된다고 출간했으면 하더라고. 아는 출판사를 소개해달라고 하던 게 바로 며칠 전 일이야. 김이 들고 있던 잔을 가늘게 떨며 말했다. 민정현 씨는 원고 마감을 칼같이 잘 지켰어요. 통화할 때마다 어찌나 겸손하던지…… 정직한 사람이었어요. 윤 기자가 휴우, 길게 숨을 내뱉으며 말했다. 아니야, 난 정직하지 않았어. 당신들은 모를 거야. 원고 마감에 쫓기다 못해 인터넷에 떠돌아다니는 영화 리뷰를 슬쩍 가져오기도 하고 다른 평론가의 글을 몇 구절 빌려온 적도 더러 있었는걸. 종종 남의 글을 베끼고 훔치는 일을 했었다는 말은 살아 있었다면 절대 고백할 수 없었을 것이다.

남편의 대학 후배인 송도 조문을 왔다. 검정 투피스를 단정하게 입은 송이 분향을 한 뒤 목례를 하고선 남편에게 애처로운 눈길을 보낸다. 그러곤 빈소를 나가며 남편의 팔을 잡고서 여러 번 쓰다듬는다. 왜 송이 상주인 남편의 팔을 쓰다듬으며 안쓰러운 눈길을 보내는 걸까. 요즈음 삼십대는 저런 몸짓으로 애도를 표하는 걸까.

조문객들이 줄을 이어 몰려왔다가 썰물처럼 빠져나간 뒤, 친정 오빠와 언니들이 왔다. 둘째 언니는 영정 사진을 쓰다듬으며 막내야, 아이고, 정현아! 뭐 하나 버릴 것 없이 반듯했던 우리 정현이…… 하며 온몸을 부르르 떨더니 숨이 막힐 것 같은 울음을 흐느낀다. 큰언니가 둘째 언니를 부축해 일으킨다. 나를 업어 키운 큰언니의 눈은 슬픔으로 깊이 가라앉아 있다. 일찍 머리가 희끗희끗해져 백발이 다 되어버린 큰오빠는 향을 피우고 고개를 한동안 깊이 숙이고선 탄식처럼 정말 참했던 놈인데, 정현아, 정현아 하며 나를 불렀다. 차디찬 기운이 내 가슴속을 훑고 지나갔다. 언니, 오빠! 나는 그렇게 반듯하지도 참하지도 못한 사람이었어요. 남편이 아닌 다른 남자를 만나고 다닌걸요. 그 남자를 만나러 갈 때마다 남편과 아이들에게 거짓말을 한걸요. 나는 나직하게 내뱉었다. 살아서의 내 삶은 이렇게 아름답게 포장되어 있었다.

조문객의 발길이 뜸한 깊은 밤, C가 장례식장에 들어섰다. 초췌한 모습으로 미간을 잔뜩 찌푸린 채 두 개의 향을 피우고 가볍게 고개를 숙인다. 고개를 들어 영정 사진을 바라본다. 짙은 속눈썹이 떨린다. 입가는 울음을 참는 듯 실주름들이 묘하게 잡힌다.

*

"어떻게 설명할 수 있어?"

나는 C의 거실 소파에 앉아 창에 스며든 햇빛이 소파 가장자리를 지나 발치에 닿으려는 것을 바라보며 C에게 물었다. C는 뜬금없이 무슨 소리냐는 듯한 표정으로 나를 쳐다봤다.

"우리 둘 사이를 말이야."

그건 우리 둘의 관계에 대해서 진지하게 나눈 처음이자 마지막 대화였다.

"글쎄, 우리가 꼭 무슨 사이가 돼야만 만날 수 있어요?"

C의 낯빛이 어두워졌다. 이내 애써 담담한 듯이 무슨 커피 마실래요? 하고 물으며 싱크대로 걸어갔다. 그는 에티오피아와 과테말라 안티구아를 반반씩 섞은 커피를 갈아 드리퍼에 담고는 끓인 물을 드립포트에 담아 원을 그리듯 커피 위로 조금씩 부었다.

"머릿속이 엉킨 실타래 같아."

그는 뜨거운 커피를 내게 건네며 미간을 살짝 찌푸렸다.

"뭐가 그렇게 복잡해요. 난 이렇게 함께 커피를 마실 수 있는 것만으로도 좋은데요."

그의 목소리와 표정이 얼음덩어리를 발아래로 툭 차서 산산조각 낼 듯이 냉랭하다. 나는 평소와는 아주 다른 그의 표정과 말투에 괜한 걸 물었나 싶어 후회가 됐다. 여태 그와의 만남 자체는 격렬하거나 불안정하지 않고 친구처럼 편안했다. 우리 둘은 어떤 화제로 이야기를 해도 의견 대립 없이 잘 통했고, 때론 감정에 휘둘리는 것도 똑같았다. 그러나 아주 드물게 오늘처럼 서로 의견이 팽팽하게 갈릴 때도 있었다.

C와 나, 둘 다 섹스에는 그다지 관심이 없는 편이었다. 그저 그의 좁은 오피스텔에서 함께 커피를 마시고 스파게티를 만들어 먹고 종종 캔 맥주를 마시며 대화를 나누다 집으로 가는 게 다였다. 그와 대화를 나누는 것 자체가 내겐 큰 기쁨이었다. 누구에게도 말할 수 없는 내밀한 얘기를 들어줄 수 있는 상대가 있다는 것만으로도 위안이 됐다. 보통의 연인들처럼 이야기를 나누거나 맥주를 마시다 섹스로 이어지는 일은 없었다. 그와 서로 몸과 몸을 맞대고, 그의 머리에서 발끝까지 손바닥으로 쓰다듬고, 배와 배 사이에서 미끈거리는 땀 냄새를 맡으며, 서로의 가파른 숨소리 이외에는 아무것도 들리지 않는 격정의 순간을 거친 뒤라야만 오는 극도의 친밀감을 나누었던 적은 단 한 번뿐이었다. 그것만으로 충분했다. 남편에게 미안한 마음이 컸기 때문에 더 이상의 관계는 원하지 않았다. C와 나는 어쩌면 제 속에 있는 외로움 때문에 서로 만

났는지도 모르겠다.

C는 일뿐만 아니라 가족이나 지인들에게도 진심을 다했다. 상대방의 이야기에 귀를 기울이고 공감해주었다. 말투는 언제나 다정했고 표정이나 몸짓은 늘 다감했다. 그런 점이 바로 C의 매력이었다. 그런 그가 요즘은 잡지나 신문에 실린 내 글에 쓴소리를 하는 역할을 자임하고 있었다. 그런 칼럼을 읽고 누가 영화를 보고 싶겠어요? 요즘 선배가 쓴 글은 매력이 덜해. 문장도 느슨해, 하며 나를 매섭게 몰아붙이곤 했다. 마치 연기 못하는 신인 여배우를 호되게 나무라는 영화감독처럼 말이다.

대학 졸업반 때, 나는 교내 학보사 편집부 조사부장을 맡고 있었다. 그때 C는 신입생으로서 수습 사진기자였다. 그는 회화과 학생답게 미감이 남달랐다. 큰 키에 배우처럼 서글서글하면서도 오밀조밀한 이목구비는 도회적이면서도 지적인 인상을 풍겼다. 편집국에 학생기자 단체 사진을 하나 걸어도 그가 걸면 뭔가 그럴듯하고 감각적으로 보였다. 그가 이마를 반쯤 가린 머리카락을 쓸어 올리거나 자판기 종이컵을 들 때 새끼손가락을 살짝 치켜드는 걸 볼 때면, 그의 내밀한 습관을 나만 알고 있는 것 같아 기분이 묘했다. 그래도 스물세 살 그때의 나와 C는 편집국에서 가볍게 인사를 나누는 정도의 데면데면한 선후배 사이일 뿐이었다.

캠퍼스 가로수에 연초록 이파리가 무성할 즈음, 학보사의 특별기획으로 '경주 남산을 찾아서'라는 사회면 특집을 싣기로 했다. 특집기사이다 보니 조사부장인 내가 취재를 맡게 되었고, 사진기자로는 C가 동행했다. 경주까지는 고속버스로 꼬박 네 시간 삼십 분이나 걸렸다. 고속버스 안에서 C와 나는 무연히 차창 밖을 보거나 취재 자료들을 훑어보곤 했다. 터미널로 마중 나온 K대 신라문화동우회 회원들과 함께 오른 남산 답삿길에서 C는 알아서 열심히 사진을 찍었다. 그는 화강암 바위와 돌기둥에 새겨진 불상(佛像)들을 연신 찍으면서도 혹시 건질 사진이 몇 점밖에 되지 않을까 내내 걱정을 했다. 그는 1학년치고는 제법이다 싶을 만큼 사진기자 근성이 제대로 배어 있었고 자기 할 일을 정확히 알고 있었다. 무거운 카메라 가방을 들고 땀을 뻘뻘 흘리면서 산을 오르내리는 그의 단단한 등을 보며 묘한 설렘이 스쳤다. 내 얼굴에 적힌 감정을 혹시 그가 읽어낼까 두렵기까지 했다. 1박 2일 예정으로 온 취재였지만 가급적이면 야간열차를 타고서라도 집으로 돌아갈 생각이었다. 그러나 신라인의 아크로폴리스라는 경주 남산만 제대로 보는 데에도 며칠이 걸린다고 했다.

시내로 내려와 식당에서 북어와 멸치로 푹 곤 국물에 콩나물과 묵을 넣어 만든 해장국을 늦은 저녁으로 먹고는 천마총 근처에 있는 여관에 들었다. 만약 우리가 좀 더 나이가 들었다면, 아니면 좀 더 속물적이었다면 그날 밤의 기억은 지금과는 많이 달라졌을 것이다. 내가 방을 두 개 주세요, 하는데 순간, 그가 아뇨, 하나면 됩니다, 하며 말을 가로챘다. 부장님, 굳이 방이 두 개 필요한가요? 1박 2일 일정으로 출장비를 받았다면서요, 내일은 개인 사비로 지낸다 해도 모레는요? 길바닥에서 잘 거예요? 하며 그가 방 키를 받아 앞서 걸어갔다. 낯선 도시, 낯선 숙소의 카운터 앞에서 그가 나를 부장님이라 부르며 어색한 분위기를 조금 희석시켜주었다. 그가 갑자기 생경하면서도 듬직하게 느껴졌다. 방 입구에 다다라 괜찮겠니? 정말 괜찮겠어? 라는 표정으로 그를 올려다봤다. 그건 사실 나에게 묻고 싶은 말이기도 했다. 방에 들어서자마자 우리는 각자 할 일이 무엇인지 알고 있는 듯 그는 욕실로 들어갔고, 나는 여행 가방을 풀어 짐 정돈을 하고 취재 노트를 정리했다. 그는 욕실에서 나오자마자 침대 아래에 이불을 펴고 누웠다. 이어 내가 욕실로 들어갔다. 우리는 침대 위와 아래에서 서로 다른 방향으로 누워 잠을 잤다. 그는 꽃무늬 벽지 쪽으로 모로 누웠고, 나는 티브이와 화장대 쪽을 보며 누웠다. 그가 이불자락을 뒤척이며 움지럭거릴 때마다 머리끝이 쭈뼛해지고 가슴이 쿵, 쿵, 쿵 요동을 쳐댔지만 나중에는 피곤이 전신을 엄습해온 탓에 혼곤히 잠에 빠져들었다. 아침에 일어나니 불투명한 창으로 눈부신 햇살이 쏟아져 들어왔다. 지난밤의 피곤을 다 풀어주듯 부드럽고 따뜻한 햇살이었다. 작은 창문을 열어 밖을 내다보았다. 기와집들 사이로 우뚝 솟아 있는 거대한 고분들이 보였다. 그 옆 도로변으로 자동차들이 분주하게 지나다녔다. 창문에 깃드는 아침 햇살을 고스란히 받으며 한동안 서 있었다. 몸을 웅크리고 자고 있는 그의 볼록한 이마와 콧등 위에도 햇살이 비쳤다.

그를 이십여 년이 지난 후에, 그때 그 도시, 절과 불상이 밤하늘의 별처럼 흩어져 있는 경주에서 다시 만날 줄은 꿈에도 생각하지 못했다. 지역의 일간지에 내 칼럼이 실린 것을 보고 그가 먼저 연락을 해왔다. 그의 전화를 받고 난 직후, 이십 년의 시간 동안 얼마간 풍화되었을 그를 생각해봤다. 아마 결혼을 했겠고, 아이들이 있을 사십대 중반의 그를. 그에게는 이십대의 내 모습이 기억에 남아 있을까. 만나고 싶다고 생각했다. 지금의 그가 아니라, 그때의 그를. 아니, 어쩌면 그때의 나를 만나고 싶었는지도 모르겠다. 이십대의 그 풋풋했던 긴 생머리의 여자를.

긴 여름 해가 마지막 따가운 빛을 드리우는 토요일 정오, 박물관 주차장에서 그를 만났다. 나를 보더니 그가 손을 흔들며 성큼성큼 다가왔다. 미소 띤 얼굴이 눈에 익었다. 월성 뒷길로 해서 선도산으로 가는 그의 차 안에서, 우리는 의례적인 안부 따위는 묻지 않았다. 서로 궁금한 것들만 물었다. 그는 대학원에서 고고미술학을 전공하고 잠시 직장 생활을 했다고 말했다. 그 뒤, 영국으로 건너가서 큐레이터 실무 경력을 쌓아 국내 여러 박물관을 거쳐 이곳 박물관의 학예실장으로 오게 되었다는 이야기를 아득한 옛이야기 하듯이 들려주었다.

마흔 중반의 나이에 국립박물관 학예실장이란 직위에 오르기까지 그가 고군분투했을 시간들은 굳이 설명을 듣지 않아도 짐작할 수 있었다. 그러나 왜 여태 혼자야? 라는 질문은 하지 않았다. 그는 내가 대학 졸업 무렵 모 대학교 문학상에 소설이 당선된 것도 알고 있었다. 정현 선배, 그때 내가 당선 소감과 심사평을 줄을 쳐가며 얼마나 열심히 읽었는지 알아요? 하며 그는 슬쩍 내 얼굴을 쳐다봤다. 등단한 것도 아닌데 뭘 그렇게까지 열심히 읽었어? 나는 겸연쩍어서 툭 내뱉듯이 낮게 말했다. 자연스럽게 웨이브 진 머리카락으로 반쯤 가려진 그의 앞이마와 오뚝한 콧날과 선명한 입술선이 8월의 강렬한 햇볕을 받아 투명하게 반짝였다. 순간, 나는 눈을 감아버렸다. 내 가슴 한쪽에 묻혀 있던 어둠 한 조각이 투명하게 펼쳐지는 듯한 느낌을 받았기 때문이다. 그렇게 그는 내게 들어왔다.

나는 여기 앉아 있다. A타운하우스 104동 안방 창가에. A타운하우스는 건축가인 남편이 직접 도면을 설계했다. 초여름의 밤바람이 내 몸을 살짝 흩트린다. 나는 잠시 몸을 움츠린다. 창 너머로 남편을 무연히 바라본다.

남편은 깊은 잠에서 깨어 소변을 보고 나서 세면대에 딸린 거울을 물끄러미 바라봤다. 민아, 민아, 지수 엄마, 하며 낮게 웅얼거렸다. 눈가가 젖는지 손끝으로 눈자위를 꾹꾹 누르며 신음 같은 한숨을 뱉어냈다. 오열조차 나의 부재 앞에서는 하찮다고 느꼈는지 물에 젖은 바람소리 같은 울음만 꾹꾹 토해냈다. 그의 낮은 흐느낌 소리는 세면대 수도꼭지에서 나오는 물소리에 묻혀 배수구로 사라졌다. 그는 내 사진에 시선을 둔 채 내게 말을 걸었다. 민아, 민아. 그는 거울을 들여다보며 마치 거울 뒤에 내가 서 있기라도 한 것처럼 다시 잠이 들긴 글렀는걸, 하며 죽어버린 내게 이야기를 했다. 가슴이 무지근해진다. 지금 그의 등 뒤로 가만히 다가가 실제로 그를 껴안아 줄 수만 있다면, 갑자기 회오리바람이 불어와 나를 지구 반대편으로 휩쓸고 가도 좋겠다는 생각이 들었다. 당신도 언젠가는 죽을 텐데 지금 나는 없고, 당신은 살아 있다는 이유만으로 너무 슬퍼하지 말라고 조용히 등을 다독거렸다. 당신이 나를 잊지 않는 한, 나는 살아 있는 것이라고 그의 귓불에다 속삭였다. 남편은 순간 귓불에 선득한 기운을 느꼈는지 귓불을 감싸 쥔 채 가만히 서 있었다.

남편은 가끔씩 술을 마시고 들어온 날에는 나를 민아, 라고 하거나 민 작가라고 불렀다. 내가 결혼과 더불어 작가의 꿈을 접어버린 게 미안해서 하는 말일 수도 있었다. 그렇지만 몇 해 전부터 지역신문에 연재하는 칼럼에 대해서는 관심을 두지 않았다. 그런 것을 느낄 때마다 나는 무력감에 빠져 한동안 글을 쓸 동력을 잃어버리곤 했다. 허겁스러울 만큼 감정 표현에 솔직하고 적극적인 나와는 반대로, 남편은 매사 감정을 절제하여 무덤덤한 편이었다. 연애 시절 나를 매료시켰던 그 점이 결혼 생활에서는 나를 견딜 수 없게 만들어 가끔씩은 애써 화를 삭여야 했다. 그는 수시로 건축사 사무실 경영을 후배들에게 맡겨두고선 집수리 봉사활동을 나갔다. 본업에 지장을 줄 정도로 시간을 많이 할애했다. 주말에는 종일 시댁에 가서 지내야 하는 것을 규칙으로 정했다. 자동차를 새로 바꿀 때에도 시댁 식구들까지 탈 수 있는 9인승 차로 결정했다. 형제들 일이라면 만사를 제쳐놓고 해결하느라 끙끙댔다.

나는 종종 남편이 추구하는 삶이 어떤 것인지 궁금했다. 누구를 위해 사는 것인지 물어보고 싶었다. 나는 남편이 시댁과 형제들 일, 봉사활동에 열심이기보다는 그저 제 아내와 자식만을 챙기는 남편이기를 원했다. 결혼기념일이나 내 생일 날에는 나를 위해 어떤 선물을 살까 고민하고, 휴가철엔 가족들과 여러 도시의 건축물을 보고 오는 그런 사람이었으면 했다. 그런 바람을 말할 때마다 남편은 나를 철없는 사람 취급하며 차가운 눈빛으로 쏘아보았다. 남편의 그런 시선은 겨울 끝의 추위보다도 더 견디기 어려웠다. 문득 그와 나의 애정이란 처음부터 한쪽으로 기울어 있었던 건 아닐까 하는 의구심이 일었다. 사랑의 질량이 서로 똑같다면 얼마나 좋을까. 그의 안테나가 늘 내 쪽을 향해서 뻗어 있다면 얼마나 행복할까.

나는 여기 앉아 있다. D병원의 정원에 있는 큰 나무 위에. 밤새 내린 비로 나뭇가지에 매달려 있던 빗방울이 바람이 일

렁일 때마다 꽃잎처럼 팔랑팔랑 떨어져 내렸다. 병원의 낮은 울타리에 장미꽃이 얹히거나 휘늘어진 채 빨갛게 피었다. 나는 지우가 치료를 마치고 나타나기를 기다리고 있다. 지우를 기다리자니 긴장이 되어서 몸이 잘게 부르르 떨린다.

지우는 지난주부터 병원에서 심리 치료를 받고 있다. 차 안에서 자신이 아이스크림을 엄마에게 건네지 않았다면, 그래서 엄마의 시야를 가리지 않았다면 사고가 나지 않았을 것이라는 죄책감을 떨치지 못한데다 나의 죽음을 목격한 후 외상 후 스트레스 장애 증상을 보였기 때문이다. 지우는 누구와도 말을 하지 않으려 했고 제 방에서 나오지 않았다. 밤에는 소리를 지르며 깰 때가 많았다. 지우가 시누이의 손을 잡고 병원 정문을 걸어 나오고 있다. 지우의 작고 동그란 어깨가 더 좁고 얇아 보인다. 고개를 아래로 떨어뜨리고 힘없이 걷는다. 송곳으로 가슴을 마구 찔러대는 듯한 통증이 일었다. 통증이 한차례 쓸고 간 뒤에는 가슴속에서 찬바람이 일었다.

지우는 병원에서 돌아오자마자 제 방으로 들어가 문을 잠그고는 지점토와 찰흙으로 기러기 같은 모습의 새 두 마리를 만들었다. 이건, 엄마 새야. 이건, 지우 새고. 엄마 새와 지우 새는 영원히 우리 집에서 함께 사는 거야. 지우는 혼잣말이지만 진지하게 말했다. 아마도 나의 영혼이 우리 집에서 영원히 안주하기를 바랐던 것 같다. 나는 아침 햇살이 지우의 방 창에 너울처럼 비칠 때까지 지우의 방 창가에 앉아 있었다. 지우에게서 한순간도 눈을 떼지 않았다. 지우와 내가 박물관 흙새 전시장에서 나누었던 대화 장면이 결국은 지우와의 마지막이 되어버렸다. 그래서인지 그 장면은 영화의 명장면을 어둠 속에서 되돌려 보는 것처럼 애틋하게 남아버렸다.

"엄마, 왜 흙으로 만든 새를 무덤에 같이 넣어요?"

지우는 말간 눈으로 나를 빤히 쳐다보며 목에 걸고 다니던 수첩을 펼쳤다. 박물관으로 출발할 때 지우가 제일 먼저 챙겨 들었던 물건이었다. 아이는 식물원이나 생태학습장에 갈 때도 그 수첩을 잊지 않았다.

"옛날 사람들은 새를 하늘과 땅, 하늘과 사람을 이어주는 존재로 생각했나 봐. 흙으로 새를 만들어 무덤 속에 넣어두면 그 새가 죽은 사람의 영혼을 하늘로 이끈다고 생각한 것 같아."

"엄마, 좀 천천히 말해요. 무슨 말인지 하나도 모르겠어."

지우가 눈을 살짝 치뜨며 뽀로통하게 말했다. 맑고 순하기만 한 큰 눈에 눈물이 그득하다. 지우는 무슨 일이든 자신의 뜻대로 잘되지 않을 때는 눈물을 글썽이는 버릇이 있었다. 엄마의 설명을 들어도 이해는 잘 되지 않고 보고서는 써야 하고 걱정이 되는 모양이다. 도슨트에게 아이가 좀 더 이해하기 쉽게 설명을 해달라고 부탁해야겠다는 생각이 들었다. 대학생으로 보이는 앳된 용모의 도슨트는 이미 한 무리의 초등학생들에게 둘러싸여 전시물에 대해 설명을 하고 있었다. 그때 C가

이쪽으로 환하게 웃으며 걸어오는 것이 보였다.

"무엇을 설명해줄까요? 아, 흙새에 대해 궁금한 것이 많은 모양이네."

아들은 C의 출현에 잠시 놀란 듯하더니 이내 쫑알쫑알 질문을 하기 시작했다. 그의 갑작스러운 출현에 놀란 내가 곁눈질로 살짝 흘겨보았으나 그는 아랑곳하지 않고 지우의 키에 맞추어 몸을 잔뜩 구부리고서 설명을 시작했다.

"옛날 사람들은 대부분 농사를 지으며 살았기 때문에 하늘의 날씨나 별의 움직임 등이 굉장히 중요했어. 그래서 하늘은 늘 섬겨야 하는 대상이었지. 그러다 보니 하늘과 땅을 자유롭게 날아다니는 새를 하늘과 땅을 이어주는 아주 귀하고 특별한 존재로 생각했어. 그래서 흙으로 새를 만들어서 무덤에 같이 묻어준 거야. 죽은 사람의 영혼이 새처럼 훨훨 날아 천국으로 가라고 말이야."

지우는 그제야 낯빛이 밝아지더니 수첩에다 적기 시작한다. C와 지우가 이야기를 나누는 동안 나는 전시실 안에 있는 흙새들을 감상했다. 삶과 죽음 사이를 자유자재로 오간다는 흙새. 흙새와 나는 한참 동안 서로를 쳐다봤다. 기분 탓일까. 흙새는 아주 슬픈 표정으로 나를 보고 있는 것 같았다. 지우와 내가 C의 배웅을 받으며 박물관 전시실을 걸어 나오니 박물관 뒤뜰에 있는 삼층석탑 상륜부 위로 5월의 햇살이 강렬하게 쏟아져 내리고 있었다. 지우와 나는 머리칼 위로, 어깨로, 온몸으로 햇빛을 받아내며 박물관 정문을 걸어 나왔다.

나는 지금 여기 앉아 있다. C의 오피스텔 창가에. 내가 자주 드나들었던 그의 작은 거실을 내려다본다. 크림색의 타원형 테이블과 짙은 회색의 2인용 천소파가 예전처럼 가지런하게 놓여 있다. 소파 맞은편에는 영국의 어느 박물관 정경 사진이 걸려 있다. 원래 그 자리에는 클로드 모네의 작품 두 점이 걸려 있어야 했다. 내가 인터넷에서 산 클로드 모네의 그림 사진을 액자에 넣어 걸어뒀기 때문이다. 거실에는 남자 세 명과 여자 두 명이 편안한 자세로 앉아 얘기를 나누고 있다. 테이블 위에는 파스타에 치킨, 과일, 캔 맥주가 널려 있다. 그는 주방과 거실을 분주하게 오가며 지인들을 향해 크게 웃는다. 그의 표정 어디에도 슬픔의 흔적은 보이지 않는다. 그는 바로 옆에 앉은, 긴 머리에 베이지색 점퍼스커트를 입은 여자의 어깨에 자주 손을 올리거나 여자의 앞머리를 귀엽다는 듯이 손가락으로 콩, 콩 누르기도 한다. 내가 없으면 자신도 내 곁에 묻히고 싶다던 C가 맞나 싶어 창 너머로 그의 얼굴을 보고 또 쳐다봤다. 언제였던가. 그가 했던 말이 생생하게 떠올랐다. 그의 오피스텔에서 차를 마시다 급히 마트에 가야 한다고 일어섰을 때, 마침 그도 마트로 따라나섰던 날이었다.

24시간 내내 불이 환하게 켜진 지하 쇼핑센터에서 그는 카트 속에 과일이며 커피 등을 담고, 나는 애들 과자며 생선과

야채를 가득 담아 끌고 나올 때 그가 말했다.

"늘 선배와 같이 장을 볼 수 있다면 좋겠어. 이렇게 평생 선배 옆에서 살아도 좋겠어."

나는 그저 애매한 웃음만 지어 보였다. 카트를 밀며 각자의 차가 있는 쪽으로 걸어오면서 그는 미간에 잔뜩 힘을 모으며 다시 말했다.

"진시황 병마용갱에 대해선 잘 알죠?"

나는 잘 안다는 듯이 고개를 끄덕이며 되물었다.

"진시황릉 주변 땅굴에서 나온 거 맞지? 흙으로 만든 병사와 말이 실물과 거의 크기가 같다면서? 그 숫자도 엄청나고."

"맞아요. 사후세계를 믿었던 진시황의 껴묻거리였던 거죠. 물론 다른 견해도 있지만요. 진시황의 그 병사들처럼 나도 정현 선배가 죽으면 선배 곁에 묻히고 싶어. 선배가 외롭지 않게."

그때 일을 떠올리자 서글픔과 허탈감이 파고들었다. 그의 나에 대한 맹목적인 애정과 정성은 한낱 순간에 불과했던 것일까. 그는 나의 죽음을 어떻게 받아들였을까. 나를 잊어주는 것이 나에 대한 예의라고 생각했을까. 그것이 자신의 애도 방식이라 여겼을까. 나는 앉아 있는 자리에서 꼼짝도 할 수 없었다.

나는 여기 앉아 있다. M건축사 사무실에 있는 남편의 사무실 창가에. 도심의 중심에 자리 잡은 M건축사 사무실의 메탈색 유리벽이 불빛을 받아 더욱 반짝인다. 늦은 시간인데도 남편은 퇴근을 하지 않고 책상 앞에 앉아 있다. 남편은 책상 위에 수북이 쌓인 우편물을 하나씩 뜯어보더니 의자 뒤로 몸을 젖힌 채 눈을 감는다. 이어 보험회사 홈페이지를 열어 내 사망보험금 신청이 어느 정도 진행됐는지 살펴본다. 내 사망보험금이라…… 죽은 뒤에도 내가 산 자들에게 이용될 수 있다는 게 다행한 일이라 여겨지면서도 죽은 나를 희롱하는 것 같아 서글펐다. 남편이 여기저기 전화를 건다. 돈을 빌려달라는 내용이었다. 몇천만 원에서 몇억 원 단위의 이야기들이 오갔다. 그러곤 다시 등을 의자 깊숙이 기댄다. 이어 휴대전화가 울린다. 전화기 너머로 여자 목소리가 들린다. 응, 괜찮아. 잘 해결될 거야. 부도는 막을 수 있겠어. 고마워. 걱정하지 말고. 잘 자, 하는 말을 끝으로 남편은 휴대전화를 내려놓는다. 내게는 한 번도 들려주지 않았던 다정한 목소리였다. 왜 나는 몰랐을까. 남편이 부채에 허덕이고 있다는 사실을. 우리는 어쩌다 서로에게 위안이 되지 못하고 서로 다른 사람에게 기대었을까. 내가 살아 있었을 때에도 우리는 서로 이승과 저승의 거리만큼 멀어져 있었던 것이다. 생이란 그런 것인가 보다. 그 사람의 등 뒤는 보고자 하지 않으면 절대 볼 수 없다는 것.

남편은 칠 년 전에 후배 건축가 세 명과 함께 M건축사 사무실을 열었다. 십층짜리 신축 건물을 직접 지어 맨 꼭대기 층에 건축사 사무실을 두었다. 건물 시공비는 대부분 은행 대출을 받아 처리했다. 가족들의 반대를 무릅쓰고 강행했지만 우려했던 것과는 달리 사무실 운영은 그럭저럭 잘되는 줄 알고 있었다. 그동안 은행대출금 상환도 차질 없이 잘하고 있다고 믿었다. 몇 해 전부터는 지금 살고 있는 타운하우스와 큰 건축 설계를 여러 건 맡아서 모든 일이 잘 굴러가고 있는 듯 보였다. 단지 남편의 귀가가 늘 늦고 다감하지 않으며 자주 술에 취해 들어오는 일만 빼고는.

밤이 이슥하도록 남편은 눈을 감고 의자에 앉아 있다. 갑자기 노크 소리가 들린다. 그의 대학 후배인 송이 두 손에 음료수와 먹을 것을 들고 들어온다. 물빛 민소매 원피스를 입은 송이 갑자기 그의 품에 안긴다. 나는 당신이 당신 아버지처럼 죽을까 봐 겁이 나, 하며 그의 가슴을 손으로 친다. 그가 송의 등을 토닥거리며 말한다. 나는 절대 아버지처럼 그렇게 가볍게 떨어지진 않아. 그렇게 되지 않으려고 여태 크게 웃어보지도 못하고 살았어. 두 사람은 언제부터 이토록 가까운 사이가 되었을까. 남편의 짙은 그늘의 이유를 왜 나는 이제야 알게 되었을까. 당신도 당신 속내를 말할 줄 아는 사람이었다니…… 나 이외에 누군가의 위로가 필요했다면 당신은 가장 손쉬운 방법을 택했어. 송은 나와도 알고 지내던 사이였으니까. 그리고 보니 당신도 나를 속이고 있었구나. 결국 당신도 나와 다를 바가 없는 사람이었네. 허탈감과 배신감, 그리고 나만 나쁜 여자가 아니었다는 안도감이 뒤섞여 기분이 묘했다.

외삼촌의 소개로 남편을 처음 만났을 때 남편이 설핏 짓는 미소에서 짙은 그늘을 봤다. 그것은 삼십대 초반의 얼굴에서 갑자기 너무 늙어버린 사람이 지을 수 있는 웃음 같은 거였다. 오히려 그 점이 진중해 보여서 좋았다. 끊임없이 갰다 흐렸다 하는 날씨처럼 감정의 기복이 있는 사람보다는 과묵해 보여서 괜찮았다. 남편의 아버지에 대해서 안 것은 결혼하고 일 년이 지난 후였다. 그전까지 남편은 자신의 아버지에 대해서 중학교 때 돌아가셨다는 말 이외에는 해주지 않았다. 결혼 후 시아버지의 첫 기일 때, 남편은 종일 한마디도 하지 않았다. 그날 밤, 그는 내내 잠을 뒤척였다. 새벽녘에 발코니 창을 열어놓고 창밖을 내려다보고 있는 남편을 발견했을 때는 너무 놀라 소리를 질렀다. 남편은 놀라는 나를 물끄러미 쳐다보더니 "내가 중학교 3학년 때, 아버지는 내가 보는 앞에서 발코니 창으로 뛰어내렸어. 그 모습이 정말 새처럼 가벼워 보였어. 내가 아버지를 불렀는데도 아버지는 듣지 못했는지 뒤를 돌아보지 않았어. 대체 왜 그랬을까. 그때 집안 사정이 힘들었지만 아버지가 그런 결정을 내릴 만큼은 아니었다고 들었어. 아버진 당신만을 위해 가장 손쉬운 방법을 택한 거야."

나는 여기 앉아 있다. A타운하우스 104동 앞뜰의 올리브나무 위에. 이사 오자마자 심은 올리브나무 위로 늦가을 볕이 목걸이처럼 동그랗게 내려앉는다. 뜰 여기저기에 마른 잎사귀들이 울긋불긋한 이불보처럼 내려앉아 있다. 비가 오거나 오지 않거나, 바람이 불거나 불지 않거나, 해가 뜨거나 뜨지 않거나 나는 여기 앉아 있다.

남편이 자신보다 열 살이 적은 송과 막 결혼식을 마치고 나란히 집으로 들어서는 모습을 본다. 남편은 턱시도 차림이다. 내가 죽은 뒤 딱 두 계절이 바뀌었을 뿐인데 이 집의 주인이 바뀌어버렸다. 한때 나의 처마가 되어 나를 새처럼 깃들게 하겠다던 남편 옆에 송이 있는 것을 보고는 몸을 나뭇가지 위로 솟구쳐 올라 한참을 선회했다.

신혼여행을 마치고 돌아온 남편은 타운하우스를 부동산에 내놓고 새 아파트로 이사 갈 준비를 했다. 나와 찍은 사진들을 모조리 태웠으며, 내가 쓰던 가구며 그릇들을 끊임없이 내다 버렸다. 그것이 송에 대한 예의라고 생각했겠지만 내가 떠난 지 채 육 개월밖에 되지 않았는데 억지로 꼭 나를 지워버려야겠느냐고, 죽은 아내를 애도하는 기간이 고작 몇 개월뿐이냐고 소리쳤다. 아이들 생각은 해봤느냐고, 엄마가 죽은 지 육 개월 만에 새엄마를 맞이해야 하는 아이들 마음을 헤아리기는 했느냐며 한껏 소리쳤다. 남편은 나를 보지 않고 곁에 있는 송에게만 시선을 보냈다. 나는 그의 어깨와 다리를 완강하게 물어뜯었다. 그는 그저 어깨가 결린 듯 자꾸 어깨를 만졌으며 다리에 경련이 난 듯 분주히 다리 마사지를 해댔다. 그러나 난 그저 이승과 저승 사이 그 불가해한 영역 속에서 완전히 죽지도 못한 채 떠도는 영혼일 뿐이었다.

나는 밤이면 어디에도 앉지 못하고 온 마당을 날아다녔다. 남편이 매일 밤 뱀처럼 송과 서로 엉켜 격렬한 섹스를 하는 소리를 듣지 않으려고.

나는 지금 여기 앉아 있다. 나의 잔재를 보관해둔 납골당의 처마 밑에. 겨울비가 땅 위에 내려앉는 것을 보고 있다. 모든 풍경들이 비를 따라 촉촉이 젖고 있다. 산들이, 나무들이, 도로 위의 차들이 흩날리는 비를 따라 조용히 흔들리고 있다.

납골당으로 C가 찾아왔다. 내가 죽은 뒤 세 계절이나 바뀌었는데 그는 내 장례식 후 처음으로 나를 찾았다. 그래 C…… 그때 C가 홁새 전시 리플릿을 내게 건네지만 않았더라면 나는 어떻게 됐을까. 아마 이토록 차갑고 고독한 곳에 있지는 않을 테지. '선배, 이번 주말에 박물관에서 홁새, 날고 싶은 꿈, 이라는 작은 전시를 해요. 애들 데리고 꼭 와요. 애들한테 좋은 체험이 될 거야.' C가 내게 전시 리플릿을 건네며 했던 말들이 아직도 귀에 생생하다. 나는 C가 당신의 운명을 그렇게 만들었다는 자책감 때문에 한참 동안이나 숨도 쉴 수가 없었다고, 당신의 부재는 요즘도 간헐적으로 찾아오는 치통처럼 그렇게 아파온다고 나직이 고백할 줄 알았다. 그러면 나는 그의 미미한 체온과 날숨까지 느껴지는 그의 귓바퀴 옆에 바싹 붙어 서서 비에 젖은 그의 머리칼을 이마 위로 쓸어 올릴 생각이었다. 이어 그의 콧날과 눈과 입술도 조용히 더듬을 거였다. 그러면 그는 나의 손길을 느낀 듯 자신의 얼굴과 머리칼을 조용히 더듬으며 가쁜 숨을 몰아쉬겠지. 그러나 그는 그런 고해성사 따위는 하지 않았다. 한동안 못 올 거라는 말만 했다. 다음 주면 떠날 거라고 했다. 학술 교류차 일본 나라박물관에 한 달, 영국의 작은 도시에 이 년 머물게 된다고 했다. 나는 안다. 그는 다시는 이곳에 오지 않을 것이다. 그도 그동안 나를 잊고 있었던 것이다. 나는 그가 해가 지고 어둠이 내릴 때까지 우산도 쓰지 않은 채 납골당 주변을 배회할 줄 알았다. 그러나 그는 십 분도 채 머물지 않고 우산을 쓴 채 납골당을 빠져나갔다. 허청허청한 걸음걸이가 아니라 건장한 사십대 남자의 빠른 걸음으로. 내가 C의 마음을 온전히 가졌다고 여겼던 것은 착각이었다. 생이란 그런 것이었나 보다. C와의 끝이 이렇게 전개될지는 열망에 빠져 있을 땐 짐작조차 할 수 없었다. C조차도 몰랐었겠지. 이렇게 내려다보지 않고서는 결코 볼 수 없는 것들이 있다는 것을 이제야 알겠다. 생이란 무대가 어떤 곳인지 알았더라면 나는 내 무대 위에 결코 C를 올리지 않았을 것이다. 나는 그의 뒷모습을 한동안 바라보았다.

나는 묻혀버렸다. 남편과 C에게서. 묻히고 묻혀서 물처럼 무심해져버렸다. 그들은 나를 잊어버렸다. 아예 잊어버렸거나 잊어가고 있는 중이거나 영원히 잊기 위해 떠났다. 그러나 분명한 것은 그들이 나를 지워가는 것에 비례해서 내 기억의 감각은 무섭도록 절실한 촉수를 내세우며 모든 시간을, 그들의 체취며, 그들의 목소리를 잊지 않으려고 안간힘을 쓴다는 거였다.

아침에 거실 커튼을 걷을 때마다 물비늘처럼 쏟아져 들어오던 햇살이며 흰 자기 그릇에 소복이 떠놓은, 더운 김이 피어오르던 다섯 공기의 밥, 남편의 머리카락에서 풍기던 텁텁한 땀 냄새, 남편의 도전적인 체위로 내 몸이 자지러지며 호흡이 잦아든 뒤 그의 거웃에서 나던 비릿한 정액 냄새를 나는 생생하게 기억한다. 남편과의 사랑이 끝난 뒤 그의 품 안에서 날아오르는 커다란 새처럼 푸드득거리며 가쁜 숨을 몰아쉴 때, 내 가슴을 조용히 토닥거려주던 그의 손길도 고스란히 기억한다. 그리고 C…… 잔을 들 때면 항상 치켜들던 그의 가느다란 새끼손가락이며 왕릉 주변을 산책할 때 내 머리에 붙은 검불을 떼어내주던 그의 섬세한 손길을 나는 잊지 못하겠다. 큰딸아이의 이마에 앙증맞은 별처럼 솟구쳐 있던 여드름이며, 둘째 딸아이의 까맣다 못해 짙푸른 빛이 감도는 찰랑찰랑한 긴 생머리, 지우 뺨의 복숭아 솜털과 따뜻한 숨결을 아직도 기억하고 있다. 너무 아름다운 기억은 고통이 된다는 것을 이제야 알겠다. 그 아름다웠던 삶의 순간들이 몸 안에 인처럼 박여 나는 죽었는데 그 기억들은 죽지 않고 끈덕지게 살아 꿈틀거리고 있다. 그럴 때마다 통증이 가슴을 베고 지나갔다.

나는 사십육 년 동안 내 인식의 집이었던 몸과도 작별했고, 아름답지만 때론 위선투성이인 세상과도 이별했다. 한 가지에서 난 언니, 오빠들과도 가슴속에서 소용돌이치며 휘몰아대는 슬픔을 참으며 작별을 했다. 그러나 남편과 C와 아이들과의 이별은 아직 준비가 되어 있지 않다.

나의 영혼은 하늘로 올라가지 못했다. 나는 이젠 제법 청소년 티가 나는 지수와 막 사춘기에 접어든 지예의 방 창가에서, 흙새를 전시해놓은 지우 방 처마 밑에서, 남편의 사무실 창가에서 항상 그들을 내려다보고 있다. 또한 C와 함께 봄볕이 좋은 날 올라가보았던 경주 남산 자락에 있는 왕릉들, 잿빛 하늘이 낮게 엎드린 늦은 가을날 남편과 가본 짙푸른 감포 바다, 가는 눈발이 흩날리던 날에 아이들과 우산을 나란히 쓰고 가보았던 감은사지 석탑 위에 항상 머물고 싶다. 그러나 그것은 나의 헛되고도 어리석은 욕망임을 곧 깨닫게 되었다. 모두가 나를 잊어가고 있는 이 세상에 머문다는 것이 얼마나 고통스러운 것인가를 알게 되었기 때문이다. 내 삶에서 남편과 세 아이들을 빼면 아무것도 남는 게 없지만 그들의 삶에서는 나를 빼도 아무것도 달라진 게 없었다. 모든 것을 잃고도 그들 곁에 머물고 싶어 하는 내 영혼이 가여워 눈물이 쉼 없이 흘렀다. 이미 그들로부터 아득히 멀어졌다는 것을 알면서도 나는 그동안 미련을 버리지 못하고 이승과 저승 사이를 헤매고 다닌 거였다.

나는 A타운하우스 104동 앞뜰 의자에서 일어났다. 얼마나 오랫동안 여기 앉아 있었는지는 나도 알 수가 없다. 이제…… 날아오르고 싶어졌다. 흙새처럼.

타운하우스 주변이 어둠과 몸을 섞은 채 점점 짙어지고 봄꽃들이 새의 깃털처럼 하얗게 피어 밤바람에 흩날릴 때, 푸드덕푸드덕하는 소리가 지우 방 쪽에서 들린다면 흙새가 비상하는 소리라고 생각해도 좋겠다. 어쩌다 운이 좋으면, 지우의 바람대로 새의 모습으로 나타날지도 모르겠다. 여름철에 여뀌들로 무성한 타운하우스 주변이나 햇살이 좋은 가을날 오후에 동네 채마밭의 파꽃 사이를 날아다니는 새를 본다면 나라고 여겨도 될 것이다. 시리도록 하얀 앞뜰 눈밭 위에 새의 발자국이 선명히 남아 있다면 또한 나의 발자국이라고 생각해도 괜찮을 것이다. 남편의 사무실 창밖으로 어둠이 내려앉고 있을 때, 새 한 마리가 치리릿 치리리, 비릿한 슬픔이 담긴 소리를 내며 돌고 있다면 그 또한 나라고 믿어도 좋겠다.

우리는 손가락을 모르지

경주 언니는 나에게 아파트 후문에 있는 카페로 나오라고 했다. 토요일 아침 아홉시가 조금 넘은 시각이었다.

"가는 길에 경혜 언니 태워서 같이 갈게. 지금 바로 출발한다."

작은언니인 경주 언니의 목소리는 어딘지 경직되어 있었고 묘한 긴장이 전해졌다. 언니의 말이 이상할 만큼 서늘하게 느껴져 손으로 양팔을 감싸면서 문질렀다. 나는 급히 샤워를 하고는 냉장고에서 계란과 블루베리 잼을 꺼내 샌드위치를 만들고 방울토마토와 딸기를 씻어 식탁 위에 놓았다. 그러곤 아직 자고 있는 남편의 볼에 가볍게 입을 맞추었다. 남편은 깊은 잠에 빠져 꿈쩍도 하지 않았다. 건넛방에서 자고 있는 초등학교 2학년인 아들 시우의 볼에도 살며시 뽀뽀를 했다. 시우는 자면서도 간지럽다는 듯이 콧잔등을 찌푸렸다. 나는 그 모습이 귀여워 머리카락을 쓸어 넘겨주고 이불자락을 끌어다 배 위에 덮어주었다.

아파트 후문으로 걸어가면서 남편에게 '언니들이 근처 카페에 와 있대. 잠깐 만나고 올게. 일어나면 시우 아침 좀 챙겨줘'라는 문자를 보냈다. 토요일 아침부터 언니들이 대체 무슨 일로 나를 찾는 걸까. 길 양쪽으로 벚꽃들이 흐드러지게 피어 만든 분홍 터널 아래를 지나며 고개를 갸웃거렸다. 평소 자매들끼리 서로 살갑게 안부를 묻는 사이도 아닌데다 우리 집이 아닌 굳이 카페에서 보자고 한 것이 마음에 걸렸다.

오전 열시가 조금 지난 카페에는 언니 둘밖에 없었다. 언니들은 카페의 맨 안쪽에 있는 창가 테이블에 나란히 앉아 있었다. 나는 언니들이 앉아 있는 테이블로 걸어가며 활짝 웃었다. 언니들은 웃음기가 싹 가신 얼굴로 나를 맞이했다.

"경민아, 손 좀 내밀어봐."

의자에 앉자마자 큰언니인 경혜 언니가 목소리를 낮추어 말했다.

"왜?"

"그냥, 손을 내밀어보면 알아."

내 손을 유심히 살피던 경혜 언니의 표정이 어두워졌다.

"혹시…… 오른손 엄지손가락에 이상한 증세 없니?"

경혜 언니가 내 오른손 엄지를 만지기라도 하려는 듯이 내 쪽으로 윗몸을 바짝 당겨 앉았다. 가슴이 철렁 내려앉았다.

"무슨…… 말이야?"

내가 머뭇머뭇 물었다.

"뭐 그렇게 어물대니? 오른손 엄지에 딱딱한 뾰루지 같은 게 생겨서 자꾸 커지고 있지 않아?"

옆에서 듣고만 있던 경주 언니가 답답하다는 듯이 다시 물었을 때 나도 모르게 긴 한숨이 새어 나왔다. 숨기고 있던 비밀을 들켜버린 듯한 기분이 들었다.

"간지럽고 시리면서 통증이 있어. 가려울 때마다 긁었더니 나무껍질처럼 딱딱해지면서 점점 커지고 있어."

처음엔 나도 이게 뭔지 몰랐다. 시우가 엄마 오른손가락 옆에 그게 뭐야, 하고 물었을 때 나는 씨앗이야, 하고 웃으며 대답했다. 정말 그것은 오른손 엄지에 까만 씨앗 하나 박힌 것처럼 보였기 때문이다. 나는 그냥 티눈이 생겼다고 여겼다. 그런데 자꾸 이가 날 때처럼 간질간질했다. 가려울 때마다 긁었더니 검불그스름하게 번져나가더니 딱딱한 뾰루지가 되어버렸다.

"나도 경혜 언니도 오른손 엄지에 그런 증상이 있어. 나는 크기가 애기들 새끼손가락만 해."

경주 언니의 말을 듣자 손에 쥐고 있던 차가운 물컵의 냉기가 순식간에 내 몸 전체로 퍼져나갔다. 나는 손톱으로 오른손 엄지를 불안스럽게 긁었다. 유리컵에 담긴 찬물을 단숨에 들이켜며 경주 언니의 손을 쳐다보았다. 아니나 다를까 경주 언니의 오른쪽 엄지 옆에 제법 큰 뾰루지 같은 게 튀어나와 있었다. 경주 언니가 얼른 왼손으로 오른손 엄지를 감쌌다.

"그럼…… 갑자기 자매 세 명한테 똑같이 이런 증상이 왜 생기는 건데? 지금 모인 김에 다 같이 병원에 가보자."

나도 모르게 목소리가 커졌다. 경혜 언니가 대답 대신에 통유리 너머 차도를 바라보았다. 나도 고개를 창밖으로 돌렸다. 구름이 낮게 내려와 있었다. 접이식 우산을 한 손에 들고 지나가는 사람도 보였다. 벚꽃이 보도블록에 그득 떨어져 있었다. 벚꽃은 바람이 불 때마다 소르르 눈발처럼 흩날렸다. 지나가는 사람들이 신발 밑창에 꽃잎이 엉기는지 신발을 보도블록에 대고 툭툭 털었다. 경혜 언니가 천천히 입을 뗐다.

"그보다 먼저 오빠부터 만나보자. 오빠도 같은 증상을 보이는지."

"그 인간을 또 보자고? 나는 싫어. 전화로 물어봐도 되잖아. 갈 테면 언니 혼자 가."

경주 언니가 단호하게 말했다.

"직접 내 눈으로 봐야 믿을 수 있겠어. 정말 믿기지가 않아. 어떻게 똑같은 시기에, 똑같은 손가락, 그것도 같은 자리에 뾰루지가 생길 수 있냐고? 우리 다 같이 직접 확인해보자, 응?"

경혜 언니가 내 동의를 구하듯이 나를 바라보며 말했다. 나는 가만히 고개를 끄덕였다.

경주 언니는 오빠가 사는 경기도 광주로 운전을 하면서도 내내 오빠에게 꼭 가야 되겠느냐고 투덜댔다.

"나는 그 인간 엄마 장례식 때 봤을 때 토하고 싶더라. 오빠 결혼식 때 보고 이십이 년 만에 처음 본 거잖아. 그간 얼마나 잘 먹고 잘살았는지 외양은 번지르르하더라. 세상 참 웃겨. 꼭 그런 사람들이 잘산단 말이야. 그 인간, 몇 해 전에 엄마를 어떻게 꾀었는지 엄마 집 팔아서 제집 사는 데 홀라당 넣었잖아. 엄마한테는 열세 평 아파트를 전세로 구해주고. 올케는 이번에 부장으로 승진하고 조카도 서울대 입학했다며?"

"그만해. 오빠는 그냥 자신과 자기 식구만 챙기고 살았을 뿐이야. 원가족과 철저하게 분리되고 싶었던 거겠지. 오빠도 열심히 살았으니 그런 결과가 있겠지. 사는 방식이 서로 다르면 안 보면 되는 거야. 그렇게 욕하면 네 힘만 빼겨."

뒷좌석에 앉은 경혜 언니가 차분한 목소리로 대꾸했다. 조수석에 앉은 나는 이 상황에서 빠지고 싶어 고개를 외틀어 창밖만 바라봤다.

"언니는 언제부터 오빠 편이야? 장례식장에서 계속 자기 무슨 프로젝트 얘기하고, 자기 와이프 해외 연수 육 개월 다녀온 거랑, 자기 새끼 과외 많이 안 시켰는데도 서울대 합격한 얘기만 했잖아. 자기 얘기만 삼십 분간 떠들었다고. 동생들 어떻게 사는지 물어나 봤냐고? 언니는 그 자리에서 같이 들었으면서도 오빠 편을 드니? 엄마 장례식 때 은오가 오빠한테 왜 그렇게 대들었겠어? 그거 보고도 언니는 그런 말을 해?"

경주 언니가 목울대를 빳빳하게 세우며 말했다. 말을 마친 경주 언니의 목과 낯빛이 언니가 바른 립스틱 색깔처럼 발갰다. 경혜 언니는 아무 말 없이 조수석 등받이를 손으로 가볍게 톡, 톡 두드렸다. 언니들의 대화를 듣고 있던 나는 안전벨트를 풀고 그만 차에서 내리고 싶었다. 장례식장에서 은오가 목에 핏줄을 돋우며 소리치던 모습이 떠올랐다.

엄마의 삼우제를 지낸 후, 다섯 형제가 식당에서 밥을 먹으며 부의금 남은 것과 엄마 집 전세금을 어떻게 처리할 것인지 의논을 할 때였다. 부의금은 남은 금액을 똑같이 나누어 갖자는 의견과 각자 앞으로 들어온 부의금의 비율만큼 나누자는 의견이 팽팽히 맞섰다. 그때 택배 상하차 아르바이트를 하다가 오른쪽 다리를 다쳐 반 깁스를 하고 있는 은오가 식당 테이블을 손바닥으로 탁, 내리치며 일어섰다.

"아무도 이 돈에 손 못 대. 아무도 가질 자격 없어! 모두 엄마를 멀리했잖아."

갑작스러운 은오의 말에 모두 수저질을 멈추고 은오를 올려다봤다. 경혜 언니는 테이블 위에 숟가락을 조용히 내려놓더니 깊은숨을 내뱉었다.

"형은 이십이 년 동안, 형 집 살 때 엄마를 딱 한 번 찾아온

일 빼고는 엄마한테 안부 전화 한번 한 적 없었어. 누나들도 다들 서울에서 원주까지 얼마나 멀다고 엄마를 자주 보러 오지 않은 거야? 엄마가 평생 시장에서 생선 팔아 형과 누나들 공부시켰는데. 왜? 왜? 엄마가 육손이인 것도, 생선 장수였다는 것도 다 부끄러웠던 거야?"

은오는 말을 단숨에 뱉고서는 분을 참지 못하겠는지 한동안 거칠게 숨을 몰아쉬었다. 그때 오빠가 벌떡 일어서 테이블 위를 가로질러 은오에게 다가가더니 은오의 뺨과 머리를 후려쳤다.

*

차가 광주 시내로 진입할 때까지 경주 언니는 조용히 안정적으로 운전을 했다. 나는 목 베개를 하고서는 등받이에 몸을 기댔다. 막내 은오를 생각하자 숨을 쉴 수 없을 만큼 가슴이 옥죄어왔다. 은오는 하는 일마다 잘되지 않았다. 대학도 삼수를 해서 이름도 들어본 적 없는 대학교에 들어갔다. 입사 시험에도 한 백 번쯤 떨어졌다. 작은 회사에 들어가서는 오래 견디지 못하고 이내 나왔다. 사귀는 여자에게도 번번이 차이는 쪽이었다. 그러나 요양원에 있는 엄마를 자주 찾아가는 사람도, 요양원에 들를 때마다 간병인 대신 엄마의 기저귀를 갈아준 사람도 은오였다. 장례식장에서 들짐승처럼 그르렁거리는 소리를 내며 숨이 넘어가게 운 사람도, 사흘 내내 한순간도 눈을 붙이지 않고 빈소를 지킨 사람도 바로 은오였다.

오빠 집 근처에 도착하자 오후 한 시가 지나 있었다. 찻집에 들어갔다. 경혜 언니는 소파 등받이에 몸을 기댄 채 눈을 감았다. 경주 언니는 뜨거운 아메리카노를 홀짝이며 휴대전화를 들여다보고 있었다.

오빠는 오른손 엄지에 붕대를 친친 감고 나타났다. 경혜 언니는 오빠의 오른손을 보자 눈을 파르르 떨더니 이내 표정이 어두워졌다. 경주 언니는 찻잔을 들다가 갑자기 테이블 위에 소리 나게 탁 놓았다. 그 소리에 제일 놀란 사람은 바로 경주 언니였다. 이내 미안한 듯이 어깨를 움찔했다. 나는 아무 말을 하지 않았다. 테이블 아래에 있는 두 다리가 뻣뻣해지더니 저려왔다. 서로 애들 안부를 맥락 없이 물었다. 오빠는 따뜻한 레몬차를 주문해 혀를 데지 않으려는 듯이 천천히 마셨다. 넷 다 말이 없었다.

"오빠, 오른손 엄지는 왜 그래? 다친 거예요?"

경주 언니가 당황했는지 반말과 높임말을 섞어 물었다.

"그냥 한 달 전부터 뭐가 자꾸 생기네. 근데 부의금 남은 것하고 엄마 전세금은 입금해준다고 하지 않았어?"

오빠는 돈을 입금해주면 될 것을 왜 굳이 찾아왔느냐고 나무라는 듯이 퉁명스럽게 말했다. 경혜 언니의 표정이 굳어졌다.

"그런데…… 엄마 전세금을 은오한테도 꼭 줘야 할까? 공부시켜주고, 서른이 넘도록 먹여주고 재워줬으면 된 거 아냐?"

오빠가 손에 찻잔을 든 채 말했다. 경주 언니와 나는 서로의 얼굴을 쳐다보며 의아한 표정을 지었다. 경혜 언니는 테이블 위만 가만히 내려다봤다.

"은오는 엄마 자식 아니에요? 은오한테 왜 그러는 거예요?"

경주 언니가 지독한 감기에 걸려 잠긴 듯한 목소리로 파르르 떨며 말했다.

"대체 왜 그래야 하는데요? 왜 은오만 제외시켜요?"

나도 이번만은 가만히 있을 수 없어 칼칼한 목소리로 따졌다. 오빠는 더 이상 입을 떼지 않았다. 네 사람 사이에 어색한 정적이 흘렀다. 네 사람의 찻잔이 다 비자 오빠는 기다렸다는 듯이 먼저 자리에서 일어서 커피숍을 나갔다. 우리도 뒤따라 나왔다.

차에 타자마자 경주 언니가 지금 원주로 가자. 은오한테 문자 보낼게, 하며 굳은 표정으로 말했다. 오후부터 비가 오려는지 눅진한 바람이 자동차 창으로 들어왔다. 경혜 언니는 습도 때문인지 은오에게 가야 되는 상황이 못마땅해서인지 눈살을 찌푸리며 말했다. 뭘, 굳이 은오한테 가. 전화해보면 되잖아? 그럼, 언니는 오빠한테 전화해 물어보면 될 것을 왜 굳이 만나러 가자고 한 거야? 나는 그 화상 보기도 싫었다고. 나도 직접 확인해보고 싶어. 은오도 오른손 엄지에 우리와 같은 증상이 있는지. 경주 언니가 격앙된 목소리로 답했다. 경혜 언니는 더 이상 아무 말을 하지 않았다. 나는 남편한테 다시 문자를 보냈다. '방금 오빠 만나고 은오한테 가는 중이야. 많이 늦을 것 같아. 시우 숙제 좀 봐줘.' 남편은 무슨 일이냐며 거듭 물었다. '그냥, 가족회의 할 게 있어서. 끝나면 바로 갈게.' 동갑내기인 남편은 뭔가 불안한지 자꾸만 빨리 끝내고 오라고 했다. 경주 언니는 차가 동네를 빠져나와 큰 도로로 진입하자마자 여태껏 간신히 참았다는 듯이 새된 소리로 말을 쏟아냈다.

"개새끼, 커피 값도 안 내고 나갔어. 결국 언니가 내고 나왔잖아. 엄마 집 팔아 제집 샀으면 됐지, 부의금과 엄마 전세금까지 탐을 내다니!"

경주 언니는 침을 뱉어주고 싶다는 표정으로 말했다. 경혜 언니와 내가 아무 반응이 없어도 경주 언니는 계속 말을 이었다.

"어젯밤에 언니한테서 전화가 왔더라고. 엄마 장례식 치르고 남은 부의금과 엄마 전세금을 다섯 형제 똑같이 나누어서 입금해주겠다고. 계좌번호를 물어보면서 한 달 전부터 오른손 엄지가 아프다고 하기에 나도 그렇다고 말했지. 순간 오싹하더라고. 오른손 엄지에 똑같은 통증이 있으니까. 내가 경민이한테도 같은 증상이 있는지 전화해서 물어보겠다고 하니 언니가 자꾸 직접 확인해보고 싶다고 해서 너한테 온 거고. 이제 은오만 한번 확인해보자고. 이게 '세상에 이런 일이'에나 나올 뻔한 이야기잖아. 만약 은오까지 그렇다면……"

"제발 잠자코 좀 가자. 단순한 피부병일 수도 있어. 자꾸 커지고 있지만 그냥 딱딱한 부스럼일 뿐이잖아."

경주 언니의 말이 끝나지도 않았는데 경혜 언니가 뒷좌석에서 몸을 곧추세우더니 못마땅하다는 듯이 뾰족하게 말했다.

"오빠 오른손 엄지에 붕대 감은 거 봤지? 아마 뾰루지 크기가 너무 커서 수술받은 걸 거야."

경주 언니가 고소하다는 어투로 말하고 나서는 키득키득 웃었다.

"네 거도 만만치 않아. 네 것이 오빠 다음으로 클 거야. 그러니 잠자코 가자고!"

나는 조수석에서 아무 소리도 내지 않고 두 눈을 감았다. 밑도 끝도 없는 불안감이 올라왔다. 갑갑해서 숨을 후읍, 하고 크게 여러 번 쉬었다. 나는 엄마가 보고 싶었다. 엄마가 지금 이 모습을 보면 어떤 심정일까, 하는 생각이 들었다. 불현듯 엄마의 그 뒷모습이 환영처럼 떠올랐다.

*

지난해 봄이었다. 저녁 식사를 끝내고 딸기를 씻고 있는데 휴대전화가 울렸다. 은오의 번호였다. 전화를 받자마자 은오가 안부 인사도 한마디 없이 '누나, 원주로 좀 내려올 수 있어?' 하고 물었다. 손에 들고 있던 접시를 힘없이 조리대 위에 내려놓았다. 엄마에게 무슨 일이 있느냐고 물어보기가 겁이 났다. 엄마의 치매 증상이 더 심해진 걸까. 아니면 다른 문제가 생긴 걸까. 잠시 침묵이 흘렀다. 엄마가 밤마다 잠꼬대를 심하게 해서 같은 병실에 있는 환자들의 불만이 심하대. 잠꼬대를 하는데 거의 반은 욕설이래. 담당 의사가 2인실로라도 옮겨줬으면 하더라고. 경민 누나가 우산을 안 가지고 나갔다고 우산을 갖다줘야 한다고 밤새 주무시지도 않는 날도 있대. 이젠 아예 정신이 없으신가 봐. 나까지 기억 못할까 봐 자주 목이 메어, 하며 은오는 전화기 너머로 훌쩍였다. 나는 그 말을 듣자마자 휴대전화를 쥔 채 그 자리에 털썩 주저앉았다. 엄마를 주말 동안이라도 집으로 잠깐 모시고 올까 해. 혼자서는 감당이 안 될 것 같아. 은오의 말이 끝나자마자 나는 그러겠다고 말했다. 어쩌면…… 엄마는 나를 기다리고 있을지도 모르겠다는 생각이 들었다.

엄마는 요양원의 정원 벤치에 앉아 있었다. 요양원의 규칙상 환자들은 점심시간 때 한 시간 동안만 정원에서 산책을 할 수 있었다. 정원에는 요양보호사 몇 명이 순찰을 돌 듯 걸어 다니고 있었다. 초록 나무들 사이에 가려 흰 바탕에 푸른색 기하학무늬가 촘촘히 박힌 환자복을 입은 엄마는 보일 듯 말 듯했다. 엄마는 환자복 위에 작년에 내가 사준 남색 카디건을 걸친 채 앞을 바라보며 앉아 있었다. 짧은 커트 아래로 드러난

목이 내 팔뚝만큼도 안 될 만큼 가늘었다. 목은 간신히 머리를 받치고 있다는 생각이 들 만큼 불안정해 보였다. 엄마가 매일 정원에 나와 누군가를 기다린다는 말을 은오에게서 듣지 않았다면 주말에 나 혼자 원주로 내려올 생각을 하지 못했을 것이다. 첫 직장 생활을 서울 K은행에서 시작하고 결혼을 하고 시우를 낳아 키우는 동안 나는 원주에 자주 내려오지 못했다. 시우를 낳은 뒤에 두 번의 자연유산을 하고서는 육아휴직과 복직을 연달아 두 차례나 하다가 결국 퇴사를 했다. 그러는 사이 나는 나날이 엄마에게서 멀어져갔다. 그동안 엄마는 점점 몸이 작아지고 가벼워졌다. 노인이 되어갔다. 엄마는 몇 해 전부터 당뇨합병증으로 입원과 퇴원을 반복하다가 결국 재작년에 치매 판정까지 받고서는 요양원으로 들어왔다.

"엄마."

내가 조용히 엄마를 불렀다. 엄마가 천천히 고개를 들었다. 엄마의 입술이 조금 당겨 올라가는 게 살짝 웃는 것처럼 보였다. 경민이냐? 예. 엄마는 아직까지는 내 이름을 정확히 알고 있었다. 왜 우산도 안 쓰고 왔어? 옷이 다 젖었잖아, 했다. 순간, 가슴 한 군데가 베어져 나가는 것 같았다. 나는 눈물을 쏟지 않으려 눈을 크게 떴다. 지금 비 오지 않아요, 라는 말은 하지 않았다.

"추운데 왜 나와 계세요?"

내가 엄마의 겨드랑이에 양손을 집어넣어 몸을 일으키며

말했다. 엄마는 몸무게가 거의 느껴지지 않을 만큼 가벼웠다. 갑자기 뜨거운 것이 훅, 목울대를 건드렸다.

"난 안 들어간다, 안 가. 네 아버지가 올 때 다 됐어. 조금만 더 기다려보자. 그런데 너는 왜 이리 옷이 젖었냐? 그러게 우산을 준비해 갔어야지."

엄마는 말끝에 쯔즈쯧, 혀를 찼다. 나는 아무런 말을 하지 않았다. 아버지는 오지 않는다고, 오래전 우리를 떠났다고, 아니 우리를 버렸다는 말을 차마 할 수 없었다. 엄마의 기억을 어디서부터 제대로 맞추어드려야 할지 난감했다. 요양보호사 말로는 엄마는 점심때에는 식사도 제대로 하지 않고서 매일 여기 나와 계신다고 했다. 두어 달 되었다는 말과 함께 당뇨병보다는 치매 증상이 더 걱정이라고 덧붙였다. 그러니까 엄마는 두 달 전부터 치매 증상이 더 심해졌다는 뜻이었다. 아버지가 이미 삼십 년도 더 전에 돌아가셨다는 사실을 까맣게 잊고 있었다.

*

광주원주고속도로로 진입하고서는 아무 말 없이 운전만 하던 경주 언니가 혼잣말을 하듯이 툭, 말을 내뱉었다.

"엄마는 사십대 중반에 육손이 제거 수술을 세 번에 걸쳐 받았잖아. 다들 기억나지? 근데 우리는 왜 지금 이 여섯번째 손가락 때문에 난리를 치고 있지?"

"말 그렇게 하지 마. 이게 왜 여섯번째 손가락이야? 그냥 피부 부스럼일 뿐이라고. 이건 유전되는 게 아니라고. 분명 그날 산소에서 뭔가 옮은 것 같아. 옻이 오르는 것처럼 말이야."

경혜 언니가 답을 했다.

"그렇게 부정하면서 왜 우리 손가락을 직접 봐야겠다고 한 거야? 그런다고 이 손가락처럼 생긴 뾰루지가 없어질 것 같아? 나는 요즘에서야 엄마의 인생이 이해돼. 이혼하고 보니 온전히 엄마를 이해하겠더라고. 엄마는 우리 다섯 형제를 혼자 어떻게 먹여 살렸는지 몰라. 그리고…… 엄마가 요양원에서 잠꼬대할 때마다 화냥년, 죽일 년, 하며 소리를 내질렀다는 일도 다 이해가 되더라. 남편을 다른 여자한테 빼앗겨본 사람이면 다 공감 가는 얘기지."

"경주야, 네 엄지 옆에 난 게 우리 거보다 더 큰 거 말이야. 아마 그건 네가 하도 엄마한테 지랄을 많이 해서 그런 걸 거야."

"대체 무슨 말이야? 여기서 왜 지랄병이 나와? 언니라서 봐주는 거야. 경민이가 그랬다면 얄짤없어!"

경주 언니에 대해 한마디로 말하려고 한다면 나는 아마 번번이 실패할 것이다. 경주 언니는 언니의 부산한 삶만큼 여러 모습을 지니고 있었다. 경주 언니는 뭐든 속도를 내서 하는 일은 잘했다. 운전도 속도감을 즐기는 편이었고, 요리도 청소도 빨리 해치우는 능력이 있었다. 연애도 큰언니보다 먼저 했다.

심지어 이혼도 엄마가 모르게 빠르게 해치웠다. 엄마는 돌아가실 때까지 언니가 이혼한 사실을 몰랐다. 생활력이 억척스럽게 강한 면만 본다면 형제 중 엄마를 가장 많이 닮았다. 길이는 몽땅하고 손톱은 납작하던 엄마의 손가락과 가장 닮은 손가락을 가진 사람도, 엄마처럼 종종 대화 도중에 욕설을 섞어 말하는 사람도 경주 언니였다.

우리 형제는 어릴 때 아무도 옷 타령을 하지 않았지만 경주 언니는 예외였다. 나는 언니들의 옷뿐만 아니라 은오가 입다가 작아진 옷까지 받아 입었다. 그러나 경주 언니는 새 교복을 사주지 않는다고, 수학여행 가는 데 새 옷이 필요하다며, 새 참고서가 필요하다며 엄마에게 지랄을 했다. 왜냐면 언니는 진짜로 간질이 난 것처럼 눈을 허옇게 까뒤집고 입에 거품을 물면서 엄마 앞에서 쇼를 했기 때문이다. 언니는 필요한 게 있을 때마다 엄마 앞에서 몸을 좀비처럼 비틀며 뒤로 넘어졌다. 그럴 때마다 엄마는 언제나 저년, 저년 또 지랄을 떤다, 하면서 언니 등짝을 후려쳤다. 그런 다음 날이면 경주 언니에게는 새 옷이며 새 교복이며 새 참고서가 떡하니 생겼다. 결혼을 할 때도 마찬가지였다. 엄마는 형부가 될 사람이 직업도 변변찮은데다 사람이 좀 가벼워 보인다며 결혼을 반대했다. 그러자 경주 언니는 엄마 앞에서 보란 듯이 까무러쳤다. 옆에서 지켜보던 경혜 언니가 또, 또, 지랄하고 자빠졌네. 엄마, 이번엔 절대 속지 마! 했다. 그러나 엄마는 이상하게 그때는 언니의 등짝을 후려치지도 않았고 욕설도 하지 않았다. 말린다고 네가 엄마 말을 듣겠냐, 말릴수록 더 불붙는 게 연애 아니냐, 평생 한 이불 덮고 같이 잘 사람을 선택하는 일이 네 몫이라고 말한다면 후회도 네 몫이라는 걸 알아야 해, 하고 말았다. 엄마가 고상한 말을 해가며 쉽게 항복할 줄은 경혜 언니도 나도 몰랐다. 경혜 언니는 그때 처음으로 엄마에게서 어떤 삶의 경륜을 느꼈다고 나중에 고백했다.

나는 경주 언니가 얼굴이 붉으락푸르락해가지고 내가 근무하던 은행에 찾아왔던 날을 떠올렸다. 그날은 1월 들어 가장 추운 날이었고 퇴근을 앞둔 시간이었다. 언니는 롱패딩 안에 얇은 면 원피스 하나만 달랑 입고 있었다. 양말도 신지 않은 운동화 차림이었다. 평소 패션에 관심이 지대하던 언니의 차림새로는 너무 엉성했다. 심상치 않은 분위기라 근처 식당으로 언니를 먼저 가 있으라고 하고 뒤이어 식당으로 뛰어갔다. 언니는 곱창전골을 시켜놓고 기다리고 있었다. 내가 자리에 앉자마자 언니가 소주를 한 병 시키더니 연거푸 두 잔을 마셨다. 언니는 평소 술을 마시지 않았다. 누가 술을 권하면 술 마시는 대신에 노래할게요, 하고 말하는 사람이 언니였다. 언니, 무슨 일 있어? 내가 조심스럽게 묻자 언니는 아무런 말을 하지 않았다. 전골냄비가 다 비워질 때쯤, 언니는 노래방에 가자고 했다. 노래방에 가자마자 노래를 틀어놓고선 마이크를 잡았다. "야, 이 개새끼야! 이 나쁜 놈아! 더러운 놈아!"

언니는 마이크를 들고 노래 대신에 욕을 반복해서 내뱉었다. 그러곤 두 시간 내내 들고 있던 가방을 인형 머리를 쓰다듬듯 쓸어내리며 엄마, 엄마를 부르며 울다가 웃다가 했다. 그날, 언니는 형부가 이혼 서류를 안방 침대에 던져놓고 캐리어 두 개를 들고서 집을 나갔다는 말은 끝내 하지 않았다. 그 사실은 언니가 이혼을 하고도 한참 뒤에야 알게 됐다.

"경민이 너도 같은 생각은 아니지? 경혜 언니가 나한테 괜히 빈정대는 거지?"

노래방 사건을 떠올리고 있는데 갑자기 경주 언니가 훅, 질문을 던졌다.

"언니들, 대체 왜 그래? 좀 그만들 해."

나는 피식 웃었다.

"살다가 이런 일도 겪고 말이야. 대체 뭐가 뭔지 모르겠다. 부끄럽다, 정말."

경혜 언니는 정말 부끄러워서 쥐구멍에라도 숨고 싶다는 말투로 말했다.

"뭐가 부끄럽다는 거야, 뭐가? 내 엄지에 막대기처럼 불쑥 솟아오른 거? 언니가 피부병이라며?"

경주 언니가 사납게 대들었다.

"그럼, 너는 이 상황이 창피하지 않은 거야?"

"언니가 대학원 다닐 때, 유부남 조교와 연애한 사실보다 이게 더 부끄러워? 새파랗게 젊은 조교 부인이 집에 와서 엄마에게 딸자식 교육 잘 시키라며 삿대질을 한 일보다도?"

"얘가…… 지금…… 무슨 말을 하는 거야?"

경혜 언니가 앙칼지게 소리를 질렀다.

"나도 그 사람이 결혼한 사실을 몰랐다 그랬잖아! 나도 속은 거라고."

"처음 사귈 땐 몰랐고 나중엔 언니도 알았다며?"

"그땐 서로 깊어져 있을 때였고. 근데 너, 지금 뭐 하자는 거니? 언제 적 이야기를? 지금 이게 무슨 경우야?"

차 안 분위기는 서늘하다 못해 냉기가 흘렀다. 다음 휴게소까지는 아직 이십 킬로미터나 남았다. 뒷좌석에 앉은 경혜 언니의 표정이 어떤지는 보지 않아도 알 수 있었다. 고속도로 이정표에 '전방 100m 졸음쉼터'라는 표지판이 보이자 차 세워. 차 세워! 하며 경혜 언니가 급하게 소리를 질렀다. 경주 언니가 그곳에 차를 세우자마자 경혜 언니는 차에서 내렸다. 경혜 언니는 한참을 도로 아래 호수를 향해 가만히 서 있었다. 언니가 깊은 숨을 쉬며 화를 삭이고 있는지, 민망함에 어쩔 줄 몰라 하고 있는지, 울고 있는지는 알 수가 없었다. 잠시라도 혼자만의 시간이 필요한 듯해서 나는 따라 내리지 않았다.

경혜 언니는 교육대학원 재학 중에 임용고시를 쳐서 단박에 합격했다. 그해 바로 고등학교로 발령을 받자 가족에게 결혼을 하지 않겠다고 선언했다. 그 이후로 언니는 정말 한 번도 결혼 이야기를 꺼내지 않았다. 남자 친구가 있다는 얘기조차 들은 적이 없었다. 내가 여태 알고 있는 경혜 언니는 한 번도 연애 따위는 해보지 않은 건조한 사람이었다. 언니는 이성적으로 판단해서 적합하지 않거나 마땅하지 않은 일은 거의 하지 않았다. 자매지간이라도 용건 없이 통화하거나 만나는 것은 질색했다. 마흔일곱 살이 될 때까지 혼자 살아온 언니만의 생활 규칙이었다. 언니는 아직도 꽤 미인이었다. 갸름한 얼굴에 쌍꺼풀이 없는 크고 서늘한 눈매를 가졌다. 무엇보다 길고 숱진 머리카락은 누구나 부러워했다. 백칠십 센티의 키에 운동으로 다져진 단단한 몸을 가진 언니는 앞으로도 결혼 따위는 하지 않을 것이다. 매년 지금처럼 방학 때마다 해외로 여행을 갈 것이고 명절 연휴 때는 국내 여행을 하겠지. 같은 서울 하늘 아래 살고 있어도 일 년에 한 번 얼굴을 보기도 힘들 것이고, 전화 통화하기도 힘들 것이다. 우리 형제들은 서로에 대해 얼마나 알고 있을까. 서로를 얼마만큼 이해하고 있을까, 라는 생각이 잠시 스치고 지나갔다. 나는 고속도로를 질주하는 차들을 멍하니 바라봤다. 가슴이 갑갑해서 창문을 잠깐 내렸다 올리는 사이 소음이 회오리바람처럼 차 안으로 밀려 들어왔다 빠져나갔다. 경혜 언니는 다시 차에 올랐다. 경주 언니도 아무 일 없었던 듯이 운전을 했다. 아까보다 좀 더 속도를 냈다. 계기판의 속도계가 110을 가리켰다. 곧게 끝없이 이어진 고속도로처럼 엄마에 대한 기억이 다시 꿈틀꿈틀 이어졌다.

엄마는 오른손 엄지 옆에 손가락이 하나 더 붙어 있는 육손이였다. 엄마는 남들보다 손가락이 하나 더 많다는 이유로 엄마보다 열한 살이나 많은 아버지와 결혼을 했고, 자주 병석에 눕거나 밖으로만 떠돌던 아버지 대신에 평생을 시장에서 일을 했다. 시장통에서 생미역 장사, 어묵 장사를 거쳐 생선 장사를 육십이 넘어서까지 했다. 엄마는 육손이 제거 수술을 마흔이 넘어서까지도 받지 않았다. 손가락이 하나 부러졌다 해도 마음 놓고 쉴 형편이 못 되는데, 수술은 다음에, 다음에, 하며 미뤘다. 수술을 하게 되면 얼마 동안은 오른손을 쓰지 못하게 될 것이고 가게는 고사하고 아이들 건사를 못해 안 된다고 했다. 오빠와 언니들 성화에 못 이겨 내가 중학교 입학하던 해에야 겨우 육손이 제거 수술을 받았다.

내가 알기로 아버지는 평생 제대로 된 직업을 가져본 적이 없었다. 게다가 툭하면 집을 나가 몇 개월씩 돌아오지 않았다. 어떤 때는 일 년이 지나 돌아오기도 했다. 장사하는 친구를 돕는다고도 했고, 한약방에서 일을 한다고도 했고, 어느 지방의 여관에서 카운터를 본다고도 했다.

나는 엄마에게서 나는 냄새가 싫었다. 비릿한 생선 냄새와 생선 내장들이 썩어가는 냄새는 매번 엄마 앞에서 고개를 외틀게 만들었다. 엄마의 체취를 생각만 해도 온몸에 생선 비늘이 돋아날 것 같았다. 학기 초나 운동회 때는 엄마가 학교에 올까 봐 아예 학교 일정을 알려주지 않았다. 그러나 그날 일은 두고두고 나를 괴롭혔다.

결혼 일정을 잡기 위해 예비 시부모님과 엄마의 상견례가 있던 날, 나는 시어른들께 엄마가 갑자기 편찮으셔서 못 나오신다고 거짓말을 했다. 시어른들이 엄마의 거칠고 투박한 손을 볼까 두려워서였다. 혹시라도 이미 잘려 나가고 없는 엄마의 여섯번째 손가락의 흔적을 찾아낼까 봐 겁이 났다. 무엇보다도 교육공무원인 시아버지와 젊은 시절에 성악가를 꿈꾸었다는 시어머니 앞에 백화점에서 금방 산 옷을 입고 어색한 모습으로 앉아 있을 엄마를 보여드리고 싶지 않았다. 엄마에게는 반대로 예비 시어머니가 다치셔서 상견례는 하지 않기로 했다고 둘러댔다. 혼자 시부모님을 만나고 택시를 타고 집 근처에서 내려 좁은 골목을 걸어 올라갔다. 봄비가 내리고 있었다. 빗줄기는 굵지 않았지만 바람이 세게 불어 코트와 구두가 금세 흠씬 젖었다. 아직 다 피지 못한 꽃잎들이 사정없이 흩어지고 있었다. 놀이터에서 잠시 숨을 골랐다. 골목길 끝에 있는 나무 아래에 누가 보일 듯 말 듯 서 있었다. 내가 있는 위치에서 보면 소실점 아래에 서 있어 아주 작아 보였다. 사람이 아니라 나무와 나무 사이에 드리워져 있는 나무 그림자처럼 보이기도 했다. 엄마였다. 한 손은 우산을 받쳐 들고 다른 한 손은 긴 우산을 쥐고 서 있었다. 언제부터 나를 기다렸던 걸까. 엄마의 얼굴은 젖어 있었다. 아무 말 없이 나무에 기대어 서 있는 엄마는 한 그루 나무처럼 보였다. 나는 엄마에게 이 빗속에서 얼마 동안 나를 기다린 거냐고 묻지 않았다. 어서 집으로 들어가자고 말하지도 않았다. 엄마에게 우산도 받지 않은 채 화난 듯이 발걸음을 통통거리며 먼저 대문을 열고 들어갔다.

*

내비게이션이 목적지에 도착했다고 알려주었다. 좁다란 골목을 사이에 두고 원룸 건물들이 빼곡히 들어앉아 있었다. 한눈에 봐도 지어진 지 오래된 건물들이었다. 은오가 사는 원룸은 외벽에 건물 이름 한 글자가 떨어져 나가고 없었다. 좁은 골목에 이중 주차를 하고 내렸다. 잿빛으로 변한 하늘은 무겁게 내려앉아 있었다. 현관문을 열어주던 은오의 눈이 둥그렇게 커졌다. 누나들 셋이 갑자기 웬일이야? 이 근처 지나다가 네 생각이 나서 왔지. 급하게 오느라 빈손으로 왔어. 괜찮지? 그럼, 괜찮지. 은오와 경주 언니가 대화를 주고받았다.

"오늘이 엄마 생일이라 온 거 아니었어?"

"오늘이 엄마 생일이야?"

우리 셋은 동시에 소리를 질렀다.

"누나들 셋이 다 온다고 해서 엄마 생일날에 맞춰 엄마 산소에 가려고 오나 싶었지."

은오가 서운한 눈빛으로 우리를 쳐다봤다. 은오가 말을 하는 사이에 나는 은오의 손을 찬찬히 보았다. 별다른 이상이 없어 보였다. 경혜 언니는 넷이 앉자 집이 꽉 차 몸 돌릴 틈도 없는 원룸을 눈으로 살폈다.

"오른손 약손에 낀 반지는 뭐야. 커플 반지야? 어디 손 좀 봐."

경주 언니가 덥석 은오의 오른손을 잡고서는 반지를 보는 척하며 은오의 엄지를 만졌다. 누나 왜 이래, 징그럽게, 하며 은오가 손을 뺐다. 누나들 저녁 먹고 가. 지금 자장면 시킬까? 은오가 말하자 아니, 아니, 하며 우리 셋은 동시에 손사래를 쳤다. 은오가 일어서더니 다리를 절룩이며 가스레인지 쪽으로 가며 말했다. 라면이라도 끓일게. 먹고 가. 내 집엔 처음 오는 거잖아. 하긴 그랬다. 삼 년 전에 엄마가 요양원에 입원하고서야 은오는 서른셋의 나이에 독립을 했다. 아무도 은오가 어떻게 사는지 몰랐다. 삼십대 성인이니깐 당연히 관심조차 가지지 않았다. 엄마가 학교에 오지 않았다고 교실 바닥에 주저앉아 울던 아이, 여자 친구가 생기면 항상 엄마에게 데려와 소개를 시키던 은오. 여자 친구와 헤어질 때마다 엄마 품에 안겨 술주정을 하던 은오. 그럴 때마다 엄마는 너도 네 아버지를 닮아 정에 헤프구나, 하며 은오의 등을 토닥거렸다. 나는 두 언니들 사이에 불편하게 앉아 은오의 뒷모습을 지켜보았다. 은오가 냄비를 가스레인지에 올리며 말했다.

"얼마 전부터 오른손 엄지가 자꾸 시큰거려. 왜 그런가 싶어 다리 깁스를 풀 때 손가락 사진을 찍어봤더니 아무 이상이 없었어. 의사가 이상이 없다는데도 자꾸만 간지럽고 시큰해."

언니들과 나는 서로의 얼굴을 쳐다보았다. 경혜 언니의 눈이 흰자위만 보일 정도로 커져 있었다. 경혜 언니가 언제부터 그랬어? 엄지 시큰거리는 거, 하고 물었다. 한 달쯤 됐나. 은오는 별거 아니라는 듯이 말했다. 엄지가 시큰거릴 때마다 엄마 생각이 나. 엄마는 손가락 하나를 더 달고 사십 년 넘게 살았으니 얼마나 불편했을까. 엄마가 진짜 많이 보고 싶어. 은오는 손등을 눈에 갖다 댔다. 잠시 눈물을 훔치더니 이내 계란과 파를 쏭쏭 썰어 넣은 라면을 내왔다. 면발이 적당히 탱글탱글했다. 경주 언니와 나는 거의 그릇을 비웠고 경혜 언니는 두어 젓가락만 먹고는 그릇을 물렸다. 경혜 언니가 자리에서 일어서자 우리도 따라 일어났다.

"누나들 벌써 가려고? 그럼, 가기 전에 우리 넷이서 사진 한번 찍자."

우리가 라면만 먹고 일어서는 게 서운했는지 은오가 사진을 찍자고 말했다.

"우리 네 명이서 같이 찍은 사진 없지?"

경주 언니가 손가락으로 머리카락을 쓸어 넘기며 말했다. 경혜 언니는 멋쩍은 표정을 지었다. 누나들, 자연스럽게 웃어, 하며 은오가 휴대전화를 들고서 팔을 앞으로 쭉 뻗었다.

은오는 여러 장의 사진을 찍었고 바로 문자로 보내주었다. 경주 언니가 와, 사진 잘 나왔네, 하며 흡족한 표정으로 말했다. 여기에 엄마와 형도 있었더라면 완벽한 가족사진이 됐을 텐데…… 은오는 사진을 들여다보며 서운한 표정을 지었다. 그때 경혜 언니가 작은 탁자 위에 통장을 조용히 올려놓았다.

"부의금 남은 것과 엄마 전세금이야. 이거 다 네 거야. 그동안 엄마 모시고 살았잖아."

"그날, 이 돈 내가 받을 자격이 있다는 뜻은 아니었어."

은오는 눈을 내리깐 채 가만히 서 있었다. 그때 경주 언니가 대화에 끼어들었다.

"언니, 한마디 상의도 없이 뭐야? 다섯 명 똑같이 나누기로 한 거 아니었어? 우리, 말은 좀 똑바로 하자. 은오가 엄마 집에 얹혀산 거지, 뭘 모시고 살았다는 거야?"

경주 언니가 얼굴이 벌게져서 소리를 쳤다. 경혜 언니가 내게 무슨 말인가를 해보라는 듯, 동의를 구한다는 눈짓을 보냈다. 나는 시선을 바닥으로 떨어뜨린 채 아무 말도 하지 않았다. 이혼한 지 사 년이 된 경주 언니는 계약직이든 아르바이트든 가리지 않고 여기저기 일을 하고 있었다. 전 형부가 조카 둘의 양육비만 보내온다고 했다. 그러니 생활비를 벌어야 할 처지였다. 나도 당장 돈이 필요하기는 마찬가지였다. 가을이면 아파트 전세 계약이 끝나서 집을 구해야 했다. 아파트 전셋값이 천정부지로 오르고 있는 중이라 가지고 있는 돈으로는 턱없이 부족했다. 나는 경혜 언니와 은오의 눈빛을 피해 어깨에 멘 가방끈을 만지작거렸다. 그때 은오가 이마에 새파랗게 힘줄을 드러내며 소리쳤다.

"나, 이 돈 안 받아. 이 돈, 형과 누나들 다 가져!"

은오가 통장과 함께 우리를 현관 밖으로 거칠게 밀어냈다.

자동차를 타고 서울로 오는 동안 셋 다 아무런 말이 없었다. 맞은편에서 오는 자동차들의 불빛에 경주 언니의 옆얼굴이 영화 포스터 속 그로테스크한 여주인공처럼 음울해 보였다. 뒷좌석에서는 어떤 기척도 들리지 않았다. 경주 언니는 바람처럼 차 속력을 내면서 밤의 고속도로를 질주했다. 나는 오른손 엄지가 가려워서 손톱 끝으로 세게 긁었다. 긁으면 긁을수록 더 가려웠다. 피가 나고 있을지도 몰랐다. 그래도 불을 켜서 손가락을 볼 용기는 나지 않았다.

서울 톨게이트로 들어서자 비가 내리기 시작했다. 나는 조수석의 창밖만 무연히 바라봤다. 내가 사는 아파트 단지가 가까워지자 경혜 언니가 입을 열었다. 경민아, 커피 좀 사올래? 경주 언니가 커피숍 맞은편 갓길에 차를 세웠다. 근린공원 입구였다. 커피를 사려고 차 문을 열자 빗소리와 차 소리가 뒤엉켜 들려왔다. 바깥 공기를 쐬니 숨통이 트였다. 나는 두 손으로 우산 모양을 만들어 비를 막으며 커피숍으로 달려갔다. 테이크아웃 커피 석 잔을 들고 차에 올랐다. 나는 뺨에다 종이컵을 살짝 갖다 댔다. 따뜻했다. 비를 맞아 차가워진 몸이 조금 데워지는 것 같았다. 각자 커피를 말없이 마셨다.

"은오 말이다. 사실 은오는……"

경혜 언니가 말끝을 흐리더니 가방에서 담배를 꺼내 불을 붙였다. 그러자 경주 언니도 차 안 팔걸이 콘솔박스에서 담배를 꺼내 피웠다. 언니들이 차 창문을 조금 내려서 담배 연기를 내뿜었다.

"너희들은 어려서 기억이 나지 않겠지만, 나는 그날 일이 생생하게 기억나. 아버지 돌아가신 지 육 개월쯤 됐을 때였을 거야. 엄마가 외가 간다고 하고선 보름인가 있다가 온 날이었어. 엄마가 백일도 안 된 아기를 품에 안고 왔어. 그 아이가 은오야. 은오는…… 아버지가 밖에서 낳은 아들이야."

그게 대체 무슨 말이야? 하고 경주 언니가 물었고 내가 경주 언니와 거의 동시에 그때 엄마가 외가 가서 은오를 낳고 왔다고 말했잖아, 하고 소리쳤다. 경혜 언니는 대답 대신에 말을 이었다.

"오빠는 길길이 뛰었지. 엄마한테 눈을 동그랗게 뜨고서 따지더라. 우리 집에 자리가 어디 있어? 남의 자식 구겨 넣을 자리가 어디 있냐고? 은오를 입양기관에 보내라고. 왜 아버지가 저지른 일을 엄마가 감당하느냐고. 오빠는 아버지를 늘 원망했으니까 엄마를 이해할 수 없었나 봐. 그때 오빠는 고등학교 1학년이었어. 방학이면 자동차 세차장에서 아르바이트를 했어. 대학 등록금을 마련해야 했으니까."

차 안에 한동안 정적이 흘렀다.

"그래서 오빠가 결혼을 하고는 아예 집에 발길을 끊은 거야? 오빠가 은오 때문에 엄마한테 발길을 끊었다는 게 말이 되냐고? 이십 년 가까이 연락 없던 오빠가 아파트를 산다고 엄마한테 돈을 빌려달라고 한 거는 누가 들어도 얌체 같은 짓이야. 엄마는 아무 말 없이 집을 내놓았다고 하시더라. 이제 생각해보니 엄마는 은오를 거둔다고 오빠와 멀어진 게 미안했던 거였어."

경주 언니는 깊은숨을 몰아쉬며 말을 했다.

"너희 둘 대학 등록금을 오빠가 몇 번 냈다고 하더라. 엄마가 나중에 집 팔면 갚겠다고 하고 오빠한테 빌린 거지."

경혜 언니가 숨을 고르는 듯 크게 숨을 몇 번 들이쉬며 찬찬히 말했다.

"그게 말이 돼? 등록금 몇 번 내준 것과 집 판 돈이 같아? 무슨 셈법이 그래? 사채업자보다 더 고약해."

경주 언니가 소리쳤다. 경주 언니의 입에서 침이 튀어나왔다. 나는 집을 판 돈이니 등록금 운운하는 말들을 귓등으로도 듣지 않았다. 내가 떨리는 목소리로 물었다.

"은오는 이 사실을 알고 있어?"

"은오는 몰라. 엄마가 친모인 줄 알고 있지."

경혜 언니가 담담하게 대답했다.

“언니는 정말 지독한 사람이네. 왜 그걸 이제야 말해? 언니와 오빠는 이 사실을 알고도 엄마와 피 한 방울 안 섞인 은오한테 엄마를 맡겼다는 거야? 그게 말이 돼? 엄마가 낳은 자식들이 네 명이나 멀쩡히 살아 있다고!”

경주 언니의 목소리가 차 창문을 뚫고 나갈 듯 거셌다. 경주 언니는 한참 동안 흥분을 참지 못해 씩씩대더니 눈을 감고서 운전석 등받이 깊숙이 몸을 묻었다. 그러곤 흐느꼈다. 나는 놀라움과 분노와 배신감에 할 말을 찾지 못했다. 은오가 이복동생이라고는 한 번도 생각해보지 않았다. 여러 가지 생각이 머릿속을 휘젓고 있었지만 조수석의 차 손잡이를 잡은 채 입을 꽉 다물었다. 그때 경주 언니가 흐느낌을 멈추더니 울음 섞인 목소리로 말했다.

“나는 엄마에 대해서 아는 게 없어. 정말 하나도 모르겠어. 엄마가 아버지를 원망하던 말들도 다 거짓말이었던 것 같아. 은오를 데려다 키우고, 요양원에서 늘 아버지를 기다린 걸 보면……”

나는 휴대전화를 열어 조금 전 은오가 보내준 사진을 바라보았다. 사진 속에서는 우리 넷 다 활짝 웃고 있었다. 우리는 서로에 대해서 얼마나 알고 있을까? 엄마가 경주 언니의 이혼 사실을 몰랐듯이, 내가 경혜 언니의 절절한 연애 이야기를 몰랐듯이, 경주 언니와 내가 은오의 출생에 대해 알지 못했듯이, 우리는 서로에 대해 모르는 게 너무 많다는 생각을 했다. 한동안 깊은 정적이 흘렀다. 차들이 어둠을 가르며 우리 옆을 쌩쌩 질주했다. 차 창문을 열었다. 빗소리와 차 소리가 섞여 들어왔다. 이 무거운 침묵의 시간을 벗어나려면 내가 차에서 먼저 내려야 할 것 같았다. 비를 맞더라도 집까지 걸어가며 감정을 수습할 시간이 필요했다. 나는 차에서 내렸다. 언니들에게 제대로 된 인사를 하지 못했다. 언니들도 각자의 상념에 빠져 건성으로 작별 인사를 했다. 언니들은 차머리를 돌려 나갔다.

차에서 내리자 비가 와락 내게 안겼다. 머리를 세차게 적셨다. 봄비인데도 제법 빗줄기가 굵었다. 나는 집을 향해 걸었다. 비를 피할 생각을 하지 않았다. 자꾸만 목이 메었다. 그때 오른손 엄지 끝에서 맵싸하면서 뭐라 이름 붙일 수도 없는 격렬한 통증이 일었다. 한 번도 느껴보지 못했던 감각이었다. 가로등 아래로 뛰어가 오른손 엄지를 살폈다. 엄지손가락에서 나뭇가지 하나가 돋아나고 있었다. 그것에 싹이 트고 잎사귀가 피어나고 있었다. 그것은, 그것은 순식간에 맹렬하게 뻗어 나오고 있었다. 잎사귀에서 비릿한 생선 냄새가 피어올랐다. 엄마, 엄마…… 얇은 눈꺼풀 속에서 뜨거운 물이 흘러내렸다. 뿌연 눈물 사이로 엄마가 나무 아래 서 있었다. 나무에 몸을 기댄 채 한 손은 우산을 받쳐 들고, 다른 한 손은 긴 우산을 들고서. 속눈썹 사이사이로 눈물이 계속 새어 나왔다. 눈물이 흘러내리기 전에 빗물이 먼저 눈물을 훑었다. 봄비가 온몸을 흠씬 적시고 있었다.

새들의 목욕

새는 목욕 그릇에 담긴 젖은 배춧잎에 몸을 비볐다. 나는 새의 등에 물을 조금씩 끼얹었다. 새는 포르르 날아올랐다가 욕실 바닥에 내려앉았다. 목욕을 마친 새는 몸을 흔들어 스스로 물기를 털어냈다. 나는 새를 새장 안에 넣고 새가 감기에 걸리지 않도록 난방 온도를 조금 높였다. 이제부터 새에 대해 조금씩 알아가야겠지만 무섭고 외로웠다. 스물다섯 살이 될 때까지, 내 삶은 새들의 노래 따위는 들어본 적도 없을 만큼 팍팍했다. 그것도 모자라 이제는 새장을 청소하고 새 목욕시키는 따위의 일을 해야 하다니. 그 사실이 나를 작게 만들었다. 어쩌면 나는 새만큼 줄어들고 있는 중인 줄도 몰랐다. 차라리 그 구인란을 보지 않았더라면 어땠을까, 하는 후회가 몰려왔다.

'아르바이트생 구함. 새 목욕시키실 분. 성실한 분. 매주 월요일 오후 2시~4시. 급여 협의 후 결정.'

나는 인터넷 생활정보신문 구인란에서 이 짧은 광고를 보자마자 전화를 했다. 젊은 목소리의 남자가 전화를 받았다. 그는 일하는 중이니 문자로 이야기를 나누자고 했다.

'돈을 많이 주지는 못합니다. 최저 시급에 왕복 교통비만 지급합니다.'

그는 처음부터 정확하고 군더더기 없는 문장으로 문자를 보내왔다. 나는 괜찮다고 답을 했다.

'새를 정말로 좋아하는 거 맞습니까? 무서워하는 사람을 많이 봤습니다.'

그가 뭔가 미심쩍은 듯한 어투로 문자를 보내왔고 나는 네, 무서워하지 않습니다, 하는 답을 보냈다. 물론 그것은 거짓말이었다. 나는 새를 무서워하고 싫어했다. 세상에서 가장 물컹하고 징그럽고 잔망스러운 동물이 새라고 생각했으니까.

'다음 주 월요일부터 출근하세요. 새 목욕시키기, 새장 청소하는 유튜브 동영상과 집 주소 보냅니다.'

그 문자를 마지막으로 그에게선 더 이상 아무런 연락이 없었다. 지금 월세는커녕 한 달 식비도 남아 있지 않은 판국에 새를 좋아하고 좋아하지 않고, 그런 조건을 가릴 처지가 못

됐다. 솔직히 말하자면, 이건 내 능력이 모자란 것도 있지만 내가 대학에 입학하자마자 전세금을 몽땅 털어 재혼을 해버린 엄마 탓도 있었다. 엄마는 원룸 월세 이 년 치와 두 학기 등록금이 입금된 통장을 내게 쥐여주며 우는 듯 웃는 표정을 지으며 딸아, 결혼해서 잘 살게, 하고 말했다. 마치 결혼식을 앞둔 딸이 자신의 부모에게 말하듯이. 그러곤 얼굴에 팩을 붙이더니 무심하게 발 각질 제거를 시작했다.

나는 지난 오 년 동안 등록금과 생활비를 마련하느라 아르바이트를 두 군데 뛰면서 하루하루 버텼다. 작년에 졸업 학점을 모두 이수했지만 졸업 유예를 신청해야 했다. 올해까지만 아르바이트를 하고 내년부터는 취업 준비만 할 수 있기를 바랐다. 치킨집에서 종일 서서 치킨과 맥주를 나르다가 오른 발목을 다쳐 반깁스를 했다. 손목도 시큰거리기는 마찬가지였다. 더 이상 오랜 시간 서서 하는 아르바이트는 할 수 없었다. 아픈 발을 끌고 그 집에 가기 위해 지하철을 탔다.

그 집은 아홉 평대 아파트형 오피스텔이었다. 집이 너무 작아 장난감 같았다. 현관문을 열면 한 사람밖에 서 있지 못할 정도의 좁은 현관이 나오고 바로 부엌과 좁은 거실이 나왔다. 작은 방과 좀 더 작은 방이 마주 보고 있었고, 작은 방 옆에 욕실이 있는 구조였다. 큰 평수에 고급스러운 자재와 화려한 가구로 장식된 집이었다면 그냥 일터라고만 생각했을 것이다. 그런데 소형 오피스텔이라 나도 언젠가는 가질 수도 있을 것 같아 마음이 갔다.

'집이 아주 마음에 들어요.'

고용주인 그에게 속마음과 상관없이 의례적인 문자를 보냈다.

'집이 마음에 든다니 고맙습니다. 현관 바로 옆방에 새가 있어요. 새 목욕시킬 때, 주의해야 할 것이 있어요. 새 귀에 절대로 물이 들어가면 안 됩니다! 물이 들어가면 얼마 안 가 죽습니다. 새장 청소하고 먹이 주면 됩니다. 아르바이트 보수는 저녁에 입금하겠습니다.'

작은 방문을 열었다. 방문을 열자마자 뭐라 표현하기 힘든 냄새가 코를 찔렀다. 새똥 냄새인 듯했다. 아바, 아바, 아바, 희마아, 미듬아, 하는 기이한 톤의 소리가 들렸다. 새장에서 나는 소리였다. 새장에는 몸통과 깃털이 온통 흰빛인 작은 새와 회색빛을 띤, 흰 새보다는 좀 더 큰 새가 있었다. 그 녀석들은 계속 희마아, 미듬아, 하는 희한한 소리를 냈다. 무슨 말인지는 알 수 없었다. 새장 문을 열었지만 새를 손으로 잡기는 두려워 머뭇거렸다. 눈을 질끈 감고서 지폐를 손으로 잡는다, 행운을 손으로 거머쥔다고 상상하면서 새를 손바닥 위에 올려놓으려 했다. 도저히 마음이 내키지 않았다. 가느다란 막대기를 이용해 몇 번 실패한 끝에 새를 욕실로 옮겼다. 서러움이 북받쳤다. 세상에 하나밖에 없는 혈육인 엄마, 오 여사님이 엄마의 남자와 함께 깨가 쏟아지게 행복한 시간을 보내고 있을 동안, 나는 새를 섬기고 있는 중이었다. 죽어라 버티는 거밖에는 내가 할 수 있는 일은 없었다. 새 목욕 그릇에 젖은 배춧잎을 넣었다. 배춧잎 위로 눈물이 떨어졌다.

구인란이라도 봐서 이런 일자리라도 구한 게 어디냐며 자꾸만 울컥거리는 마음을 다독거렸다. 새장 청소까지 끝냈다. 아직 한 시간이나 남았다. 청소 다 끝났습니다, 하고 그에게 문자를 보냈다.

'나머지 한 시간은 새와 놀아주면 됩니다. 그래야 새들이 스트레스를 안 받아요. 새는 두 마리 다 앵무새입니다. 이름은 희망, 믿음이에요. 흰 새가 희망, 큰 새가 믿음입니다.'

그의 문자를 받자마자 나는 허리를 폴더 모양으로 접고서 언제 울었냐는 듯이 소리 내어 웃었다. 앵무새 이름이 희망, 믿음이라니! 라라, 나나, 같은 근사한 이름도 많은데. 아까 녀석들이 내던 소리가 희망아, 믿음아, 아빠, 라는 말이었던 것 같다. 그리고 새와 놀아주라니! 나는 혼잣말을 하며 거실에 있는 긴 쿠션에 기대앉았다. 좁은 집에 어울리지 않게 티브이는 제법 컸다. 아마 미드나 영드를 보며 잠드는 게 취미겠지. 오후 네시, 퇴근을 하려고 외투를 입는데 문자 알림 소리가 났다. 그에게서 사만 원이 입금됐다는 메시지였다. 최저시급보다는 더 쳐서 계산한 모양이었다. 엷은 미소가 저절로 지어졌다.

일주일 뒤, 그 집 현관문을 열자 커피 향이 진동했다. 커피 메이커에 커피가 내려져 있었다. 커피는 신맛이 나고 풍미가 뛰어난 예가체프였다. 커피숍에서 아르바이트를 한 경험이 있어서 향만 맡아도 알 수 있었다. 커피 향 덕택인지 멀리서 오랜만에 친구 집을 찾아온 것처럼 편안했다.

'애들 목욕시킬 때 귀에 물 들어가지 않게만 해주세요.'

그는 새를 애들이라고 부르며 거듭 당부 문자를 보내왔다.

'커피, 잘 마셨어요. 두 시간 동안 제집처럼 여길게요.'

그에게 고마움을 표현하고 새장 문을 열었다. 희망이가 안녕, 안녕, 하고 말했다. 믿음이 아바, 나가다, 다답태, 지루해, 하고 소리쳤다. 아주 집중해서 들으니 무슨 뜻인지 알 것 같았다. 아빠, 나간다, 답답해, 지루해, 하는 말이었다. 그의 일상을 훔쳐보는 듯해서 기분이 묘했다.

새장 청소까지 마친 뒤, 그의 침실로 갔다. 책꽂이에 가지런하게 제법 많은 책들이 꽂혀 있었다. 그중 마음에 드는 책 한 권을 읽다가 퇴근할 생각이었다. 5단으로 된 제일 아래 칸에는 자동차 매거진 과월호, 히가시노 게이고 소설집, 추리 · 스릴러 소설 등이 자리를 잡고 있었고, 그 위는 자기 계발서, C++프로그래밍, 데이터베이스, 운영체제에 관한 책들이 있었다. 그다음 칸부터는 죽음 본능, 자살론, 자살의 심리학, 불안, 프로이트, 어느 날 공황이 찾아왔다, 라는 제목의 책들이 빼곡히 들어차 있었다. 그중에서 『자살의 심리학』을 펼쳐 들었다. 한 손으로 들기에는 상당히 무거웠다. 군데군데 밑줄이 그어져 있었다.

네번째 그 집을 방문했을 때, 커피와 함께 접시에 파이 한 조각이 올려져 있었다. 그에게서 문자가 왔다.

'십 개월분 보수를 한꺼번에 입금합니다. 매주 입금하려니 좀 성가시네요. 애들과 잘 놀아줘서 고맙기도 하고요.'

나는 쾌재를 불렀다. 좁은 집 안을 빙그르르 돌았다. 두 달치 월세는 이제 해결됐다. 작은 방문을 여니 믿음이가 다답태, 다답태, 하는 소리를 냈다. 녀석이 답답해, 하고 말을 하거나 말거나 절뚝거리며 춤을 추듯 돌았다. 양 입술 끝이 저절로 당겨지며 웃음이 새어 나왔다.

매주 월요일이 기다려지기 시작했다. 그 집이 제법 내 집처럼 느껴지기도 했다. 내가 사는 무보증 원룸보다는 조금 넓은 공간인데다 말하는 앵무새가 있어 심심하지 않았다. 그리고 무엇보다 새를 목욕시키는 일이 처음만큼 무섭거나 어렵지 않았다. 이제는 새를 손바닥에 올려놓기도 했다. 앵무새를 손가락 위에 올려놓고서 방 안을 돌며 노는 재미도 생각보다 괜찮았다. 새에게 말을 시키는 연습도 재미있었다. 잘 가, 잘 가. 내가 소리를 치면 자 가, 자 가, 하고 새의 소리가 메아리가 되어 돌아왔다. 그의 방에 있는 오디오를 켰다. 슈만의 곡이 흘러나왔다. 그와 커피, 음악 취향이 비슷했다. 그가 어떤 사람인지 궁금했다. 새를 자식처럼 여기고, 소프트웨어 관련

책이 많은 걸로 봐서 IT업체에 근무할 것이고, 미혼이고, 슈만과 예가체프를 좋아하고, 심리학에 관심 많고……

그 집에 드나든 지 삼 개월이 지났을 무렵이었다. 집에 들어섰을 때 몹시 낯선 공기를 느꼈다. 뭔지 모르게 싸한 기운이 느껴졌다. 한동안 사람의 온기라고는 없었던 집 같았다. 그에게 여러 번 문자를 보냈지만 답이 오지 않았다. 그러나 그 집으로 계속 출근했다. 십 개월분 보수를 미리 받았으니까. 무엇보다 새가 걱정이 됐다. 여느 날처럼 새장 정리를 하고 있는데 지루해, 희마 업스, 주고 시퍼, 라는 소리가 들렸다. 믿음이가 내는 소리였다. 지루해, 희망 없어, 죽고 싶어, 하는 소리 같았다. 그때 현관문 열리는 소리가 났다. 그를 볼 수 있다는 생각에 나도 모르게 몸에 힘이 들어갔다. 중년의 여자가 들어왔다. 여자는 눈을 동그랗게 뜨고서는 누구세요? 하고 물었다. 나는 낮지만 또렷한 소리로 아르바이트생인데 이 집 주인과 연락하고 오신 거냐고 되물었다. 여자가 설명하듯 말했다.

"아가씨가 말하는 이 집 주인은 세입자이고, 나는 임대인 부탁으로 여기 왔어요. 임대인이 이 집을 우리 부동산에 내놓았어요. 내일, 여기 짐을 강제로 뺄 거예요."

나는 떨리는 소리로 지금 세입자와 전혀 연락이 안 되는데 어떻게 된 일인지 알고 싶다고 말했다. 여자는 잠시 머뭇거리더니 대답했다.

"그 사람 집세와 관리비를 몇 달째 안 냈어요. 그 사람 소식은…… 남의 개인 정보라…… 알리고 싶지 않네요."

끔찍한 짐작들이 스치고 지나갔지만 나는 아무 말도 하지 않았다. 여자는 앵무새를 힐끗 쳐다보더니 당황한 표정을 지으며 나갔다. 나는 하루아침에 내가 가진 모든 것을 잃은 것처럼 몸에 힘이 빠졌다. 나는 그에게 문자를 보냈다.

'이봐요, 새는 어쩌라고요! 즉시 답이 없으면 앵무새 귀에 샤워기를 틀 거야! 씨발, 대체 나보고 어쩌란 거야!'

세면대에 물을 틀었다. 꺼이꺼이 울었다. 오 여사나 그나 다를 게 없었다. 한참을 울고 난 뒤, 나는 새장 청소를 다시 시작했다. 평소보다 더 공을 들였다. 이어 옷을 벗었다. 피로감을 씻어내고 싶었다. 조금이라도 더 가벼워지고 싶었다. 샤워를 오랫동안 했다. 새 목욕 그릇에 반쯤 물을 받아 녀석들을 집어넣었다. 녀석들은 그릇의 물을 먹기도 하고 물 위에서 참방참방 몸을 흔들었다. 멀리서 가볍게 분무기로 물을 뿌렸다. 녀석들은 치리릿 소리를 내며 경쾌하게 뛰어올랐다.

그 집을 나와 허공에 걸린 그의 오피스텔을 쳐다봤다. 멀리서 보니 삼십 층이 넘는 높이로 아름다웠다. 전철역 방향으로 절뚝거리며 걸었다. 내 손에는 새장이 들려 있었다. 새장에는 희망과 믿음이 서로 부리를 맞대고 앉아 있었다. 내가 기우뚱거리며 발걸음을 뗄 때마다 새장이 출렁, 리듬을 탔다.

유기적 체질과 슬픔의 승계

이철주(문학평론가)

1. 유기(遺棄)적 체질

문서정의 소설엔 유독 버려지는 인물들이 자주 등장한다. 마치 체질처럼, 주변의 숱한 인물들로부터 선명하게 구분되는 명징한 표지처럼 손쉽게 그리고 단호히 버려진다. 이들은 대개 부모로부터, 연인으로부터 느닷없는 거절과 거부의 통보를 받기 일쑤며, 태생적 장애나 사고 등을 이유로 냉소와 모멸뿐인 삶으로 거칠게 내몰린다. 단순히 버려지기만 하는 것이 아니다. 타인과 구분되는 기이한 표지 때문인지, 타고난 체질에서 기인하는 미묘한 체취 때문인지, 상처받고 훼손된 자들은 기이할 정도로 이들에게 집요히 이끌린다. 부정하려 해도 무심코 튀어나오는 태생적 선함이라든지 이를 감싸고 있는 우유부단한 태도와 같은 것들 때문이겠지만, 상처 입은 자들은 본능에 이끌리듯 정확히 이들을 찾아오며, 도와달라는 몸짓을 조심스레 풀어놓곤 부지불식간에 사라진다.

버려짐은 모든 인간이 지닌 거부할 수 없는 운명의 형식일 것이다. 그러나 문서정의 소설에서 이는 인물 고유의 성격이자 그들이 지닌 힘의 근원이 된다. 이들은 상처를 이겨내려 하기보다는 상처 자체를 스스로를 지키기 위한 무기로 삼으며, 상처라는 고유한 욕망의 형식을 자기 존재의 새로운 정체성으로 받아들인다. 그러므로 훼손된 귀로만 들을 수 있는 "밤의 소리"라든지(「밤의 소리」, 『눈물은 어떻게 존재하는가』—이하 『눈물』로 표기), 중단될 수 없는 애도를 위한 불면의 가혹함으로(「지나가지 않는 밤」, 『눈물』) 변주되곤 하는 이 선명한 상처의 흔적들은, 삶을 견뎌내기 위해 선택한 방어기제이기에 앞서, 그들의 존재 자체이자 진정한 이름이 된다. 그의 소설에서 버려졌다는 사실은 지극히 견고한 하나의 전제일 뿐이다. 문서정의 문장은 이 견고한 전제가 매개할 수 있는 가장 고유하고도 뜨거운 순간들을 향해 내달린다.

이를 유기적 체질이라 불러볼 수 있지 않을까. 문서정 소설 속 인물들은 타고난 기질이자 운명처럼 버려지곤 하지만, 바로 이 거부할 수 없는 피의 속삭임을 따라 삶으로부터 배제되고 유폐된 존재들의 폐허를 향해 나아간다. 단 한 번도 원한

적 없으나 결코 외면할 수도 없었던 파국의 갈림길 위에서, 그의 인물들은 오직 버려짐이라는 삶의 근원적 조건 속에서만 온전히 형상화될 수 있는 삶의 진실을 날카롭게 드러낸다. 그로 인해 설령 아무것도 할 수 없는 절대적 무력감만이 남는다 할지라도, 버려짐을 하나의 체질로서 이미 오래도록 마주하고 호흡해온 그의 인물들은 결코 간단히 포기해버리지 않는다. 소란스러울 것도 없이 익숙히 찾아온 또 한 번의 버려짐 앞에서, 이를 견디기 위해 반복해온 매일의 노동과 투쟁의 발걸음을 묵묵히 반복할 뿐이다. 그렇게 가혹한 계절을 견디고 떠나보낸다. 몸속 깊은 곳에서부터 환한 빛의 파문이 선연히 울려 퍼지는 것을 바라본다.

2. 데칼코마니—공격적 수비자와 수비적 공격자

"누구든 나를 치면 피범벅이 되도록 곱절로 되갚아준다"(「밤의 소리」)던 첫 소설집의 공격적 수비자들은 이번 소설집에서도 매혹적인 개성을 선보인다. 다만 주의해야 할 점은 그와 같은 공격적 수비자들이 결코 홀로 존재하지 않는다는 사실이다. 「밤의 소리」만 하더라도 공격적 수비자인 '나'는 지극히 수동적이고 자폐적인 1005호 남자와 짝을 이루고 있으며, 이번 소설집에 수록된 「누가 불의 게임을 하는가」나 표제작인 「핀셋과 물고기」에서도 공격적 수비에는 재능이 없는 인물군이 일종의 대립소로서 함께 등장하고 있다. 이들을 수비적 공격자라고 불러볼 수 있을까. 공격적 수비가 스스로를 지키기 위해 당한 만큼 상대에게 되갚는 적극적 공격성을 함의하는 것이라면, 수비적 공격은 폭력에 대한 맹렬한 증오에 사로잡혀 있으면서도 이를 감히 상대를 향해 드러내지 못하고 오히려 스스로를 향해 굴절시키는 지극히 수동적인 공격성을 내포한다. 양 방식 모두 스스로를 지키기 위한 방어기제일 것이나, 치명적인 공격성에 토대를 두고 있으며 이는 근본적으로 제어하기 어려운 것이다.

공격적 수비자와 수비적 공격자는 데칼코마니처럼 비록 뒤집힌 형태이긴 하나 많은 공통점을 지닌다. 일례로 「누가 불의 게임을 하는가」의 경우, 공격적 수비자인 해수와 수비적 공격자인 '나(주연)'는 가장 사랑받아야 할 사람들로부터 가장 치욕적인 버림을 당했다는 점에서 치명적인 상처를 공유한다. 심지어 이들은 모두 두 번 버려진다. 해수는 폭력적인 아버지와 자신을 친하지도 않은 사촌의 딸(주연)에게 무심히 맡기고 마는 무책임한 어머니로부터. 주연은 느닷없이 이별을 통보하곤 주연의 대학 동기와 결혼을 약속해버린 남자 친구와 자신의 연애를 위해 딸과 죽은 남편의 그림자를 성급히 지우려 하는 어머니로부터. 언뜻 자신과 같은 수비적 공격자로만 보였던 해수가 위태로운 공격적 수비자의 모습을 드러내면서 데면데면하기만 했던 둘 사이의 접촉과 교감이 부분적으로나마 이루어지게 되는데, '불의 게임'을 둘러싼 둘의 대화는 그럼에도 간단히 좁혀질 수 없는 둘 사이의 거리를 선명히 드러낸다.

> 나는 화가 나면요, 내가 나를 어찌할 수 없을 정도로 분노가 치솟으면요, 세상에다 엿을 먹여요. 나는 아무 잘못을 저지르지 않았는데 세상이, 사람들이 나를 괴롭힐 때 말이에요. 그럴 땐, 혼자 게임을 해요. 불의 게임을요. (……) 내가 가해자가 될 수 있다는 게 믿을 수 없을 정도로 짜릿해요.(21쪽)

> 이렇게 라이터 부싯돌을 탁, 튕겨 불꽃을 낸 뒤에는 뚜껑을 딱, 소리 나게 닫아. 계속 반복하면서 내 인생은 절대 시시하지 않다고, 누구도 나를 함부로 하지 못한다고 소리쳐봐. 한동안 그렇게 탁, 딱, 하면서 소리치다 보면 분노가 좀 사그라지지 않을까.(22쪽)

해수의 방화 행위는 상처를 입힌 당사자를 직접적인 대상으로 하지 않는다는 점에서 전형적인 경우라고 할 수는 없지만, 공격의 방향성이 자신이 아닌 바깥을 향한다는 점에서 공격적 수비자의 충동을 공유한다. 살아남기 위해, 스스로를 지키기 위해 선택한 것이라고는 하나 이는 매우 위험할 수밖에 없다. 공격성 자체가 문제라기보다는 가해로 인한 윤리적 죄책감을,

우연에 기대어 면책받고자 하기 때문이다. 해수는 가해가 아닌 가해자가 될 수 있다는 가능성만을 향유하려 한다. 그러나 이는 물론 성립될 수 없는 것이다. '가능성'의 대가를 누군가는 반드시 치러야 하기 때문이다. 자신의 방화로 동생 민혁이 크게 다치게 되자 해수는 불의 게임을 속죄하며 공격적 수비자의 삶이 아닌 수비적 공격자의 삶을 살아가게 된다. 자신을 아는 사람이 아무도 없는 태국의 낯선 수상 마을에서 해수가 선택한 삶의 방식은 다름 아닌 자신이 비웃었던 주연의 방식이다.

그렇다고 해서 주연의 수비적 공격을 마냥 긍정할 수만도 없는데, 아무리 좋게 봐도 이는 정신 승리일 뿐이며 그럴수록 버림받고 상처받은 나의 공허함은 더 초라하게 드러날 뿐이기 때문이다. 주연은 아파트 매매금을 둘러싸고 너무도 쉽게 자신과 자신의 어머니를 비웃고 짓밟아버리던 어머니의 남자에게 강한 살의를 느끼며 해수가 알려준 불의 게임을 하고 있는 자신의 모습을 상상한다. 그러나 불의 게임을 반복한다고 할지라도, 반대로 홀로 화를 삭이며 "누구에게도 속박되지 않고 사람들과 부대끼지도 않는"(36쪽) 유폐된 삶을 선택한다고 할지라도 삶이 계속되는 한 관계라는 폭력과 상처는 사라지지 않을 것이다. 적대적 삶의 풍경은 결코 쉬이 누그러지는 법이 없을 테지만 위태로운 밤이 되풀이될 때마다 해수는 주연의 수비적 공격을, 주연은 해수의 공격적 수비를 상상하며 서로에게 결여된 목소리를 그럼에도 너무도 닮아 있는 서로의 역상을 끌어안을 것이다. 뒤엉킨 데칼코마니의 무늬가 그러한 것처럼 삶을, 폭력을, 치욕을, 선명히 존재하고 싶다는 갈망을 서로가 서로를 상상하는 힘에 기대어 사력을 다해 견뎌낼 것이다.

표제작인 「핀셋과 물고기」는 이러한 두 충동의 어긋남과 겹침을 가장 상징적으로 드러낸 작품이다. 유주와 소정은 남성에 의한 폭력 피해 여성이라는 공통점 외에도 많은 유사성을 공유한다. 이들은 비슷한 나이에 하필이면 같은 빌라에 살며, 우연히도 모두 귀를 다쳐 같은 병원을 다닌다. 차이가 있다면 유주는 데이트폭력을 일삼던 전 남친의 환청에 시달린다는 것이고, 소정은 학교 선배로부터 극심한 폭행을 당한 이후 심리적 외상이 치유되지 않아 자신이 정말 회복된 게 맞는지 확인하고픈 강박에 시달린다는 정도이다. 이에 따라 이들의 심리와 직결되는 객관적 상관물 역시 달라지는데 유주는 핀셋에, 소정은 물고기에 강한 애착을 갖게 된다.

유주는 한동안 귀를 치료하는 데 사용하는 병원 핀셋을 훔치고픈 충동에 사로잡히는데, 핀셋의 원래 용도와는 상관없이 "언제부턴가 핀셋을 잡고 있으면 호신용 기구를 잡고 있는 듯"(79쪽)한 묘한 쾌감에 빠져든다. 손이 잘 닿지 않는 몸속 깊은 상처를 정확히 어루만지며 이를 통제할 수 있다는 느낌을 주는 핀셋은 기본적으로 자아통제감과 연결되지만, 스스스로를 지키기 위해 필요한 경우 무기로도 사용될 수 있다는 점에서 공격적 수비의 이미지를 내포하게 된 것이다. 반면 소정은 어려운 생활에도 물고기를 기르는 수족관에 강한 애착을 보인다. 현실과 달리 "수족관은 폭력적이지 않"으며 설령 거짓이라 할지라도 노골적으로 "안전한 곳"(90쪽)이기 때문이다.

공격적 수비자의 상징으로서의 핀셋과 수비적 공격자의 상징으로서의 물고기는 이들이 서로의 상처를 이해하고 함께 이겨내려는 모습을 보이는 가운데 조금씩 다른 변주를 겪게 된다. 우선 유주는 병원에서 핀셋을 훔치는 것을 그만둔다. 현행범으로 체포될 수 있다는 소정의 협박 때문이기도 하겠지만 근본적으론 스스로를 지키기 위한 무기란 애초에 누군가로부터 훔쳐서 얻을 수 있는 것이 아닐 터이기 때문이다. 유주는 소정으로부터 선물받은 물고기들의 귀를 핀셋으로 찌르며 자신에게 남아 있는 폭력의 족쇄를 끊어내려 하는데 심지어 "언제까지 물고기처럼 소리도 안 낼 거냐"(106쪽)며 소정을 다그치기까지 한다. 유주의 바람처럼 소정이 정말 물고기를 모두 분양하고 스스로의 힘으로 일어설 것인지 여부는 알 수 없지만 적어도 유주가 그런 소정을 포기하지 않을 것이라는 점만큼은 분명해 보인다.

공격적 수비자는 수비적 공격자를 만나, 수비적 공격자는 공격적 수비자를 만나 스스로에게 결여된 감각을 일깨우고 위태로운 균형추를 다시 회복하는 것이 문서정 소설의 지배적인 구도처럼 보이지만, 그렇다고 해서 이러한 전략이 도식적 차원에서 반복적으로 활용되고 있는 것은 아니다. 정작 이번 소설집에 수록된 여덟 편의 작품 중 이를 투명하게 보여주는 사례는 앞서 언급한 두 작품뿐이기 때문이다. 그 외의 작품들에선 공격적 수비자의 모습이 거의 나타나지 않으며 오히려 수비적 공격자의 모습이 더 두드러진다고 할 수 있다. 물론 이들을 모두 수비적 공격자라고 묶기에는 어려움이 있을 것이다. 이들의 수비적 공격성은 대면해야 할 진실로부터 스스로를 유폐시키는 고립적 전략만을 선택하고 있을 뿐 이를 극단적인 자기파괴로까지 밀고 가지는 않기 때문이다. 문서정의 소설에선 다만 스스로를 지키려다 오히려 더 깊은 상처를 입고야 마는 유기적 체질의 숱한 인간 군상들이 있을 뿐이며, 실제의 삶에서도 그러하듯 놀라운 우연의 선물 속에서만 기적적으로 서로를 끌어안으며 연대라는 아름다운 이상에 도달한다.

3. 상처의 상속과 승계

공격적 수비자와 수비적 공격자의 서사가 서로의 상처를 헤아리며 보듬는 연대의 가능성을 찾아내는 데 어떻게든 성공하고 있는 것과 달리, 「레이나의 새」, 「우리는 손가락을 모르지」, 「새들의 목욕」과 같은 작품들에서 연대를 향한 노력은 안타깝게도 실패로 귀결되고 만다. 여러 이유를 찾아볼 수 있을 것이다. 우선 「레이나의 새」의 경우 레이나와 '나'는 공통된 상처를 갖고 있지 않다. 유명 학원 강사였지만 거짓말이라는 폭력에 의지하지 않고서는 스스로를 지킬 수조차 없었던 레이나와는 달리 '나'는 비록 오래 걸리기는 했어도 임용고시도 패스한 적이 있으며 그렇게까지 궁색한 삶을 살지도 않았다. '나'는 단지 죽은 연인 서휘에 대한 처참한 죄의식에 사로잡혀 있을 뿐이다. 자기 사는 데 급급해 여자 친구의 생활고가 얼마나 심했는지조차 알지 못했던, 심지어 궁금해하지조차 않았던 자신에 대한 환멸로 스스로를 모든 관계로부터 얼마간 떨어뜨려놓았을 따름이다. 레이나가 사라져버리고 난 뒤 뒤늦게나마 레이나를 서휘의 자리에 비춰보며 같은 과오를 반복하지 않으려 찾아 나서지만, 레이나의 자리에 온전히 설 수 없는 '나'는 단지 레이나가 꿈꾸고 의지했던 검은 새의 처연한 흔적과 그 외로운 날갯짓만을 발견하게 된다.

어머니의 숭고한 희생과 자식들의 무심한 이기심을 선명히 대비시키고 있는 「우리는 손가락을 모르지」의 경우, 연대의 불가능성은 어머니의 죽음으로 인해 이미 부정할 수 없는 사실로서 고정되어 있다. 평생을 자식들 뒷바라지만 하다 조용히 생을 마감한 어머니의 식물적 모성성은, 자식들의 엄지

손가락에서 자라난 뿌리 깊은 티눈의 형태로나마 뒤늦게 스스로의 존재를 선명히 드러낸다. 자식들은 육손이었던 어머니로부터 물려받은 천형이라며 이를 두려워하지만, 실은 어머니에 대한 죄책감이 만들어낸 신경증적 증상 정도에 해당될 것이다. 혼외자식이었던 은오만이 유일하게 이를 그리움의 대상으로 받아들이는데 "엄지가 시큰거릴 때마다 엄마 생각이"(229쪽) 난다며 훌쩍이는 막내 은오를 다른 형제들은 공감하면서도 조금 불편해한다. 엄마의 여섯번째 손가락을 닮은 티눈 덕분에 가까스로 모인 형제들이 뿔뿔이 헤어질 때쯤, '나'는 평생을 식물처럼 가족들만 바라보았던 엄마에 대해, 너무도 잘 안다고 생각했던 형제들에 대해 모르는 것이 너무 많다는 사실만을 굳게 확인한다. 애써 보지 않으려 했던 어머니의 상처를 너무도 오랜 우회의 시간을 거쳐 마주한 자리에서 '나'는 어머니라는 상처가 한 그루의 나무처럼 엄지에서 자라나는 모습을 가만히 바라본다.

「새들의 목욕」은 대우 좋은 아르바이트인 줄로만 알고 지원했던 새 목욕시키는 일이 불시에 타인의 상처와 슬픔을 통째로 넘겨받는 일로 돌변해버린 순간의 혼란스러운 막막함을 매개한다. "새만큼 줄어들고 있는 중"(239쪽)인지도 모른다며 날마다의 고된 노동과 생활비 걱정에 짓눌려 사는 '나'는 자신의 행복을 위해 무심히 딸을 독립시켜버린 어머니를 원망하며 단지 하루하루를 버텨나갈 뿐이다. 타인을 위한 마음의 여유라곤 아무리 쥐어짜도 만들어낼 수가 없는 삭막한 일상의 연속일 따름이지만 "지루해, 희마 업스, 주고 시퍼"(246쪽)라는, 아마도 주인의 말을 되풀이하고 있는 것이 분명한 앵무새들의 기이하게 뭉개지고 뒤틀린 말의 잔해로부터 섬뜩한 위험 신호를 감지해낸다. 얼마 지나지 않아 주인 남자는 돌연 사라지는데, 매번 송금하기 귀찮다며 한꺼번에 지불한 십 개월분의 보수는 결국 새들을 부탁하기 위한 미끼였던 셈이다. 그러니 날더러 뭘 어쩌라는 거라며 홀로 하소연해보기도 하지만 '나'는 그렇게 넘겨받은 생명을, 응답할 수 없는 남자의 슬픔과 그 상처의 무게와 함께 묵묵히 떠안는다.

나는 타자에 대해 알지 못하며, 그 고통에 온전히 참여할 수도 그 실패를 거부할 수도 없다는 사실을 위태롭게 깨닫는 자리에서 상처는 비로소 타자의 굳은 경계를 떠나 나에게로 승계되고 상속된다. 이 경우 타자와 나 사이에는 데칼코마니와 같은 대칭성보다는 철저한 비대칭성이 놓이게 된다. 연대와 화합과 같은 긍정적 서사에는 이르지 못하지만 그럼에도 타자가 남겨놓은 상처의 중심에 영구히 거주하며 당신이라는 불가능을 함께 앓고 견디겠다는 의지의 열림을 이끌어낸다는 점에서 이 역시 궁극적으론 타자를 향한 환대의 한 방식이라 할 수 있을 것이다. 물론 문서정의 소설은 「태연한 밤」에서처럼 타자의 절대성이 불러일으키는 피로감에 주체가 무력히 잠식되고야 마는 암울한 가능성에 대해서도 항시 문을 열어

놓고 있다. 하지만 타자는 사라지지 않는다. "잠시만…… 아주 잠시만…… 좀 도와줄래요?"(139쪽)와 같이 수없이 부서지고 뭉개진 목소리의 파편으로라도 살아남아 딱딱하게 굳은 의식의 살갗을 뚫고 기어코 몇 번이고 우리를 다시 찾아온다. 죄책감으로 밀봉된 마음의 허방을 응시하며 그 집요한 시선을 결코 쉽게 거두지 않는다.

4. 실재와의 조우와 존재에의 충동

유기적 체질이 마주해야 할 궁극적인 진실이 있다면 그것은 버려짐이라는 운명에 저항하기 위한 그 어떤 노력에도 불구하고, 존재와 의미의 충만한 회복이란 결코 가능하지 않다는 사실일 것이다. 「우리들의 두번째 롬복」과 「흙새」는 이 단순한 진실을 향한 서글픈 헌사이다. 「우리들의 두번째 롬복」은 파탄에 이른 부부 관계에 마지막으로 아름다운 이별의 이미지를 덧대기 위해 '나'가 꾸며낸 그럴듯한 추억 여행의 행적을 천천히 따라간다. 여행의 마지막 날, 불륜을 저지른 남편 현오에게 달콤한 복수의 칼날을 던지듯 부부 생활의 끝을 통보할 예정이었던 나의 계획은 사소한 불운과 우연들로 인해 모두 엉클어져버린다. 거짓투성이의 결혼 생활이었다 할지라도 자신에 대한 애정과 헌신만큼은 진실이었기를 바랐던 나의 마지막 환상은, 물에 빠진 현오가 저 혼자 살겠다고 '나'의 손을 먼저 놓아버림과 동시에 완전히 무너져 내린다. 돌이켜보면 둘의 관계에서 현오는 그럴듯한 속임수로 늘 놀라움을 선사해주던 마술사였고 '나'는 그 환상에 목말라 있던 관객이었다. '나'는 현오가 부부 관계에서까지 속임수를 썼다는 사실에 분노에 사로잡히지만, '나'가 현오에게 매료되었던 건 따지고 보면 모두 그 능수능란한 속임수 때문이었다. 살아남았는지조차 알 수 없는(그러나 소설의 시작이 살아남은 현오의 인터뷰뿐인 걸 보면 살아남은 것 같지는 않다) 혼곤한 어둠 속에서조차 '나'는 자신의 깊은 허기를 놀라움으로 달래줄, 충만한 의미로 채워줄 "환한 불빛"(169쪽)의 존재를 기다리고 갈망한다.

유기적 체질의 허망함을 충만한 의미로 채우려는 강박에 시달린다는 점에서 「흙새」의 '나(민정현)' 역시 이와 크게 다르지 않다. 불의의 사고로 이른 나이에 목숨을 잃은 정현은 미련을 버리지 못하고 애착을 지녔던 사람들 주위를 원혼이 되어 끊임없이 맴돈다. 자신의 생전 모습을 아름답게 기억하고 있는 지인들 앞에서 정현은 심한 부끄러움을 느낀다. 자신의 삶이란 외롭지 않기 위해, 인정받기 위해 꾸며낸 온갖 거짓들로 점철되어 있음을 스스로에게만큼은 숨길 수 없었기 때문이다. 정현은 자신을 충분히 바라봐주지 않았던 남편에 대한 외로움으로 대학 후배인 C와 불륜을 저질렀으며, 지역

신문의 영화 칼럼을 쓸 때조차도 마감에 쫓겨 "종종 남의 글을 베끼고 훔치는"(177쪽) 경우가 있었다. 물론 이는 어쩌면 그리 크지 않은 흠결인지도 모른다. 서사는 중반부에 이르러 예기치 못한 방향으로 흘러가는데, 무결한 줄로만 알았던 남편도 대학 후배와 불륜을 저지르고 있었으며 정현이 죽으면 외롭지 않게 자신도 함께 묻히고 싶다며 달콤한 말을 늘어놓던 C 역시 너무도 쉽게 자신을 잊어버리고 만다. 정현은 자신뿐만 아니라 타인까지도 모두 이미지로 규정짓는 삶을 살아왔는데, 그 위태로운 허상을 죽어서야 처음으로 제대로 바라보게 된 것이다. 그러므로 "삶과 죽음 사이를 자유자재로 오간다는 흙새"(190쪽)란 단순히 아들 지우가 자신의 빈자리를 조금이라도 편히 애도하고 견뎌낼 수 있도록 만들어낸 그럴듯한 상징으로 축소되지 않는다. 흙새는 충만함과 허망함 사이를 매개하는 아름다운 가상이기도 하지만, 그러한 가상이 불가능하다는 뼈아픈 사실을 드러내주는 고통스러운 실재의 자리이기도 하기 때문이다. 이 부정할 수 없는 진실 앞에서 우리는 가까스로 평등해진다.

문서정의 소설에서 유기됨은 단지 체질의 문제일 뿐이므로, 누구보다도 오래 견뎌온 몸속 뜨거운 기운과 관련된 문제일 따름이므로 누군가에게만 해당되는 특별한 불행도 예외적 사고도 아니다. 우리는 모두 얼마쯤 유기적 체질을 갖고 태어나며 다만 그 체질을 연소시키는 방식과 호흡만이 조금 다를 뿐이다. 유기적 체질이라는 얼마간의 공통분모 속에서 대체될 수도, 환원될 수도 없는 고유한 외침과 시선들이 조금 더 짙어진 어둠의 깊이를 공평히 나눠 갖는다. 슬픔은 그럴 때 아주 조금 더 견뎌낼 만한 무엇이 된다. 견디기 쉬워진다는 말이 아니다. 슬픔이 고유한 이름을 얻는 드물고 아름다운 시간들 속에서, 상실은, 버려짐은, 갈망은 몇 번이고 앓고 복기해볼 만한 우리의 타고난 체질이 된다. 문서정의 소설은 우리가 가끔 너무도 쉽게 잊고 마는 유기적 체질에 대한 공정한 기록이자, 우리가 반드시 물려받아야 할 슬픔의 정당한 목록들이다.

나는 어떤 일을 결정하거나 선택을 해야 될 때면 오래 생각을 한다. 주위에 자문을 구하거나 자료들을 찾아보며 궁리를 거듭한다. 그러나 소설은 그런 과정 없이 바로 썼다. 작가가 될 수 있을지 되지 못할지, 그것이 내게 기쁨을 가져다줄지 슬픔이나 아픔을 안길지, 읽어줄 사람이 있을지 없을지 따위는 생각해보지 않았다. 소설을 쓰는 일은 내게 어떤 가치 판단을 요구하는 일이 아니었기 때문이다. 쓰고 싶다는 마음 하나만 필요한 일이었고 그저 해야 되는 일이라고 여겼다.

수시로 바다 해안을 따라 걷는다. 집에서 나가 조금만 걸으면 바다가 바로 눈앞에 펼쳐진다. 글이 잘 써지지 않은 날 해안을 걸을 땐 고래 한 마리를 떠메고 걷는 듯 마음이 무겁다. 휘핑크림 같은 파도가 내게로 밀려와 아무리 속살대도 발걸음은 가벼워지지 않는다. 그럴 땐 바다를 무연히 바라보며 바다 위에서 늙어가는, 턱 아래 수십 개의 늘어진 주름을 단 흰긴수염고래를 떠올린다. 오래오래 소설을 쓰다가 흰긴수염고래처럼 천천히 나이 들어가도 좋겠다는 생각을 한다. 그러다가 바닷물 속에서 눈이 깊어질 대로 깊어진 흰긴수염고래처럼 고요히 눈을 감아도 괜찮겠다는 상상을 한다. 그런 상념을 하며 온몸에서 바다 냄새가 흠씬 날 때까지 걷다 보면 다시 또 책상 앞에 앉을 기운을 얻는다.

첫 소설집을 낼 때 '작가의 말' 끄트머리에 '칼칼한 소설로 곧 다시 만날 것을 약속드린다'라는 말을 했다. 누가 시키지도 않았는데 나 스스로 그런 엄청난(?) 약속을 독자들에게 해버렸다. 종종 그 말이 떠오를 때면 마음이 무거웠다. 이제 삼 년 만에 두번째 소설집을 묶어내니 그 약속의 절반은 지킨 듯해서 조금은 홀가분하다. 수록된 작품들이 칼칼한 소설인지 아닌지에 대해서는 독자들의 판단에 맡기겠다.

부족한 소설들을 읽고 기꺼이 추천의 글을 맡아주신 김이설 선생님, 마음을 다해 해설을 써주신 이철주 선생님, 두번째 소설집도 예쁘게 묶어준 강출판사에 마음 깊이 감사드린다.

내 유일한 배경, 언제나 내 편이 되어주는 가족에게는 사랑을 보낸다. 소설을 쓴다고 사는 일에는 더러 무심했음을 고백한다. 널리 이해해주기를, 앞으로도 변함없이 성원해주기를 부탁한다.

소설집 제목을 짓고 표지 시안을 고를 때 함께 고민해준, 글이 잘 써지지 않는다는 투정을 전화선 너머로 다 받아준 동료 작가들에게도 고맙다는 말을 전한다. 당신들과 함께 이 길을 걷고 있어 든든하다.

그리고 지금 이 순간 『핀셋과 물고기』를 읽고 있는, 앞으로 읽어주실 당신들에게도 마음 깊이 감사를 드린다. 『핀셋과 물고기』가 당신들에게 조금이나마 기쁨과 위로가 될 수 있다면 더 바랄 게 없겠다.

2023년 2월

바다가 보이는 서재에서

문서정

수록 작품 발표 지면

누가 불의 게임을 하는가 _『문장웹진』 2022년 9월호 · 『작은 것들』, 득수, 2022

레이나의 새 _『나, 거기 살아』, 문학나무, 2019

핀셋과 물고기 _『문장웹진』 2021년 12월호

태연한 밤 _『동리목월』 2022년 여름호

우리들의 두번째 롬복 _『여행시절』, 아시아, 2021

흙새 _『한국소설』 2023년 3월호

우리는 손가락을 모르지 _『당신의 가장 중심』, 리잼, 2021(「손가락은 손가락을 모르고」)

새들의 목욕 _『문학나무』 2019년 가을호(「목욕」)

핀셋과 물고기

1판 1쇄 발행 | 2023년 2월 27일

지은이 | 문서정
펴낸이 | 정홍수
편집 | 김현숙 이명주
펴낸곳 | (주)도서출판 강
출판등록 | 2000년 8월 9일(제2000-185호)

주소 | 서울시 마포구 동교로17안길 21 (우 04002)
전화 | 02-325-9566
팩시밀리 | 02-325-8486
전자우편 | gangpub@hanmail.net

값 14,000원
ISBN 978-89-8218-314-0 03810

* 이 도서는 2022년도 한국문화예술위원회 아르코문학창작기금(발간지원) 사업에 선정되어 발간되었습니다.